산티아고순례길 여행자를 위한 가이드북, 프랑스길편

길여행가 강세훈
https://brunch.co.kr/@koreatrail
한국의 랑도네를 꿈꿉니다. 아름다운 길을 찾아가는 길여행가... "사계절 걷기좋은 서울둘레
길" "서울사계절 걷고싶은길"" 산티아고순례길 여행자를 위한 가이드북, 북쪽길 편" 출간

발 행 | 2023-02-24
저 자 | 길여행가 강세훈
펴낸이 | 한건희
펴낸곳 | 주식회사 부크크
출판사등록 | 2014.07.15(제2014-16호)
주 소 | 서울 금천구 가산디지털1로 119, A동 305호
전 화 | 1670 - 8316
이메일 | info@bookk.co.kr

ISBN | 979-11-410-1768-2
본 책은 브런치 POD 출판물입니다.
https://brunch.co.kr

산티아고순례길 여행자를 위한 가이드북

– 프랑스길편

길여행가 강세훈 지음

CONTENT

프랑스길 가이드북을 내면서…

다시 찾아가고 싶어 하루하루를 보냈던 날들이 있었다. 올해는 가야지라는 마음을 가졌지만, 결국 몇 번이나 넘겨야 했다. 그리고 몇 년이 지난 후에 바램이 이루어져 스페인 산티아고 순례길에 다가섰다.

이번에는 순례길을 떠나기 전에 동행할 사람들을 모집하여 준비를 같이하고 순례길에 올랐다. 언제부터 인가 산티아고 순례길은 버킷리스트가 되어 많은 사람들이 꿈꾸는 여행지이자 경험해야 할 순제자들의 목표가 되었다. 하지만 준비가 부족하면 언제나 힘들거나 부상을 당할 수 있다. 그래서 출발하기전에 프랑스길에 필요한 정보를 공유하고 직접 배낭을 꾸려보며 준비를 했다. 사전 경험을 통해 필요한 부분을 챙길 수 있기 때문이다. 순례길에 관한 정보는 차고 넘친다. 하지만 모두가 똑같이 배낭 무게를 줄이고 알베르게는 어디를 가라는 조언뿐이다. 이외에는 정보가 없다. 그래서 단지 걷기위해 필요한 정보를 포함하여 순례길 위에서 먹고, 보며, 즐길 수 있는 순례길이 되기를 바라며 순례길의 문화와 간단한 역사 이야기를 정리해서 포함시켰다. 아는 만큼 보인다는 말이 있다. 순례길이 딱 그런 곳이다. 내가 아는 만큼, 보이는 만큼 경험할 수 있는 곳이다. 한 달여 기간동안 준비하였더라도 막상 순례길 위에서 딱히 할 것이 없을 수 있다. 가이드북을 통해 어디에서 무얼해야 할지 도움이 되고자 한다. 그리고 예전에 비해 바뀐 루트와 알베르게 정보를 업데이트하여 가이드북에 추가하였다. 다시 떠날 수 있는 지금, 순례길을 가고자 하는 예비 순례자들에게 도움이 되기를 기원한다.

다시 가고 싶은 마음을 담아 2023년 봄에 강세훈 씀.

에피소드 1 산티아고 순례길을 이해해야 보인다.

　제주올레길을 걷다 보면 '人'모양의 노란색과 파란색이 교차된 화살표가 반겨준
다. 그리고 코스를 돌때마다 시작과 중간, 끝자락에서 올레패스포트에 스탬프를 찍
는 사람들을 쉽게 찾아볼 수 있다. 그 스탬프를 찍는 모습이 때로는 부러울 때도 있
을 것이다. 그렇다면 올레길의 스탬프문화는 어디에서 시작되었는지 생각해 본 적
이 있는가? 올레길 스탬프의 시작은 스페인의 오래되고 세계문화유산으로 등재된
까미노 데 산티아고(Camino de Santiago)에서 유래되었고 순례자전용 숙소인 알
베르게(Albergue)에 머물 때 필요한 증서가 크레덴시알(Credencial, 순례자여권)
이며, 알베르게에 도착하여 크레덴시알을 보여줌으로써 순례자임을 증명하고 쉬어
가도록 승인해주기 위해 스탬프(Sello라고 한다)를 찍어주는데 이러한 순례길 문화
에서 유래된 것이다. 순례자숙소는 제주에서 게스트하우스나 할망민박으로 변했고,
길의 표시도 화살표를 사용하는 것도 유사함을 보여주고 있다. 이렇듯 산티아고 순
례길은 올레길뿐만 아니라 한국의 길문화에 있어 많은 영향을 끼쳤다.

그렇다면 산티아고 순례길은 어떻게 생긴 길일까? 산티아고 순례길은 예수의 12제자 중 야고보가 스페인에 복음을 전파하기 위해 걸었던 길이다. 이후 예루살렘으로 되돌아와 당시 헤롯왕에게 참수를 당하여 그 시신을 야고보의 제자들이 수습하여 돌로 만든 배에 띄어 보냈는데 바다를 흘러 스페인 Galicia 지방까지 떠내려 온것을 다른 제자들이 수습하여 안치하였다. 후대에 그 위에 대성당을 지었고 산티아고 대성당이라

이름지었다. 산티아고(Santiago)라는 말 자체가 성 야고보를 뜻하는 스페인어이며, 영어로는 세인트 제임스(St James)라고 부른다. 그래서 Camino de Santiago는 그대로 해석하면 '성 야고보의 길'이라 할 수 있으며, 이를 의역한 것이 '산티아고 가는 길' 또는 '산티아고 순례길'이라고 한다. 그리고 대표적인 산티아고 순례길 코스인 프랑스길(Frances Rute)의 시작점인 Saint Jean Pied de Port 성 앞에는 'Way of St James'라고 쓰여진 영어 팻말을 확인할 수 있다. 산티아고 순례길은 의미가 있는 순례길이지 풍경을 보며 걷는 둘레길(트레킹 코스)이 아니다.

성 야고보가 순교한 이후 각지역에서 종교적인 목적으로 순례를 떠나오는 사람들이 줄지어 들어왔고, 프랑스지역에서 시작한 길을 '프랑스길'이라 불리우고, 가장 처음으로 순례의 목적으로 오가던 길이 '프리미티보 길(Camino Primitivo, 초기의 길)이다. 하지만 대중적으로 인기있는 코스는 프랑스 Saint Jean Pied de Port 에서 시작하여 Santiago de Compostela까지 이어지는 799Km의 프랑스길이다. 순례자들은 예로부터 편하게 걷기보다 고행을 동지삼아 목적지까지 걸어가는 순례

를 하였다. 몸이 불편한 사람들은 말이나 당나귀를 타고 갔다고 하는데, 현재에도 O Cebreiro가는 가파른 오르막길에 말을 타고 갈 수 있는 서비스가 존재한다. 그래서 순례자들은 대부분 스스로 배낭을 메고 갈 수 있을 만큼의 짐을 메고 가며, 걷는 동안 알베르게에서 머문다. 최근에는 배낭을 옮겨주는 서비스뿐만 아니라 보다 안락한 사립 알베르게나 호텔을 이용하여 순례길을 걷는 사람들도 있다. 어떻게 걷느냐는 선택의 문제이며, 아직까지도 Galicia 지방의 공립 알베르게는 배낭을 옮겨주는 서비스를 받아들이지 않는다. 옛 순례자들이 하였던 순례방식을 고수하고 있는 것이다.

대부분의 순례자들은 Santiago de Compostela에 다다르면 산티아고대성당에서 오전 12시에 진행하는 순례자미사를 참석한다. 이후, 순례자사무소에 들러 **콤포스텔라(Caompostela 순례인증서)**를 수령하게 된다. 한국의 둘레길에서도 완주하면 비슷한 형태의 완주인증서를 제공하고 있다. 이것도 순례길에서 들어온 문화이다. 대부분의 순례자들은 Santiago de Compostela에 며칠을 더 머물다가 떠나거나 아니면 Fisterrra 또는 Muxia까지 순례길을 이어간다. Fisterrra는 '대륙의 끝

'이라는 이름에 맞게 대서양을 마주하는 도시이며, Muxia는 성 야고보의 시신이 담긴 돌배가 처음으로 닿은 곳이라고 하여 성지로 알려져 있다.

이렇게 짧게는 30여일에서 길게는 40여일 가까운 시간을 순례길을 걷는데 할애한다. 무작정 트레킹하듯 걷기위해 걷는 사람들도 있지만, 천천히 걸으면서 순례길 위에 있는 도시와 마을을 둘러보는 여행과 성당의 미사를 보며 걷는 순례자도 있다. 어느 방법이 정답이라고 말할 수 없지만 순례길을 보다 풍족하고 다양한 경험을 하고자 한다면 빨리 걷기보다 하루 20km 내외로 걸으면서 충분한 휴식과 여유를 가지고 걷기를 권한다. 그리고, 외국인 순례자들과 어울리는 것이야 말로 최고의 순례길을 경험하는 방법이다. 언어문제는 잠시 접어두고 몸으로, 짧은 영어로 대화해보기를 권한다. 그러다 친해지면 다양한 정보를 얻을 수 있는 창구가 되기도 한다. 공립 알베르게와 순례길에 보이는 카페와 바르(Bar)에는 수많은 순례자가 모여 있다. 몇 번 마주치면 낯설게 느껴지지 않는다. 그럴 때 'Hola!'라고 인사를 나누면서 친해지면 어느새 카페에서 아침마다 Café con Leche 한 잔 같이 즐기는 사이가 될 것이다.

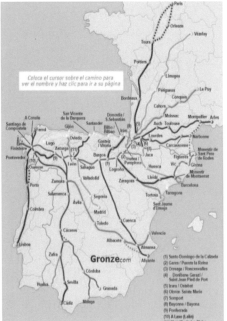

산티아고순례길 코스지도(Gronze닷컴 발췌)

에피소드 2 순례자를 위한 조언 - 순례길의 대중교통

순례길의 시작점 찾아가기... 그리고 되돌아 갈 때...

순례길을 찾아가는 것은 국내에서 여행하는 것과는 다르다. 익숙한 글자도 없고 교통체계도 전혀 알 수 없으니 말이다. 그래서 경험자들이 해주는 말이 큰 도움이 된다. 그리고 인터넷을 통해 다양한 정보를 제공하는 웹사이트와 애플리케이션이 많아 보다 쉽고 편하게 이동할 수 있다. 그래도 기본적인 정보는 알고 있어야 활용하기에 수월할 것이다. 그래서 잘 알고 있지만 정리되지 않았던 순례길의 교통편에 대해 정리를 해보고자 한다.

1. St Jean pied de port 가는 방법

가장 먼저 궁금한 것은 프랑스길 시작점인 생장 피에드 포트까지 어떻게 가느냐이다. 유럽의 공항에 비행기로 도착하여 고속열차 또는 직/완행버스를 타고 이동하게 되면 하루에서 이틀정도 시간을 사용해야 Saint Jean Pied de Port에 도착할 수 있다. 루트별로 Saint Jean pied de port로 가는 몇 가지 방법을 나열해 보면,

루트1. 파리 드골공항 → montparnasse역(SNCF) → 바욘(Bayonne) → 생장

루트2. 파리 드골공항 →비아리츠 공항(Aéroport Biarritz Pays Basque) → 바욘
　　　 → 생장

루트3. 파리 드골공항 → montparnasse역(SNCF) → 루르드(Lourdes) → 생장

루트4. 스페인 마드리드공항 → Pamplona → 버스 이동 → 생장

루트1의 경우 프랑스고속열차(TGV)를
타고 Bayonne으로 이동하여 간선열차인
'TER'로 환승한 후에 생장까지 가는 방법
이다. Bayonne에서 생장으로 가는 열차
가 운행하지 않을 때는 Bayonne역 앞에
서 생장까지 운행하는 셔틀버스로 대신 타
고 갈 수 있고, 약 1시간마다 있는데 처음
기차표를 예매할 때 확인하면 된다. 몽파
르나스(montparnasse)역으로 가려면 파
리 드골공항에서 지하철 또는 공항버스를
탑승하면 되는데 좀더 편하게 이동하려면
'2E터미널'에 있는 공항 리무진 4번 버스
를 타면 훨씬 편하게 이동할 수 있고, 약 1
시간 정도 소요된다. 지하철을 탈 경우, 중
간에 환승을 해야하며, 가격은 서렴하지

만 우범지대를 통과하기 때문에 불안한 마음을 지울 수 없다. 조금 비싸더라도 공
항 리무진이 낫기 때문에 추천한다. 몽파르나스역 대합실은 플랫폼 번호가 많기 때
문에 탑승할 열차편과 시간표를 보고 탑승해야 하며, 기차 좌석표를 보고 열차 칸
을 찾지 못할 경우 승무원 또는 주변에 순례자들 많으니 물어보고 도움을 청하면 도
움을 준다.

루트2는 파리 드골공항에서 파리시내에 있는 기차역으로 이동하기 불편하거나 힘들어할 경우, 또는 비아리츠(Biarritz)에서 하루 쉬어갈때 활용하는데 드골공항에서 바로 비행기를 환승하여 비아리츠 공항으로 이동할 수 있다는 장점과 함께 시간을 줄일 수 있다. 하지만 항공편 운행시간을 맞추기 쉽지 않다. 비아리츠에서 Bayonne까지 대중교통 버스로 이동한 후에 Bayonne역까지 걸어가야 하는 단점이 있다.

루트3의 경우 프랑스의 성지인 루르드(Lourdes)를 경유하여 가는 방법인데, 루르드에서 생장으로 직접 운행하는 대중교통이 없어 Bayonne 또는 주변도시로 경유해서 이동해야 하는 불편함이 있고 환승이 복잡하다. 하지만 성지순례를 한다는 의미가 강하기 때문에 이 루트를 이용하는 경우가 많다. 루트4의 경우 예전에는 잘 활용하지 않은 루트였는데 최근 마드리드에서 Pamplona 및 생장으로 운행버스 노선이 생기면서 이 루트를 찾는 순례자들도 있다. 피레네 산맥을 부담스러워하는 순례자들은 대부분 Pamplona에서 시작하는데 이런 경우에 적합하다. 물론, 생장에서 Pamplona로 넘어오는 버스도 있으며 Roncesvalles를 경유한다. 하지만 생장에서 버스 시간표를 사전에 확인해야 한다.

대부분의 사람들은 **루트1**을 따라 이동하며 파리여행을 겸할 수 있는 장점이 있지만 몽파르나스역에서 Bayonne까지 약 5시간 소요되는데 비행기 도착시간과 기차시간을 연계하여 맞추기가 쉽지 않다. 무조건 저가항공권을 예약해 놓고 기차시간표를 맞추려고 하면 하루정도 파리에서 보내야 하는 경우가 생긴다. 그래서 저가항공편을 구매하기 전에 파리에 오전에 도착하는 비행기를 검색하면 오후에 Bayonne행 SNCF를 탑승할 수 있고 시간을 절약할 수 있다. 마드리드공항을 이용할 경우 마드리드 여행을 겸하여 코스를 잡는다면 유용하지만 대체로 마드리드공항행 비행기보다 파리 드골공항행 비행기가 자주 있으며 가격도 싼 편이다. 게다가 마드리드에서 생장까지 가는 버스 시간이 꽤 길다. 가끔 Bayonne에서 버스나 기차시간이 맞지 않아 택시를 타고 생장까지 이동하는 경우도 있는데 약 100유로 정도면 된다고 한다. 따라서 순례자 여럿이 동행하여 이동한다면 편하고 부담을 나누어서 갈 수도 있을 것이다.

루트에 따라 다르지만 보통 인천공항에서 출발하여 생장까지 이동할 때, 중간에 여행하는 시간을 제외한다면 약 30시간에서 40시간 정도 소요된다. 비행기가 허브공항에 경유할 경우, 환승 대기 시간, 기차 출발시간 과의 차이가 있다. 또 저렴하게 생장으로 이동하기위해 파리 시내에서 간선버스를 타고 Bayonne까지 오는 사람들도 있다고 하는데 시간이 9시간 정도 소요되기 때문에 저렴한 비용을 추구하기 위해 몸을 피곤하게 만드는 것은 장거리 여정에 도움이 되지 않는다.

파리 몽파르나스역 대합실   비욘역 생장행 열차, 2칸으로 구성

2. 도시간에 이동하는 방법

순례길을 걷다 보면 여러 상황 때문에 버스를 타고 다음 도시로 이동해야 한다. 스페인은 동서방향으로 꽤 길기 때문에 순례길 시작지점인 Saint Jean pied de port 부터 도착지점인 Santiago de Compostela까지 직행으로 운행하는 버스는 없다. 따라서 각 도시에서 적당히 환승을 해야 한다. 스페인의 열차는 'Renfe'라고 하는데 모든 도시에 정차하지 않기 때문에 'Renfe 예약사이트 (http://www.renfe.com)'를 통해 운행하는 도시를 확인하고 참고해야 한다. 하지만 버스는 어지간하면 마을마다 1,2회운행하여 주변 큰 도시로 이동할 수 있고 큰 도시 간에는 고속열차 또는 고속버스 등이 있기 때문에 도시간 장거리 이동이 가능하다. 도시간에 이동하는 방법을 살펴보면,

- Saint Jean Pied de Port → Roncesballes → Pamplona 로 이동할 경우
  Saint Jean Pied de Port에서는 Hôtel Restaurant des Remparts 바로 옆에 버스 정류장이 있는데 이곳에서 Pamplona행 버스를 탑승할 수 있으며, Roncesballes를 경유하며 ALSA 버스가 운행 한다.

- Pamplona → Logrono → Burgos → Belorado로 이동할 경우
  Madrid행 PLM버스가 운행하며, 시간표에 따라 완행과 직행으로 가는 버스가 있으니 상황에 따라 선택하면 된다. 단 Belorado까지 운행하지만 Burgos까지는 가지 않는다. 따라서 Belorado에서 환승 또는 그 이전 Logrono에서 Burgos행 버스를 탑승하는 것이 낫다. Pamplona를 출발하여 순례길 위치에 있는 도시로 운행하는 ALSA 버스는 없다.

- Burgos → Santiago de Compostela 로 이동할 경우.

ALSA버스 이용(www.alsa.es)하는것이 무난하며 Lugo, A Coruna를 경유하기 때문에 약 8시간 정도 소요되며 버스비는 Burgos 출발 기준으로 약 43유로 정도 이다. Burgos에서 Saint Jean Pied de Port까지 직접 운행하는 버스는 없다.

- Leon → Santiago de Compostela로 이동할 경우

ALSA버스 이용하며, Astorga - Ponferrada - Bierzo - Lugo - A Coruna를 경유하며 약 6시간 정도 소요된다. 버스 비용은 레온출발 기준으로 약 30유로이며, 레온 기차역 옆 버스터미널(ESTACION DE AUTOBUSES)에서 출발한다.

- Sarria에서 버스를 탈 경우

Lugo를 경유하여 Santiago de Compostela로 가는 MonBus 버스가 있다. 알베르게에 들어서면 대부분 정면이나 메모 표시판에 버스 시간표를 부착해 놓고 있기 때문에 이를 참고하면 된다. 만약 알베르게에 버스 시간표가 없다면 그 마을은 버스 운행을 하지 않는 것으로 봐야 하며, 이럴 경우, 택시(TAXI)를 이용해야 한다. 택시비는 대략 1Km 당 1유로 정도의 비용이 든다.

3. 묵시아/피스테레로 등 기타 도시로 이동하는 방법

Santiago de Compostela에 도착 후 Fisterra 또는 Muxia로 이동하거나 다른 순례길을 가기 위해 산티아고를 떠나기 위한 교통편이다. 파리나 마드리드, 바르셀로나 등으로 이동할 경우, 산티아고 공항을 통해 LCC항공을 이용하여 이동한다. 하지만 Santiago de Compostela에서 마드리드 또는 바르셀로나로 기차를 타고 이동할 수도 있지만 시간이 많이 소요된다. AVE를 이용하여 바르셀로나로 갈 경우에

는 9시간 30분 정도, 이보다 느린 ALVIA급 기차를 탈 경우 13시간 정도 소요된다. 좀더 세부적으로 도시별로 나누어 설명하면 아래와 같이 구분할 수 있는데, 여기에 소개한 방법 말고도 가능한 방법은 있지만, 가장 신속하고 편하게 이동할 수 있는 방법을 제시하고 있음을 알아주었으면 한다.

- 포르투(Porto)로 여행할 경우,

포르투는 포루투갈 순례길의 중간 지역이자 관광도시라 많이 찾는 도시 중 하나이다. Santiago de Comp ostela 외곽에 있는 기차역에서 Renfe를 탑승하여 Vigo Guixar로 이동한 후 Porto - Campanha 역 행 기차로 환승해야 한다. 총 4시간 정

도 소요되며, Vigo에서 Porto행 기차는 1일 2회 정도 있으므로 사전에 시간 확인이 필요하다. 포루투갈과 스페인은 1시간의 시차가 발생하므로 대중교통 이용 시 시간 확인이 중요하다.

- Fisterra 또는 Muxia 로 이동할 경우

순례자들은 Santiago de Compostela에 도착 후 마지막 순례길로 Muxia를 경유하여 Fisterra에서 마무리하기도 한다. 하지만 일정이 빡빡한 경우에는 버스를 타고 이동하기도 하는데, 산티아고역 근처에 새로 생긴 버스터미널에 가면 Fisterra와 Muxia에 버스가 매일 운행한다. 버스 시간표는 각각의 알베르게 안내판에 표시되어 있다. Muxia에서 Fisterra가는 버스는 없으며 Cee라는 마을을 경유하여 이동하면 되지만 이마저 복잡하고 어렵다고 생각되면 택시를 이용하는 방법도 있다.

택시로 이용할 경우 약 40유로 정도 비용이 발생한다. 만약 두 군데 도시를 하루에 돌아보고 싶다면 산티아고 성당 안쪽에 작은 여행사 가 있는데 1일 투어로 Muxia 에서 Fisterra를 운행하는 투어 프로그램이 있다.

* Tour Galicia : 주소 Rúa do Franco, 53, 15702 Santiago de Compostela, A Coruña, 스페인 |+34 608 66 68 42

- Madrid, 또는 Barcelona, Paris로 이동할 경우

순례길을 마무리하고 귀국하기위해 공항
이 있는 큰 도시로 이동해야 한다. 물론 때
에 따라서는 추가 여행을 하기위해 다른
나라의 도시로 이동할 수도 있다. 대부분
은 파리, 마드리드, 바르셀로나로 이동하
는데, 산티아고 공항은 저가항공사(LCC)
많이 있으며, 비행편도 자주 있는 편이다. 파리 드골공항으로 갈 경우, 뷰엘링은 직
항으로 운행하지만 여타 항공사는 경유하여 운행하는 비행편이 많다. 스페인 내 도

시로 이동할 경우에는, 부엘링항공(Vueling Airlines)이 아니더라도 직항으로 운행하는 LCC가 많으니 사전에 예약을 하면 좀더 저렴하게 항공권을 구입할 수 있다. 라이언 에어(Ryan Air)의 경우 온라인에서 체크인해야 하며, 공항에서 체크인 수속을 하면 별도 비용이 청구된다. 산티아고 버스터미널에 수시로 운행하는 공항버스가 있으며, 공항까지 약 30분 정도 소요된다.

　순례길에서 버스나 택시를 이용하는 경우는 중간에 점프하거나, 다리가 아파서 걷지 못할 경우, 또는 급하게 일정이 바뀌어 이동해야 할 경우도 있는데 겁먹지 말고(?) 알베르게의 오스피탈레로에게 도움을 청하면 자세히 알려준다. 그리고 마을에 도착하여 시내 구경할 겸 버스 정류장 위치를 확인해 놓거나 구글맵을 통해 검색하는 것도 도움이 된다. 대중교통을 이용해 보지 않은 사람들은 외국이나 한국의 지방에 내려가서도 겁을 먹고 힘들어 하는 모습을 보기도 했는데 가장 중요한 것은 전혀 겁을 먹지 말고 차근차근 하나씩 물어보면 된다는 점이다.

순례길을 즐기기를 바라며... Buen Camino!!!

Camino De Santiago - 0일차

늦은 시간에 생장역에 도착하여 곧바로 알베르게로 빠른 걸음으로 걸어가 체크인을 하고 컴컴한 침실에 들어서서 대충 씻고 침낭을 꺼내어 덮고 잠을 청했다. 피곤했던지 바로 잠이 들었다. 새벽부터 사람들이 움직이는 소리가 들린다. 대충 6시 정도...

순례길을 떠나는 사람들은 이른 아침부터 움직인다. 일어나자마자 짐을 정리하고 간단한 아침식사를 한 후에 피레네 산맥을 넘는 1일차 순례길 여정을 시작한다. 휴식없이 준비하고 바로 출발하는 것도 괜찮지만, 하루 종일 비행기와 기차를 타면서 피로 회복이 되지 않은 상태에서 피레네산맥을 넘어가는건 무리한 행동이 될 수 있기에 충분한 휴식을 취한 후 출발하는 것을 권한다. 대부분의 공립 알베르게는 1박 이상 머물 수 없다. 다음에 찾아오는 순례자를 위해 비워야 하기 때문이다. 그래서 한 곳에서 1박 이상 머물려면 처음부터 사립 알베르게를 이용하던가 공립 알베르게에서 1박 후 이동해야 한다. 공립 알베르게라도 간단한 아침식사를 준비해주는 곳도 있고 그렇지 않은 곳도 있다. 대체로 아침식사는 비스켓과 바게트빵과 커피, 그리고 주스 정도가 준비되어 있다.

Saint Jean Pied de Port에 있는 순례길 사무소는 매일 피레네산의 날씨정보를 제공해 준다. 산이 높기 때문에 날씨가 좋지 않으면 위험한 상황을 맞이할 수 있기 때문이다. 그래서 동절기에는 출입을 통제하기도 한다. 이곳에서 날씨정보를 확인 후 출발일자를 정하는 것이 안전한 선택이다. 순례길 사무소는 순례자여권(Credencial)을 발급받을 수 있는 곳이다. 순례자여권을 받는 동안 오스피탈레로(관리자)가 몇 가지 질문을 함으로써 순례자인지 여행자인지를 확인하기도 한다. 이러한 질문이 끝나면 순례자여권을 발급해주고 생장에서 첫 번째 세요(Sello)를 찍어준다. 이렇게 순례길을 출발하기 전 사전 준비를 마칠 수 있다. 이곳에서는 기타 여러 정보도 구할 수 있으니 찾아가 보길 권한다. 순례길을 찾아 떠나려면 순례자사무소 앞 도로에서 오른쪽 방향으로 걸어가면 된다. 도로바닥을 보면 순례길 이정표시물이 부착되어 있어서 따라가면 문제가 없다.

식사나 기념품을 사기위해서는 노틀담 뒤퐁 성당을 지나 주변을 둘러보면 카페와 기념품을 판매하는 거리가 보인다. 카페나 레스토랑의 메뉴판은 대부분 영어를 병행으로 표기하지 않고 프랑스어로만 표기되어 있어 이용하기가 쉽지 않을 수 있다. 생장은 프랑스 지역이며 피레네 산맥을 넘어 Roncesvalles부터 스페인 지역이다. 만약 언어문제로 카페에 들어서기 어렵다면, 생장시내에서 떨어져 있는 까르푸에 가면 다양한 먹을 거리를 구매할 수 있다.

이렇게 날씨상황이나 개인의 컨디션 등을 확인하고 출발해야 무사히 피레네산을 넘어갈 수 있다. 대부분 Orisson 알베르게에서 쉬어가려고 하여도 이곳은 인원제한이 있기 때문에 모든 순례자가 쉴 수 없다. 가능하면 하루안에 넘어가는 것이 최선의 방법이다.

Albergue 정보

이름	Auberge de Refuge Municipal
숙박비 (유로)	10유로
베드수	형태	20bed/1방	Domitory
담요제공여부	No
부엌|조리시설	Yes
화장실|샤워장	Yes (구분 없음)
세탁기	건조기	Yes	Yes
아침식사 제공	Yes
인터넷 사용	WiFi 사용 가능
주변 편의시설	Supermercado	Bar	Restaurante Yes

기타 정보

1) 공립 알베르게로 오후 1시부터 개방한다.

2) 크레덴시알 발급이 가능하며 2유로를 지불해야 한다.

3) 번지수마다 알베르게가 정해져 있으니 번호를 확인하면 편하다.

4) 주변 Bar 및 레스토랑은 프랑스어로 소개하기 때문에 사전에 알고가면 주문이 편하다.

Camino De Santiago -1일차

출발지   St jean pied de pot
도착지   Roncesvalles (Ronceveaux)
거리|시간   27km | 7시간(자료에 따라 24.2km로 표시되어 있다)
주요지점   St Jean Pied de Port - Orisson - Bentarteaj언덕
            - Roncesvalles
자치주   Navarra

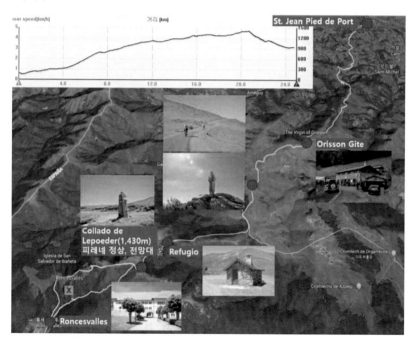

알베르게는 저녁 10시면 잠자리에 들어야 한다. 대부분 알베르게에서 시행되는
규칙이기도 하다. 늦게 잠드는 습관을 가진 사람들은 힘들 수 있겠지만 나보다는 옆

순례자를 위해, 휴식할 수 있는 시간을 충분히 주기위한 배려이다. 그리고 보통 6시 이후에 기상하게 되는데 Saint Jean pied de pot에서의 아침은 더 일찍 시작한다. 새벽 5시부터 사람들이 북적거리며 배낭을 꾸리는 소리가 들리기 시작한다. 조금이라도 더 자려고 노력해봐도 헛수고일수 밖에 없는 상황이 되어버린다. 프랑스 길은 Saint Jean pied de pot에서 피레네 산맥을 넘어가는 것으로 시작한다. 안내지도에는 24km정도로 표기되어 있으나 실제로는 27km 정도 된다. 물론 갈림길에서 어떤 길을 택할지, 겨울철에만 운영하는 도로우회길을 따라 갈지에 따라 거리 차이는 생길 수 있다. Roncesvalles까지는 대부분 하루 동안에 건너간다. 중간에 쉬어 갈 대피소가 부족하기 때문에 가능하면 아침 일찍 출발하여 여유롭게 걷는 것이 현명한 선택이다.

다른 순례자들과 함께 일찍 일어나 출발 준비를 서두른다. 배낭을 꾸리고 밖을 나섰다. 이곳에서 출발하기전에 배낭을 메고가는 사람들도 있지만 일부는 커다란 캐리어를 Santiago de Compostela우체국으로 소포 발송하는 경우도 더러 있다. 그리고 가볍게 배낭만 메고 출발하기도 한다. 대부분 호기롭게 완주를 목표로 출발하지만 최종 도착지에 온전히 걸어서 도착하는 순례자는 그리 많지 않다. 중간에 포기하거나 버스 등 대중교통을 이용하여 점프하는 경우가 있기 때문이다. 순례길을 온전히 체험하려면 피레네산은 걸어서 넘어가야 한다. 처음에 힘든 상황을 경험하면 이후에 O Cebreiro 고개를 넘어갈 때 어렵게 느껴지지 않는다.

Saint Jean pied de pot은 해발고도가 다소 높은 산간지역의 마을이다. 날씨가 변덕을 부려 좋을 수도 좋지 않을 수도 있다. 그래서 출발하기전에는 피레네산의 날씨를 확인해야 한다. 그렇지 않으면 조난을 당할 수도 있기 때문이다. 생장의 시내

를 접어들면서 순례자들이 모이기 시작한
다. 그리고 '야고보의 문(Porte de Saint-
Jacque)'을 지나면서 본격적인 프랑스루
트가 시작된다. '야고보의 문'은 공립 알베
르게보다 위쪽에 있으며 유네스코세계유
산으로 등재되어 있는 성문으로 프랑스에
서 시작하는 파리(París), 베즈레이
(Vézelay), 르퓌(Le Puy)에서 출발한 3개
의 루트가 모여 이 문을 지나 프랑스길에
합류한다. 그리고 Saint Jean Pied de
Port시내를 벗어나면서 '스페인문(Porte
d'Espagne)'을 통과하여 나폴레옹 루트
에 들어서게 된다. 피레네를 향하는 길 곳
곳에 순례길을 상징하는 표시물이 곳곳에
보인다. 노란색 화살표뿐만 아니라 파란색
바탕에 구불구불한 길이 그려진 표시물도
벽이나 전봇대에 부착되어 있다. 그렇지만
익숙하지 않은 것은 지명이 아직은 프랑스

어라는 것이다. Roncesvalles라는 지명도 'Ronceveaux'로 표시되어 있어 자칫 익
숙하지 않은 지명으로 헷갈릴 수 있을 것이다. 그리고 순례길을 표시하는 이정표가
눈에 들어온다. GR표시판과 노란색 화살표가 공존하는 이정표이다. 순례길은 보
통 노란색 화살표가 기본표시인데, 일부 구간에는 또다른 노란색 표시판이 갈림길
마다 세워져 있는데 이는 GR루트 표시판으로 Roncesvalles까지 순례길은 GR 65

번과 GR 12번이 연계되어 있다. GR(Grande Randonnee)은 유럽전역에 조성된 랑도네(Randonnee)길을 의미한다. 순례길과는 다른 이정표인 셈이다. 하지만 일부 순례길은 GR과 겹치기 때문에 까미노(Camino)길과 동일하게 생각하는 사람들이 있는데 실제로는 다른 루트라는 것을 명심하고 노란색 화살표와 가리비만 찾아서 순례길을 찾아야 한다.

성문을 빠져나와 첫 갈림길이 나온다. 오른쪽으로 가면 산을 넘어가는 나폴레옹 루트이며, 왼쪽으로 가는 길이 계곡을 따라 우회하는 루트이다. 대부분의 사람들은 나폴레옹루트를 따라간다. 힘들더라도 웅장한 피레네의 풍경을 보기 위함이다. 힘들 경우 중간에 쉬어 갈 Orisson 알베르게의 존재가 위로가 된다. 우회길은 겨울철이나 날씨가 좋지 않아 피레네 구간이 폐쇄되었을 때 안전을 위해 돌아가는 루트이다.

출발 후 완만한 경사의 오르막길이 계속 이어진다. 하지만 Orisson까지 8km의 길은 그리 쉽지가 않다. 중간에 경사가 급한 흙길도 존재하기 때문에 수시로 휴식이 필요하다. 그나마 다행인 것은 한국의 산이나 둘레길처럼 곳곳에 계단이 많아 멘붕을 겪는 일은 없다. 오로지 지속적인 오르막길로 차량이 충분히 다닐 수 있을 만큼 넓고 포장된 아스팔트 구간이 많다. 곳곳에 목장과 산자락이 중첩되는 풍경이 이어져 있으나 가쁜 숨을 내쉬며 올라가면 또렷하게 볼 수가 없다. 좀 더 올라가 바

위 옆에서 배낭을 풀고 5분여 휴식을 취한
후에 주변 피레네산맥 풍경이 눈에 들어오
기 시작했다. 6월이라 눈은 내리지 않았고
푸른 풀들이 자라나 녹음이 가득한 배경색
으로 채워졌다. 고개를 돌려 위를 보아도
푸른색 잔디밭이 깔린 것처럼 큰 나무가
없는 민둥산처럼 보였다.

처음의 가파른 오르막을 올라 다시 포장
된 도로길을 만난다. 그리고 머지않아
Orisson 알베르게가 눈앞에 나타났다. 생
장의 오스피탈레로는 여기서 점심을 먹으

라고 안내하지만 점심식사를 하기에는 너
무 이른 8시 정도밖에 되지 않은 시간이다.
게다가 쉬어 가는 사람들이 너무나 많아
쉬어 갈 의자도 보이지 않는다. 최근의 한
국 순례자들은 여기서 1박을 하는 것이 당
연시하는 사람들이 있는데 숙소가 좁은데
다 예약하지 않으면 숙박할 수 없다. 그래
서 가능하면 이곳을 쉬어 가는 장소로 생
각하는 것이 좋을 듯하다.

피레네의 풍경은 아름답고 웅장하다고 표현해도 부족할 수 있겠다. 날씨가 좋으

면 상당히 멀리까지 펼쳐진 풍경을 내려다
볼 수 있다. 4,5 시간을 올라 정상부근에
다다르면 점심식사 시간이 된다. 출발하기
전에 먹을거리를 준비해서 오는 순례자가
많은데 그냥 오더라도 언덕위에 푸드트럭
이 있어 허기진 배를 채울 수 있다. 음료
와 간단한 먹을거리를 판매하고 있으며 게
다가 첫번째 Sello스탬프도 받을 수 있다.
대부분 순례자들은 이곳에서 휴식을 취한
후 정상에 올라 마리아상을 찾아 인사를
한다. 무사히 산을 넘을 수 있도록 기원하
는 것이다. 그러나 여기 마리아상을 찾은
순례자는 드물다. 의외로 잘 보이지 않기
때문이다. 오랜만에 10kg이 넘는 배낭을
메고 걸으면 무척이나 힘들다. 그래서 너
무 긴 휴식은 오히려 독이 된다. 그래서 적
당히 쉬었다면 미련없이 일어나야 한다.

　피레네를 넘기 위해서는 다시 한 번 GR
루트를 바꿔야 했다. 12번으로 바뀌면서
조금 급한 오르막길을 올라가야 한다. 여
기가 마지막 오르막이고 이후에는 너도밤
나무가 가득한 숲길을 만나게 된다. 정상

부근까지 올라오는 길에는 그늘은 없었다. 내가 쓴 모자만이 그늘을 만들어 낼 뿐이다. 지대가 높기 때문에 햇볕이 따가워도 덥지는 않다. 피레네 정상에 올라 전망대가 보이는 곳까지는 거의 외길이라서 길을 잃어버릴 일은 없다. 혹시라도 표시판을 찾지못해 당황할지라도 도로처럼 넓은 포장길을 따라 내려오면 우회하더라도

Roncesvalles까지 갈 수 있다. 대략 10km 정도 남았다. 짧은 오르막에 이어 평평한 숲길이 5km 내외, 그리고 내리막 5km 내외로 남아있을 뿐이다.

정상을 넘어서면 전망대가 보인다. 이 앞에 갈림길이 있다. 롤랑 샘터를 거쳐가는 우회길과 조금 가파른 내리막길을 따라 바로 내려가는 길로 나뉜다. 좀더 빨리 내려가려면 급한 경사길을 따라 내려가면 된다. 내리막길이 보이면 서서히 긴장이 풀린다. Roncesvalles가 거의 도착했다는 안도감이 있기 때문이다. 그러나 방심했는지 다시 한 번 긴장하게 만든다. 고난이라는 고난을 다 겪어보게 하려는 듯 가파른 경사는 지고 있던 배낭의 무게를 갑절로 늘려 놓고 등산화 앞 굽이 발가락과 닿아 통증을 만들어 냈다. 게다가 자갈이 많아 자칫 잘못 밟았다면 발목이 삐끗할 수도 있는 상황이다.

마지막까지 마음 편하게 내려올 수 없다. 가능하다면 우회하는 길을 조금 돌아가는 것이 편하다. 정신없이 하늘이 보이지 않은 숲이 가득한 내리막길을 걷다가 터널을 벗어난 것처럼 환한 빛이 보이기 시작했다.

그리고 눈앞에 계곡물 소리가 들리며 회색 빛의 오래된 건물이 눈앞에 펼쳐 졌을 때 도착했음을 실감했다. 그리고 익숙한 지명이 눈앞에 보였다.

"Roncesvalles"

순례길의 첫날을 무사히 넘겼다. Roncesvalles알베르게에 도착하면 가장 먼저 하는 것이 여권을 통해 순례자 인증 및 침대배정을 받는 것이다. 순례자에 비해 숙소의 침대수가 부족하다. 예전에 비하면 증가는 하였지만 신관에 우선 배정하고 뒤늦게 도착하는 순례자는 구관에 배정을 하는 방식이다. 그리고 식사를 하기위해서는 식권을 구매하여 주변 레스토랑에서 순례자메뉴를 주문하면 된다. 아침식사도 마찬가지 방식이다.

Albergue 정보

이름	Auberge de Roncesvalles Orreagako Aterpea
숙박비 (유로)	12유로
베드수	형태	183bed	Domitory(침대에 안전바가 없다)
담요제공여부	No, 1회용 커버 제공(무료)
부엌	조리시설	Yes
화장실	샤워장	Yes (구분 있음)
세탁기	건조기	Yes	Yes
아침식사 제공	No (별도 쿠폰 구매 3.5유로)
인터넷 사용	WiFi 사용 가능
주변 편의시설	Supermercado	Bar	Restaurante Yes

기타 정보

1) 공립알베르게로 오후 2시부터 개방하며, 크레덴시알 발급이 가능하다. (2유로 별도 비용)

2) 크레덴시알 스탬프 받을 때 저녁식사(Cena) 와 아침식사(Desauno)를 선택할 수 있으며, 별도의 쿠폰으로 발급받아 주변 레스토랑에서 사용하면 된다. 이외에 알베르게 내부에 설치된 음식자판기를 구매하여 전자레인지에 데워서 먹을 수 있다.

   * 아침식사 - 3.5유로 | 저녁식사 10유로

3) 주변 Bar 및 레스토랑은 스페인어 및 영어가 표기되어 있다.

Camino De Santiago - 2일차

출발지	Roncesvalles (Ronceveaux)
도착지	Zubiri
거리|시간	21.4 km | 6시간
주요지점	Roncesvalles ~ Burgete ~ Espinal ~ Lintzoain ~ Zubiri
자치주	Navarra

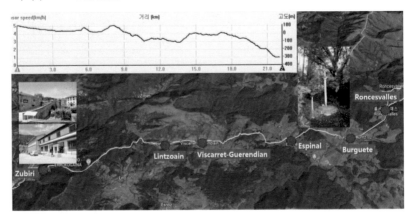

  기나긴 피레네의 오르막을 넘어 Roncesvalles 알베르게에서 저녁을 보냈다. 2층
으로 배정받은 침대에는 난간이 없어 순간 고민에 빠졌다.

" 굴러 떨어지지 않을까? 어떻게 자야 하지?"

  나만 고민하는건지, 아니면 동양계 사람들만 고민하는건지 알 수가 없다. 주변 외
국인 순례자들을 보면 그저 평온해 보인다. 무척이나 익숙한 것처럼... 그래도 피곤
해서인지 빨리 잠들었다. Roncesvalles의 아침은 거창하고 활기가 넘친다. 아침 6

시가 되면 갑작스레 소란한 소리가 울려 퍼
지면서 오스피탈레로 2명이 각국의 나라말
로 아침인사를 말하며 침실을 돌아다니며
강제로(?) 일어나게 만든다. 우리가 떠나면
이곳엔 다른 순례자들이 몰려올 것이기 때
문에 준비해야 한다.

　오랜만에 묵직한 배낭을 메고 걸은 후유
증인지 온몸이 뻐근하고 피곤하기만 하다.
며칠이 지나 익숙해지면 괜찮아질 것이다.
아침식사를 하려면 어제 알베르게에서 식
권을 구매하여 주변 레스토랑으로 가던가
아니면 자판기에 있는 메뉴를 선택하여 먹
으면 되는데 자판기 메뉴는 다양하지 않다.
대부분의 순례자들은 출발 후 만나는 카페
나 레스토랑에서 식사를 하는 경우가 많다.

**Roncesvalles부터 Zubiri까지는 아직도
산길을 따라 내려가야 한다.** 피레네 산맥만
넘으면 꽤나 길이 편할 줄 알았다. 초반 숲
길을 진입했을 때만해도 한적하고 조용한
숲길이 마음에 들었고, 시원한 바람에 잠이
확 깨어 정신이 맑아지는 기분이었다. 숲길
은 3km정도 되었고, 점점 깊이 들어가는
기분이다. 제대로 가는 있는지조차 헷갈렸
지만 다행스러운 것은 앞뒤로 순례자들이

희미하게 보이고, 외길이라 헷갈릴 염려가 없다는 점이다. 예전 순례자들도 이곳을 지나왔고 숲길 앞쪽에는 이정표가 되는 돌십자가가 서있다. 한국의 장승처럼 위치와 방향을 알려주는 역할을 하며, 순례길에 있는 마을마다 자주보는 표시석이다. 십자가 앞에 작은 표시판에는 이곳이 '마녀의 숲'이라고 설명해주고 있다. 예전에는 유일하게 Roncesvalles로 이어지는 길이었다고 한다. 숲을 벗어나면 작은 마을이 눈앞에 나타난다. Bar도 보이고 좀더 내려가니 슈퍼

마켓도 보였다. Roncesvalles에서 아침식사를 못했다면 3,4Km 걸어 내려와 이곳 Burgete에서 식사를 해도 좋을 듯하다. 그리고 점심식사 거리를 슈퍼마켓에서 빵이라던가 햄, 음료 등을 사서 가는 사람들도 보였다. 우리도 슈퍼마켓에서 간식용 과자나 음료, 치즈 등을 구매하여 배낭에 챙겨 놓았다. 비상용 식량이 될 수도 있으니까...

　마녀의 숲을 지나면서 편안한 내리막길이 될 거라 예상을 했다. 하지만 현실은 쉽지 않은 내리막길이다. 아직까지는 온전히 피레네 산맥을 벗어나지 못했다. 오늘 목적지인 Zubiri를 지나 Pamplona에 도착해야 완전히 피레네산맥을 벗어난다. 내리막길도 편안하게 내려가면 좋겠지만, 좁은 숲길에 자갈길도 제법 많다. 나름 경사가 급한 길도 있다. 게다가 딱딱한 포장길을 따라 걷는 거리도 만만치 않게 걸어야 한다. 묵직한 배낭을 메고 딱딱한 길을 걷는 것은 발바닥을 학대하는것과 다를 바 없다. 그나마 위안이 되는 것은 작은 개천마다 다리가 놓여있어 건너기 쉽다는 점이다. 깊이가 깊지는 않지만 트레킹화를 신고 건너기에는 발목까지 잠겨 신발을 적셔야 하는데 순례자를 배려하듯 편하게 건널 수 있는 다리가 많이 설치되어 있다.

34

Espinal 마을을 지나 다시 숲길로 접어
들었다. 걷다보니 개울이 보이고 그 앞에
발을 담그는 순례자도 보인다. 가까이 다
가서니 한국인 순례자가 우리한테 먼저 인
사를 건넨다. 뜨거워진 발바닥을 식히기
위해 신발과 양말을 벗고 개울가에 들어
갔다. 차가운 물이 나의 발을 식혀주고 발
바닥이 살아나는 듯한 기분을 전해주었
다. 신기한 것은 개울에 신발 벗고 들어가
는 사람은 한국인뿐이다. 외국 순례자들
은 신기하게 우리를 바라보기만 할 뿐 어
느 누구도 족욕을 하지 않고 그냥 지나쳐
간다. 이들에게는 이런 문화가 없는가 보
다. 6월의 스페인은 우리나라와 비슷하게
여름이 시작되고, 봄과 여름사이에 피어
는 꽃들이 곳곳에서 볼 수 있다. 그중에 반
가웠던 꽃이 매발톱꽃이다. 한국에서 볼 때와 똑같은 꽃이 여기에도 피어난다는 것
자체가 신기했다. 순례길 걷는 동안에 한국에서 볼 수 있는 야생화를 자주 발견했
다. 가을에 순례길을 찾으면 야생화는 볼 수 없지만 무화과, 밤과 같은 과실수가 많
아서 맛볼 수 있다.

Lintzoain을 지나면서 다시 산지 오르막을 만난다. 다시 만난 오르막길은 피레
네보다 더 힘들게 느껴진다. 예상하지 못한 고개길이기에 당황한 것이다. 프랑스길

은 대부분 평지가 많은 길이라고 생각을 한다. 하지만 메세타 평원을 제외하고는 끊임없이 높고 낮은 언덕을 넘어야 한다. 그리고 해발 1,400m가 넘는 산을 피레네를 포함하여 3곳을 지나야 한다. 쉽지 않은 길인데 일부 순례자들은 이를 오해하고 있다. 북쪽길에 비해 난이도가 낮기는 하지만 100% 평지길은 아니다.

다른 순례자들과 동행하게 되면 걷는 속도가 달라서 애를 먹는 경우가 있다. 특히 인솔자라면 더욱 신경이 쓰인다. 그래서 출발하면서부터 쉬어 갈 마을이나 도시를 지정하여 그곳에 만나는 식으로 약속을 정하던가 아니면 앞뒤로 지켜보면서 인솔을 해야만 한다. 타지에서 길을 잃어버렸을 때 황당함은 무척이나 힘든 경험이다. 그래서 가능하면 스마트폰을 계속 켜놓고 다니는 것이 서로에게 편하다. 어떤 순례자는 USIM없이 그냥 스마트폰을 들고 와서 사용하지 않는 경우도 있다. 그러면 연락할 방법이 없어 애태우게 된다. 순례길은 통신환경이 좋은 편은 아니다. 특히 데이터 통신이 취약하기 때문에 음성통화만이라도 가능하도록 설정하는 것이 좋다. Zubiri까지 얼마 남지 않았다. 아직까지 산지이다 보니 자갈이 많은 숲길에 오르막과 내리막이 반복이다. Zubiri 마을 초입에 커다란 다리가 있다. 이 다리를 건너야 알베르게와 마을이 나오고 다리를 건너지 않고 직진하면 Pamplona로 향하는 길이다. Pamplona까지는 20km 정도 더 가야 하는데 일부 순례자들은 시간을 단축하기위해 Zubiri에서 쉬지 않고 내려가는 경우가 있는데 이렇게 며칠을 걷다 보면 피로가 누적되어 중도포기 하거나 병원에 가는 순례자도 간혹 있다. 30여 일의 장거리 일정이기 때문에 무리하게 단축하는 것은 무모한 행동이 될 수 있다.

Albergue 정보

이름	Albergue de peregrinos de Zubiri
숙박비 (유로)	8유로
베드수|형태	46bed/1방	Domitory,
담요제공여부	No, 1회용 커버 제공(무료)
부엌|조리시설	Yes (숙소 외부에 위치)
화장실|샤워장	Yes (구분 없음, 숙소 외부에 위치)
세탁기|건조기	Yes	Yes
아침식사 제공	No
인터넷 사용	WiFi 사용 가능
주변 편의시설	Supermercado No 대신 식료품점(Alimentacion) 있음 Bar	Restaurante Yes

기타 정보

1) 공립 알베르게로 오후 12시부터 개방, 등산화 또는 외부 신발은 거실에 보관해야 함. Zubiri 시내를 들어오는 다리를 건너 사거리에서 오른쪽으로 100여 m 걸어가면 왼쪽에 위치해 있다. 사립 알베르게는 다리 건너 초입에 있다.

3) 1층에 좌우로 방이 나누어져 있으며, 방배정 시 위치 확인 필수.

4) 크레덴시알 발급 가능 - 별도 2유로

Camino De Santiago - 3 일차

출발지	Zubiri
도착지	Pamplona
거리|시간	20.4 km | 6시간
주요지점	Zubiri ~ Larrasoana ~ Irotz ~ Trinidad de Arre ~ Villava ~ Burlada ~ Pamplona
자치주	Navarra

　Zubiri 공립 알베르게는 냉방시설이 부족하다. 대부분의 공립 알베르게가 비슷한 상황이라 잘 때를 제외하고는 거실이나 야외에서 머무는 경우가 많다. 물론 사립 알베르게에 머물면 시원하고 쾌적하게 잠을 잘 수 있지만 공립 알베르게를 고집하는 이유는 저렴한 비용과 순례자들을 많이 만날 수 있다는 장점이 있다. 순례길

에서 만났던 외국 어르신과 짧게 애기를 나
누었다. 한국을 잘 알고, 자기도 영어를 잘
못하기 때문에 많은 애기를 못하신다고 한
다. 나도 그렇다고 그랬다. 하고 싶은 말이
많으나 어휘력이 부족하여 대화가 짧아지
는 것이 아쉽다고 짧은 영어로 대화를 나누
었다. 대부분의 한국인들은 외국인과의 소
통을 힘들어한다 부족한 영어실력을 탓하
는데 외국인들도 영어를 잘 모르는 경우가
많다. 짧게 배운 영어를 말하면 다 알아듣
기 때문에 기본적인 의사소통과 의견을 나
눌 수 있다. 이렇게 알게 된 외국인 순례자
친구가 많으면 정보를 얻기에도 유리하다.
사립 알베르게는 개인 또는 동료끼리 편하
게 걷기에는 좋지만 정보나 친구를 만나기
에는 부족하다.

Pamplona로 가는 길은 Zubiri시내로
들어왔던 다리를 다시 건너 오른쪽 방향으
로 걸어가면 된다. 처음부터 오르막길이 나
타나는데 길지 않지만 배낭메고 오르막길
을 가는 것은 쉬운 것은 아니다. 가는 길이 자잘하게 오르막과 내리막이 많다. 다행
인 것은 길이 넓고 경사가 심하지 않다는 점이다. Irotz를 지나서야 피레네를 완전

하게 벗어난 듯한 느낌이다. 어제처럼 숲이 가득한 길보다는 도시가 보이고, 공장
지대가 보이는 현대화된 (?)길을 걷고 있기 때문이다. 게다가 대로와 같은 넓은 길
이여서 탁트인 풍경을 보면서 걸을 수 있다. 하지만, 그늘이 별로 없다는 것이 아쉽
다. 6월은 따가운 햇빛이 강하게 내리쬐는 여름이 시작되는 시기라서 제법 덥고 뜨
겁다. 하지만 의외로 더위를 느끼는 날은 많지 않는데 프랑스길의 평균 고도가 높
은 것이 이유이다.

아침식사를 하지 못하고 출발해도 길가
에는 간단한 식사를 할 수 있는 카페나 Bar
가 많다. 아니면 마트 등에서 먹거리를 사
서 공원 등에서 휴식하면서 간단하게 식사
를 할 수도 있다. 일행 중 한 명이 마트에서
뻥튀기과자 비슷한 것을 구매하여 내어 주
신다. 아침대신 먹어보라고... 달콤한 딸기
향이 베어 있는 뻥튀기과자로 스페인의 먹
거리를 하나 더 알게 되었다. 순례길에서
많이 볼 수 있는 것 중에 하나가 Bar이다.
그냥 술집이라고 할 수 있지만, 이른 아침
시간에는 순례자를 대상으로 커피나 크라
상과 곁들인 아침식사(Desauno)를 판매
한다. 이번 순례길에서는 Bar에서 크라상
과 에소프레소 커피로 아침식사를 대신하

곤 했다. 다리를 건너 Larrasoana에 다다르니 Bar가 보였다. 우리보다 일찍 출발

했던 순례자들 대부분이 여기서 자리를 잡고 쉬거나 커피 한 잔을 하고 있다. 일부는 바로 옆 순례자 조형물 앞에서 기념사진을 찍고 있다. 이렇게 아침식사를 하는 것도 편하고 나름 여행하는 기분을 만끽할 수 있다. 하지만, 쉴 때마다 Bar를 이용하려면 그 비용도 만만치 않다. 대부분의 여성 순례자들은 Bar를 애용하는데 화장실을 사용할 수 있기 때문이다. 순례길에는 공중화장실이 없다. 그래서 볼 일을 보려면 마트나 Bar, Café 등을 이용해야 한다. 외국인 순례자들은 자연을 활용하여(?) 볼 일을 해결하기도 한다.

Irotz부터는 완전하게 산지를 벗어나 상상하던 넓고 편한 순례길과 만난다. 포장길보다 비포장길이라 흙먼지가 날리기도 하지만 발은 편하다. Zabaldika에 처음으로 갈림길을 만났다. 오른쪽으로 가면 오르막을 올라 성당을 거쳐가는 길이라면, 왼쪽으로 내려가면 하천따라 우회하는 길이다. 대부분의 순례자들은 여기서 머뭇거리며 고민에 빠진다. 그리고 대부분 하천길을 따라 편한 길을 선택한다. 배낭을 메고 걷다 보면 아무리 좋은 풍경을 볼 수 있는 곳이던, 유적지이던 오르막길이 앞에 나타나면 힘들어하여 포기하는 경우가 대부분이다. 게다가 일행을 인솔해야 할 경우, 갈림길에서 정보를 정확하게 알려주지 않으면 헤매기 때문에 신경써야 한다. 프랑스길은 자잘하게 우회길이 많다. 그래서 일행이 있을 때는 휴식을 취할 겸 갈림길에서 쉬는 것이 가장 안전한 인솔 방법이다.

갈림길이 다시 합쳐지는 곳에서부터 고
개를 넘어가는 좁은 오솔길이다. 배낭이
무거우면 오르기 어렵다고 생각한다. 그래
서 최대한 가볍게 배낭을 꾸리려고 한다.
순례길에 오려면 최소한 배낭을 메고 일주
일 정도는 연습삼아 걸어보는 것을 권한
다. 그래야 배낭과 신발에 적응할 수 있기
때문이다.

그늘이 없는 오르막을 올라 고갯마루에
서 찬찬히 주변을 둘러본다. 정면에는
Pamplona의 도심풍경이 눈에 들어오고,
뒤에는 피레네의 높은 산이 시야를 가로
막고 있다. 그 사이 길 위에 순례자들은 작
은 인형처럼 보였다. 내리막길에 만난 도
시는 'La Trinida de Arre' 이다. 도착한
줄 알고 긴장이 풀렸었는데 4,5Km는 더
걸어가야 Pamplona에 도착한다. N-135
도로와 PA-30 도로가 만나는 교차로를 지
나면 갈림길이 있다. 둘 다 순례길 코스이
지만 왼편 길로 가면 Huarte를 경유하는
우회길이며 직진하면 Villava를 거쳐 Pamplona로 가는 길이다. 대부분 직진하는
코스로 간다. 도심에 접어들면, 걷는 길은 무척이나 힘들고 고될 수 있다. 딱딱한 바

닥길과 햇빛을 피하기 어렵기 때문이다.

멋드러진 다리(Puente De Latrini dad)를 건너면 알베르게가 있는데 이곳에서도 Sello를 받을 수 있다. Sello를 받은 후 도심길 따라 걷는다. 도심에는 노란색 화살표가 잘 보이지 않지만 교통 표지판처럼 곳곳에 안내 표시판이 세워져 있어 길을 찾을 수 있다. Pamplona시내에 들어가려면 Pamplona성 외곽을 돌아 Portal de Francia 성문(또는 Portal de Zuma lacárregui)으로 들어가야 한다. The Way라는 영화를 보면 이문을 통해 들어가는 장면이 나온다. Pamplona성은 매우 높고 견고한 성이라 함락된 적이 없는 성이라고 한다. 하지만 어의 없는 실수로 인해 함락되어 프랑스에 점령당하기도 했다고 한다. 나바라 왕국의 수도였으나 지금은 스페인 나바라주의 주도이다. 매년 7월 6일부터 14일까지는 소몰이 축제로 유명한 '페르민축제'가 개최되는 도시이기도 하다. 이 시기에는 관광객이 매우 많기 때문에 숙소를 정하기 어려우니 축제를 경험하고자 한다면 사전에 숙소 등 예약을 해야 한다. 그래서 시간적인 여유가 있다면

알베르게에 머물면서 시내구경을 하는 것을 권한다. Castillo광장(Plaza del Castillo)에 가면 헤밍웨이가 자주 찾아갔다는 이루냐 카페(Café Iruña)가 있는데 음료와 맥주 그리고 타파스메뉴를 판매하는 유명 명소이다.

Pamplona의 알베르게는 규모가 크다. 그리고 부엌도 있기 때문에 조리해먹는 순례자도 많다. 한국인이 많이 찾아오면서 배려없이 조리도구를 독점하듯 사용하는 바람에 한국인 출입금지가 되기도 했었다. 부엌의 조리도구는 공용이기 때문에 다음 순례자를 위해 빨리 사용하고 씻어 놓아야 한다. 이러한 것이 순례길의 예의이다.

Albergue 정보

이름	Albergue Jesús y María Municipal
숙박비 (유로)	8유로
베드수|형태	112bed/1방 | Domitory.
담요제공여부	No. 1회용 커버 제공(무료)
부엌|조리시설	Yes
화장실|샤워장	Yes (구분 없음)
세탁기|건조기	Yes | Yes

아침식사 제공	No
인터넷 사용	WiFi 사용 가능
주변 편의시설	Supermercado & 식료품점(Alimentacion) 있음
	Bar	Restaurante Yes

기타 정보

1) 공립 알베르게로 오후 12시부터 개방하
며 크레덴시알 발급 가능(2유로 별도)

2) 1층과 2층이 통합된 형태이다 보니 울
림이 있어 조용한 숙소를 원하는 순례자
에게는 추천하지 않음.

3) 등산화 또는 외부 신발은 침실 외부에 보관해야 함.

4) 주변 Bar 및 레스토랑은 스페인어 및 영   어가 표기되어 있어 주문이 용이하
다.

5) 공립 알베르게 주변은 번화가여서 밤새도록 시끄럽기 때문에 조용한 숙소를 찾
는다면 호텔 등이 유용하다.

Camino De Santiago - 4일차

출발지　　Pamplona

도착지　　Puente la Reina

거리|시간　23.9 km | 7.5시간

주요지점　Pamplona ~ Cizur menor ~ Zariquiegui ~ Uterga ~ Muruzabal
　　　　　 ~ Puente la Reina

자치주　　Navarra

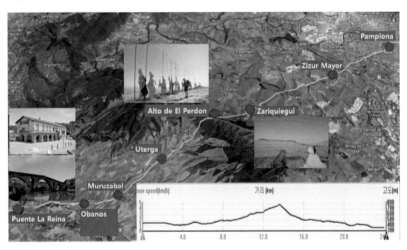

　숙소에 도착하면 순례자들끼리 삼삼오오 모여 저녁식사를 하거나 친해진 친구들끼리 와인 한 잔을 하는 경우가 많다. 같은 길을 걷고 있다는 목적도 같아서 빨리 친해지고 순례길의 길동무가 되기도 한다. 그리고 매일 저녁이 파티처럼 보내기도 한다. 순례길의 재미는 걷는 것뿐만 아니라 순례자들과 동행하며 관계를 형성하며 와인 한 잔 하는 것도 즐거움이다. 그리고 아침이면 다시 순례자의 일상으로 돌아와 다음 목적지를 향해 떠날 채비를 한다. 그래서 순례길에서는 수시로 만남과 헤어짐

이 반복된다. 그리고 귀국후에도 인연을 이어가거나 순례길에서 끝나기도 한다. 새벽의 Pamplona는 술 취한 사람은 없고 오로지 배낭메고 Puente la Reina로 가려는 순례자와 길거리 청소부만 보일 뿐이다.

6시에 일어나면 동트기 시작하고 아직까지는 찬 새벽기운이 머문다. 이때가 가장 걷기 좋은 시기이다. 9시가 넘어서면 햇빛이 뜨거워져 더위가 엄습하기 때문이다. 숨이 턱턱막히는 한국의 여름은 아니지만 뜨거운 햇빛때문에 모자가 없으면 머리가 지끈거릴 정도이다. 그래서 일부 순례자들은 밤에만 걷기도 한다. 그래서 새벽녘이면 알베르게에 도착하여 머물다가 오후 늦게 출발하기도 한다.

Pamplona를 벗어나기 전에 고소한 냄새가 풍기는 빵집을 발견하고 그곳으로 발걸음을 옮겼다. 그리고 Cafe con leche 또는 Cafe Solo 한 잔과 크라상 또는 토스트를 주문하여 아침식사를 한다. 여기서 맛보는 크라상은 달지도 않고 담백하고 한국에서 맛보던 크라상에 비해 크기가 2배 정도 크고 저렴하여 자주 애용한 식사용 빵이다.

Pamplona 시내는 제법 크며 시내를 벗어나기 위해서 성벽의 가장자리를 따라 나바라 대학 교정을 가로질러 통과하여야 한다. 그리고 Cizur Menor를 지날 때까지 5km정도 걸어야 한다. 이후에는 너른 평원을 가로질러 간다. 마을 농로길 양 옆에 펼쳐진 밀밭의 풍경이 끝없이 이어지고 그 사이 길을 따라 갈림길없이 순례길을 이어 갈 수 있다. 마음이 평온해지는 길이다. 그리고 6월에는 곳곳에 양귀비꽃도 볼 수 있다. Guendulátn를 거쳐 Alto del Perdon 까지 낮은 언덕이 있는 길과 오르막길이다. 한국에서 보는 평야의 풍경과는 사뭇 다르다. Zariquiegui마을 외곽에서 정면을 바라보면 높은 산맥이 가로질러 서있는데 이 산을 넘어가야 한다. 산 꼭대기에 '용서의 언덕 (Alto del Perdon)'이라는 '순례자친

구들의연합'에서 1996년에 조성한 조형물이 세워져 있다. 피레네를 넘어가면 더 이상 높은 산은 없을 줄 알았다. 대부분의 순례자들은 그렇게 생각할 것이다. 그래서 북쪽길은 매우 힘들고 프랑스길은 쉽다라고 생각한다. 하지만 대체로 평지가 많

기는 하지만 높은 산을 몇 개를 넘어야 하는 난이도가 있는 산이다. 진정한 평지만 이어진 길이 마드리드길이라면 보다 산줄기를 따라 자연 풍광이 아름다운 길은 프리미티보길이다.

  Alto del Perdon이 있는 고개가 가까운듯 보이지만 빨리 가까워지지 않는다. 워낙 평평한 지대이다 보니 거리감이 다르게 느껴진다. 가까운 것처럼 보여도 대략 1~2시간을 걸어야 하는 거리이다. 걷는 내내 앞뒤로 다른 순례자들이 연신 스쳐가면서 " Hola!" 라고 말한다. 스페인 인사말

이자 순례길에서 가장 많이 사용하고 많이 듣는 단어이다. 모르는 순례자라도 친해질 수 있는 계기가 "Hola"라고 말하면 풀리게 되는 마법 같은 단어이다. 하지만 스페인여행지에서 사용하면 이상한 사람처럼 보기도 한다. 언덕 아래 Zariquiegui라는 작은 마을에 다다랐다. 언덕을 오르기 전 쉬면서 충전할 수 있는 작은 마을이다. 더운 날 Bar에서 물보다 시원한 맥주(cerveza)가 최고이다. 한 잔에 1.5유로 정도 하는데 이곳은 콜라보다 저렴하다. 맥주로 목을 축이면서 그늘에 앉아 있으면 배낭이 품고 있었던 열기가 빠져 차가워진다. 이 뜨거운 초여름의 날씨는 7월이 되면 더욱 뜨거워지지만 밤이 되면 빨리 식어버린다. 그리고

건조하기 때문에 그늘에만 들어가면 시원하다. 그래서 스페인의 주택구조를 보면 창문이 작거나 나무 판자로 된 창문이 설치되어 있어서 햇빛을 차단시켜주는 역할을 한다.

Zariquiegui부터 용서의 언덕까지 구간은 나름에 깔딱고갯길이다. 앞서 걸었던 오르막길에 비하면 경사가 좀더 심하고 좁은 비탈길로 바뀌기 때문이다. 길이 좁아지면서 순례자들끼리 좀더 가깝게 붙어서 걸어야 한다. 미국에서 온 젊은 순례자는 거리낌없이 사진을 찍는 나를 보면서 말을 걸어온다. 짧은 영어로 인사하며 왜 여기에 있는지, 카메라가 어느 제품인지 질문을 한다. 그리고 본인은 유투버라고 소개하며 작은 카메라와 비디오카메라를 가지고 다닌다고 얘기를 한다. 외국인 순례자들을 보면 배낭의 무게에 집착하지 않는다. 자신이 지고 다닐 수 있으면 뭐라도 넣고 다닌다. 그리고 후회하지 않고 즐기며 걷는다. 한국인 순례자들은 출발 전부터 배낭 무게에 집착한다. 가볍게 꾸리기위해 최선을 다하는 것(?)이 외국인 순례자와 다른 점이다.

이제 바로 앞에 용서의 언덕(Alto del Perdon) 이다. 왜 용서의 언덕이라는 말이 있는지는 알 수 없다. 지나가던 순례자들이 힘든 언덕을 올라오면서 복받쳐 울면서 스스로에게 용서를 구했던 것은 아닐지... 그렇게 마음을 내리고 남은 순례길을 이어갔을 것이다. 그리고 순례길을 다녀온 사람들이라면 이곳에 있는 줄지어 걸어가는 순례자의 조형물 사진을 가지고 있다. 기념비 앞에 배낭을 풀고 찬찬히 주변을 둘러보았다. 사진도 찍고, 조형물 앞에 다가가 어루만져 보기도 했다. 그늘이 없는 언덕 정상이지만 시원한 바람때문에 땀을 식히며 주변 풍광을 감상할 수 있다. 왼쪽으로 가면 앞으로 가야할 Puente la Reina로 가는 길이고, 반대편은 지나온 Pamplona가 보인다. 그리고 정면에는 말을 타고 걸어가는 순례자 조형물이 서있다. 순례자마다 다르겠지만 이곳에서 충분히 쉬면서 용서의 언덕이라는 말을 되새겨보면 어떨까 한다. 무작정 걸어서 완주하는 것도 중요하겠지만 순례길을 찾아왔을 때는 그보다 나를 찾는 여정이 우선이지 않을까 한다. 진한 여운보다 아쉬움이 너무나 컸던 '용서의 언덕' 이다. 순례자 조형물은 **나바라 지역의 '까미노친구연합'** 에서 제작한 조형물로 순례길을 상징하는 대표적인 상징물이다. 그리고 산능선을 따라 풍력발전기가 줄지어 서있어 멋진 풍경을 연출하는 장소이다.

Uterga로 가는 내리막길은 오르막보다 힘들다. 자갈이 많고, 경사가 급하다. 발가락이 신발 앞을 자극할 정도이고 무거운 배낭으로 인해 발바닥은 잔돌이 누르는 느낌을 고스란히 받는다. 이마저도 용서를 하며 걷자는 마음으로 내려선다. 고개를 넘어서자 기온이 급격히 오르는 느낌이다. 바람이 없고 대신 햇빛이 가득 채우고 있다. 순례길에서 동지를 잘 사귀어 놓으면 중요한 정보를 공유하며 서로 도움을 주는 사이가 된다. 이곳에서는 '순례길 통신'이라는 말을 쓰는데 앞서간 순례자들이 뒤에 따라오는 순례자들을 위해 정보를 알베르게 게시판이나 스마트폰 등을 통해 공유한다. 이번에도 동행자 중에 한 명이 가끔씩 사진으로 메시지를 보내왔다. 어디에 뭐가 있고, 오렌지주스를 판매하는 매대의 아가씨가 이쁘다는 얘기까지 다양하게 필요한 정보를 사진으로 보내오곤 했다. 그래서 예전에

비해 스마트폰의 용도가 매우 중요하다. 정보를 얻거나 번역이 필요할 때, 메모나 기록을 남기기위해, 앱으로 순례길 정보를 받아야 할 때 등 다양하게 사용한다. 그래서 일부 순례자는 고가의 스마트폰 대신 중고 스마트폰을 별도로 가져와서 사용하기도 한다.

고대 도시였던 Uterga를 지나 Muruzabal에 다다르면 여타 가이드북에 우회길을 소개한다. Ermita de Santa María de Eunate라고 하며 팔각형의 로마네스크 양식을 가진 에우나떼 성당을 찾아가는 우회길이다. 역사나 건축에 관심이 있는 순

레자라면 우회길을 가는 것도 좋은 경험이 될 것이다. 경유하지 않고 Muruzabal에서 Oba nos를 거쳐 목적지 도시까지 약 4.5km 정도 남았다. Obanos는 중세의 느낌이 묻어나는 도시이자 '시골 귀족의 마을'이라는 별칭이 있을 정도로 나바라 지역의 유지들이 자주 모이던 장소가 있던 마을이라고 한다. 지금은 옛 도시의 모습과 현대 도시의 모습이 공존하는 풍경을 보여주고 있다. Obanos를 지나면 Puente la Reina에 도착한다. 도시 초입에는 사립 알베르게가 줄지어 서있고 공립 알베르게는 엘리자 성당(Iglesia del Crucifijo-Eliza) 맞은 편에 있다. 이곳의

공립 알베르게는 다른 공립에 비해 침대 사이가 좁은 편이다. 그래서 불편하다 싶으면 마을 초입에 있는 Jakue 알베르게를 추천한다. 뷔페식의 식사를 할 수 있기 때문에 인기가 좋은 숙소이다.

순례자마다 취향이 다르다. 어떤 사람은 숙소가 좋아야 한다고 고집하는 경우도 있는데 순례길은 고행길이기 때문에 알베르게도 최소한에 시설로만 되어 있어 편의시설이 부족하다 느낄 수 있다. 이를 보완해

주는 것이 사립 알베르게로 게스트하우스 수준의 깨끗하고 좋다. 순례길에서 무조건 고생을 해야하는 것은 아니지만 처해진 상황에 맞춰가는 것도 나쁘지 않다. 최소한의 생활에 익숙해지면 작은 친절이나 보다 좋은 숙소를 만났을 때 느끼는 행복감은 무척 크다. 좋은 숙소나 편하게 걷는 순례길 생활이 이어지면 아무리 좋은 숙소나 풍족한 편안함을 마주하더라도 즐겁거나 행복하지 않다. "나의 산티아고"라는 영화를 보면 호텔에서만 머문다. 이것도 하나의 방법이긴 하다. 맞다 틀리다가 아닌 이렇게 즐기면 어떻겠냐고 제안하는 것이다.

Puente la Reina에 도착하여 여유시간이 있다면 둘러봐야 할 곳이다. 이곳에 '여왕의 다리'라 불리우는 곳이 있다. Puente la Reina를 벗어나 다음 목적지로 갈 때 건너야하는 석축의 다리인데 나바라의 여왕이 순례자를 위해 지었다는 아주 멋지고 큰 석축교이다. 그리고 마을 중앙에는 산티아고 성당(Iglesia de Santiago-Eliza)이 있는데 순례자를 위한 미사와 무사히 완주하기위한 기도를 할 수 있는 곳이며 Sello도 받을 수 있는 성당이다.

Albergue 정보

이름	Albergue de los Padres Reparadores
숙박비 (유로)	5유로
베드수ㅣ형태	100bed/1방 ㅣ Domitory.
담요제공여부	No. 1회용 커버 제공(무료)
부엌ㅣ조리시설	Yes
화장실ㅣ샤워장	Yes (구분 없음)
세탁기ㅣ건조기	Yes ㅣ Yes

아침식사 제공	No
인터넷 사용	WiFi 사용 가능
주변 편의시설	식료품점(Alimentacion) 있음	Bar	Restaurante Yes

기타 정보

1) 공립 알베르게로 오후 12시부터 개방

2) 생각보다 환기가 안되 더운 편, 6월이후에는 자제하길 바란다.

3) 2층 이상 알베르게 에서는 계단을 올라서야 1층이라 부른다. 이후에는 2층이며, 입구 들어서는 공간은 0층 또는 그라운드 층이라고 한다.

4) 등산화 또는 외부 신발은 침실 외부에 보관해야 함.

5) 주변 Bar 및 레스토랑은 스페인어 및 영어가 표기되어 있다.

에피소드 3 배고픈 순례자를 위한 조언

산티아고 순례길을 꿈꾸는 사람은 많다. 오랫동안 걸으면서 나를 찾아 떠나거나 마음에 치유를 위해 찾아오기 때문이다. 하지만 순례길에 접어드는 순간 현실의 벽과 마주한다. 밥먹는 것부터, 알베르게를 구하고, 빨래하고, 쉬어가고, 아프면 약도 사러 가야하고, 양말에 구멍이 생기면 새로 사야하는 등 많은 일상적인 일들이 발생한다. 언어가 다른 스페인에서 이러한 생활을 하기가 어려울 수도 있다. 하지만 짧은 영어라도 말할 줄 알면 소통이 되는 곳이 스페인이다. 알베르게에 도착하면 한국인들이 있기도 하기에 도움을 구할 수 있지만 Bar 나 Restaurante에 혼자 가면 어떻게 주문하고 먹어야 할지 난감하다. 차라리 Supermercado에서 먹을 것을 사다가 요리하는 것이 편할 수 있다. 기왕이면, 스페인까지 와서 한국 맛을 보는 것도 좋지만 현지음식을 맛보는 것은 여행의 즐거움을 더해주는 요소이다. 순례길에서도 마찬가지이다. 스페인어 잘 알지 못해도 기본적인 단어와 인사말만 할 줄 알면 맛있는 음식을 맛보면서 여행하는데 불편하지 않다.

중요한 것은, 스페인 사람들은 우리를 외국인으로 보기 때문에 영어나 스페인어를 잘하지 못해도 대충 의미를 이해한다는 점이다. 너무 걱정하지 말고 시도를 해보길 바란다. 우선 기본적인 용어부터 알아보자.

순례길의 휴식처인 알베르게를 찾아갈 때 웹사이트 또는 가이드북을 통해 여러가지 정보를 확인하고 찾아가기 마련이다. 그럴 때 알아두면 좋을 용어들이다. 웹사이트나 앱에 따라 조금씩 달리 보일 수도 있지만 부엌이나 서비스 가능한 정보를 표시하여 보여준다. 이중에 중요한 것은 부엌이 있는지, 조리도구 사용이 가능한지,

아침 또는 저녁식사를 제공하는지 여부이다. **Desayuno**는 아침식사라는 의미이며, 대부분 별도의 비용을 받는다. **Cena**는 저녁식사 라는 의미이며 대부분 별도의 비용을 받는다.

Servicios y equipamiento

Expiden la Credencial 2 euros
Cocina de uso libre   Microondas   Nevera
Desayuno 3,50 euros
Ordenador con acceso a Internet € **Wi-Fi**
Lavadora y Secadora €
Sábanas € **Mantas**
Taquillas individuales con llave €
Resguardo para bicicletas
€ = Coste extra

Otros datos

Año de apertura: 2007
Titularidad: Municipal
Gestión: Fundacion ASPACE Navarra
Encargado: Personal de la Fundacion ASPACE

팜플로나의 Jesus Maria 알베르게의 서비스 내용 - www.gronze.com 발췌

Expiden la Credencial 2 euros	→ 크레덴시알 발급 가능 2유로
Cocina de uso libre	→ 부엌 자유롭게 사용 가능
MicroondasNevera	→ 전자레인지 있음
Desayuno 3,50 euros	→ 아침식사 제공 3.5유로 별도
Ordenador con acceso a Internet Wi-Fi	→ Wi-Fi 사용 및 인터넷 연결된 PC있음
Lavadora y Secadora	→ 세탁기 와 건조기
Sábanas Mantas	→ 담요 제공
Taquillas individuales con llave	→ 열쇠있는 개인 사물함

Resguardo para bicicletas   → 자전거 보관

하지만 Donativo라고 표시된 알베르게에서 저녁식사 비용을 받지 않거나 또는 별도 기부금(Donation)을 받기도 한다. **Cocina**는 부엌을 뜻하며, ‘del uso libre’ 는 자유롭게 사용해도 된다는 말이다. 이 말이 없다면 부엌사용이 제한될 수 있음을 인지해야 한다. 그리고 부엌이 없는 대신 **전자렌지(MicroondasNevera)만 있다**고 표시되는 곳도 있고 알베르게가 레스토랑을 겸하여 운영하는 곳도 있는데 이러한 알베르게는 부엌이 따로 없으며 레스토랑에서 식사를 해야 한다. 이것만 알아도 알베르게에서 요리할 수 있을지, 아니면 외부에서 식사를 해야 할지 결정할 수 있다. 대부분 알베르게에서는 식사제공을 하지 않는다. 대신 주변 Bar 나 레스토랑에서 그냥 매식할 수 있도록 소개해주거나 ‘Comidas’ 라는 단어로 알베르게에서 자체 운영하는 식당에서 식사할 수 있음을 소개해주기도 한다.

알베르게를 벗어나 스페인 음식을 맛보고 싶다면 간판을 보고 먹거리를 찾아야 한다. 슈퍼마켓이나 대형마트를 찾아가려면 ‘Supermercado’를 찾으면 된다. 주변에 슈퍼마켓이 없다면 식료품점인 ‘Alimentacion’을 찾으면 조리할 수 있는 재료를 구매할 수 있다. 만약 맛있는 빵을 먹고 싶다면 ‘Panaderia’를 찾으면 되지만 작은 마을에서는 찾기 어렵다. 슈

퍼마켓과 식료품점의 차이는 식료품점은 말그대로 먹을 수 있는 제품만 판매하며, 슈퍼마켓은 다양한 공산품을 포함하여 판매한다. Rogrono에 가면 중국인 마트가 있는데 한국라면 및 장류, 김치류를 판매하는데 최근에는 침치 등을 판매하는 마트가 많이 늘었다. Saint Jean Pied de Port에 가면 익숙한 명칭의 대형마트인 '까르푸'를 만날 수 있다.

그외에 음식을 먹고 싶으면 Bar 또는 Restaurante, Cafe에 가면 되는데, 서로 약간에 차이가 있다. Bar는 주류판매가 주이며, 여기에 곁들인 간단한 음식이나 샌드위치같은 단품 메뉴를 판매한다. 이와 반대로 Restaurante는 식사 위주이기에 단품 메뉴뿐만 아니라 정찬과 같은 식사메뉴(Menu del Dia)를 판매한다. Cafe는 가장 많이 있으며 커피와 같은 음료와 샌드위치나 보카디요, 크라상 같은 간단한 음식을 판매한다. 만약에 간단하게 식사하기위에 Bar에 갔다면, 메뉴판을 주기도 하지만 그냥 주문을 해야 하는 경우도 있다. 대

부분 문밖에 판매하는 메뉴를 적어 놓기도 한다. Cafe 와 Bar에 들어서면, 주문할 때 굳이 스페인어로 말할 필요도 없고 필요한 것만 얘기해도 알아듣고 음식을 내어준다. 간혹 단어를 혼동하여 샌드위치 주문에 실패하는 경우가 있으니 사전에 단어를 찾아보는 것이 도움이 된다.

먼저 음료를 주문하려면, 'Cafe con Leche'는 카페라떼에 해당되며, 에소프레소 원샷에 우유를 채워주다. cafe con leche del vasso 하면 유리잔에 담아 주며, 그렇지 않으면 머그잔에 준다. 'Cafe solo'는 에소프레소 원 샷을 주문할 때 사용하며, 많이 마시고 싶으면 Two shot 또는 double이라 얘기하여도 된다. 스페인에서는 'Cafe Americano'가 없다. 그래서 작은 도시의 Bar에서는 아메리카노하면 알아듣지 못한다. 그래서 큰 도시에 나가거나 젊은 주인이 운영하는 카페에서는 가능하다. 대부분의 커피 가격은 1.5~1.8유로 사이이며, Desauno 메뉴와 세트로 구매할 경우, 3.5유로 내외로 아침식사를 할 수 있다.

이외에 다른 음료를 주문하고자 한다면,
Cocl cloa → 코카콜라
Naranja → 오렌지 쥬스

Limon → 레몬 쥬스

Bebida → 음료의 통칭

Aqua → 생수 또는 그냥 물

Cerveza → 생맥주 또는 병맥주를 준다. 보통 330ml 정도 잔이나 병맥주를 제공하며, 좀더 큰 용량의 맥주를 원하면 'Grande Cerveza(그란데 세르베사)'라고 말하면 된다.

음료의 가격은 약 1.1~1.5유로 사이이며, 맥주는 1.8~2유로 된다. 사이즈가 큰 맥주일 경우 4유로 정도 생각하면 된다. 하지만 Bar가 아닌 슈퍼마켓에서 맥주를 구매할 경우, 1리터 병맥주가 약 0.67유로 정도 한다. 맥주는 산미구엘이 많은 편이고, 갈리시아 맥주도 제법 쉽게 구매할 수 있다.

Bocadillo와 Sandwich는 같은 표현이기는 한데, 실제로 스페인에서 주문할 때는 조금 다르다. 보카디요는 바케트빵 사이에 따스한 음식을 넣어주는 형태가 가능하지만, 샌드위치는 식빵에 야채와 같은 차가운 재료를 넣어주는 형태이다. 대부분의

카페나 Bar에서는 이 음식들을 판매하는데 아침식사 또는 점심식사로 많이 애용한

다. Cacabelos의 바에서 보카디요 속에 또르띠야를 두툼히 넣어주는 곳이 있는데 기억에 남았다.

음료나 식사를 주문할 때 수량을 선택해야 하는데 기본적인 숫자는 10까지만 알아도 충분할 듯싶다. 그 이상의 숫자는 계산기로 보여줘도 된다.

1 → uno 우노   7 → siete 씨에떼

2 → dos 도스   8 → ocho 오초

3 → tres 뜨레스   9 → nueve 누에베

4 → cuatro 꽈뜨로   10 → diez 디에쓰

5 → cinco 씬꼬   11 → once 온쎄

6 → seis 쎄이스   12 → doce 도쎄

예를 들어 커피 한 잔을 주문한 경우, "우노 카페 콘 레체 포르파보르"하면 되며, 2잔을 주문하려면 '도스'를 앞에 붙이면 된다.

Bar에 들르면 빠짐없이 보게 메뉴 메뉴가 'Tapas' (나바라 지역에서는 pinchos)라고 하는 메뉴가 있다. 술 안주로 내어놓는 것인데 다양한 종류가 있어 식당마다 다르게 메뉴를 내어 놓는다. 작은 마을의 바에서는 보카디요나 Tortilla에 바케트를 올

려 내놓는 경우가 많다. 로그로뇨에는 Tapas 메뉴만 있는 Bar 또는 식당이 있어 골라 먹는 재미를 경험할 수 있다. Bar 또는 Cafe에 가면 순례자를 위해 스탬프(Sello)를 찍어주는 곳이 많으며 식당 문 앞에 Sello라고 표시를 해 놓았다.

간단한 음식이 아닌 스페인 정찬 음식을 맛보고 싶다면 Restaurante을 찾아가야 한다. 순례길 중에는 레스토랑이 꽤 있다. 가격도 10유로 내외인데 산티아고나 큰도시에서는 15유로 내외에서 식사할 수 있다. 메뉴도 고기요리전문으로 하는 곳과 해산물류를 따로 구분하여 운영한다. 대부분 식당에서는 순례자를 위한 메뉴를 별도로 만들어 영업을 한다. 식당마다 데일리 메뉴(Menu del Dia) 만 소개하는 경우도 많다. "Menu del Dia"로 소개되는 것이 데일리 메뉴이며, 두 종류의 메인 음식 Plato(Plate)과 후식, 음료를 선택하는 구조이다. 물론 단품 메뉴로 선택하여 식사할 수도 있다. 식당에 따라 2개의 plato대신 스타터(에피타이저)메뉴가 들어간 곳도 있는데 대부분 2개의 plato를 선택하게끔 되어 있다. Plato1과 2는 3~4개의 메

63

뉴가 있는데 이를 각각 선택하면 된다. 음료는 물(Aqua)또는 와인(Vino tinto)중 선택할 수 있으며, 와인대신 맥주 한 잔을 주문하는 경우도 상관없다. plato1은 전체음식의 성격이 강하여 샐러드, 파스타, 스프 종류가 많고 plato2는 메인요리에 해당되어 스테이크 또는 연어구이, 구운 닭요리(Grilled Chicken, Pollo) 등이 있다. 레스토랑의 메뉴판을 보면 스페인어 버전과 영어버전이 구비되어 있어 필요할 경우, 영어 버전의 메뉴판을 달라고 하면 보여준다. 아니면 외부 메뉴판을 적어 놓을 때 스페인어/영어를 병행 표기하기도 한다.

  정리하면, 레스토랑에서 메뉴를 선택할 경우,
  1. Plato 1 과 Plato2 각각 선택
  2. 음료 선택 물 또는 레드와인
  3. 디저트 선택 – 케익, 과일, 아이스크림 등 종류로 선택

  이밖에 단품 메뉴로 대표적인 것은 콤비네이션 메뉴가 있는데 계란 후라이와 감자튀김, 베이컨, 구운 돼지고기 등을 조합하여 내주는 메뉴로 4~5유로 정도 한다. 레스토랑에 따라 한국 라면을 단품 메뉴로 판매하는 곳도 있으며 Santiago de Compostela에는 한국인이 운영하는 식당이 최근에 생겨 영업 중이다.

그리고 걷다보면 어쩔 수 없이 경험해야
하는 것이 화장실을 찾을 때이다. 외국 순
례자들은 들판이나 나무 뒤에서 일을 보
고 나오는 경우가 흔한데 한국인 순례자
들은 그렇지 못하다. 더군다나 여성분들
은 화장실 가는 것을 두려워하여 물을 마
시지 않는 경우도 있다. 장거리를 걷고 뜨
거운 낮에는 충분한 물을 마셔야 함에도
건강보다는 체면을 따진다. 그래서 대부분
의 순례자들은 순례길 중간마다 있는 마을

의 Bar에 들러 간단한 음료를 마시면서 화장실을 이용한다. 순례길은 거의 5km내
외마다 마을이 있으며, 아무리 멀어도 11km정도 뿐이다. 2,3세시간 정도는 참을
수 있다면 볼일 보는 것을 얼마든지 해결할 수 있다.

출발하기 전 아침식사를 준비하지 못하
였다 하더라도 순례길 중간에 가판대 또는
푸드 트럭 등 이동형 Bar가 간간히 보이는
데 이곳에서 쉴 겸 먹거리를 구매해도 된
다. 하지만 화장실은 없다. 대신 Sello 스
탬프도 부가적으로 받을 수 있다.

많은 한국 순례자들은 스페인의 밋밋한
맛에 한국적인 매운맛이나 진한 맛을 찾는

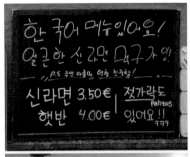

데 이럴 경우에는 첫번째가 그나마 유사한 중국식당을 찾아가는 것이다. 대표적인 곳이 'WOK'이라는 중식 뷔페이다. Leon, Logroño, Santiago de Compostela 등에 있으며, WOK이라는 유사한 이름의 중국 짝퉁 식당도 있어 로고 표시를 잘 확인해야 한다. 가격은 점심식사 시간에 10유로 정도 한다. 두번째는 중국인 마트에서 라면, 고추장, 또는 김치를 판매하니 이를 이용하여 조리해 먹는 방법이다. 아니면 Sarria 초입에 들어서면 한국라면을 판매하는 식료품점이 있는데 이곳에서 김치통조림, 짜파게티, 라면이나 장 류를 구매할 수 있다. 세번째는 스페인 슈퍼마켓에 가면 대부분 쌀을 판매하는데 이를 이용하여 알베르게에서 밥을 해먹는 방법이다. 반찬으로 소시지나 육류가격이 무척 저렴하기 때문에 삼겹살이나 소고기 등심같은 고기를 사다가 구워서 밥과 함께 먹거나 닭볶음탕을 해먹는 순례자도 꽤 된다.

마지막으로, 알베르게에서 조리하고 나서 음식이 남았다면, 보통 음식물을 버려도 되지만, 접시에 담아 테이블 또는 주방에 두어 다른 순례자들이 먹을 수 있도록 배려해줘도 된다. 외국 순례자들은 음식 이 남으면 음식위에 메모를 남겨 먹어도 된다고 표시를 해놓는 경우가 많다. 하지 만, 냉장고에 보관하면 남겨놓은 음식으 로 생각하기 때문에 손대지 않는 것이 좋 다. 대부분의 순례자들이 저녁식사를 위 해 슈퍼마켓에서 재료를 구매하는데 이를 비닐봉지에 담은 채 냉장고 또는 주방에 보관을 한다. 이러한 재료나 음식은 손대 면 안된다. 반대로, 선반이나 양념류가 있 는 서랍에 남은 파스타나 남은 쌀이 있는 데 이는 사용해도 무방하다.

그리고 순례길을 걷는 동안 식사를 해결 할 방법을 정리해보면, 아침식사는 첫번 째 알베르게에서 제공하는 식사로 해결하 는 방법으로 대부분 빠게트빵, 마리아 비 스켓, 잼, 커피, 우유, 쥬스 등을 제공해 준 다. 두번째, Bar 또는 카페에서 판매하는 desauno메뉴를 구매하는 경우로 대부분 커피와 크라상, 또는 콤비네이션 메뉴를 판매한다. 세번째, 가장 저렴한 방법으로 슈퍼마켓에서 구매한 빵과 음료로 식사한

다. 점심식사의 경우는 첫번째, 슈퍼마켓에서 구입한 빵과 음료로 해결하거나 두 번째, Bar 또는 카페에서 판매하는 단품 메뉴 또는 일일추천메뉴(menu del dia)로 식사한다. 저녁식사를 할 경우는 첫번째, 주변 레스토랑에서 순례자메뉴(menu del Peregrinos)로 식사하며 와인을 곁들이는 식사를 많이 한다. 여타의 메뉴보다 저 렴 (10유로 내외)하며, 간혹 알베르게에서 저녁식사를 제공하여 주는 경우도 있는 데 이곳에서 편하게 식사해도 된다. 레스토랑의 저녁식사 시간은 대부분 8시에 시 작하는데, 일찍 식사하는 순례자때문에 7시 전후로 식당을 운영하기도 한다. 두번 째, 알베르게에서 조리하여 식사하는 경우는 여성 순례자들이 대부분이며 자신이 원하는 식사를 할 수 있다는 것이 장점이다. 하지만 알베르게에 부엌이 없으면 조 리할 수 없으며 다른 순례자를 배려하여 조리도구를 빨리 사용해야 한다. 세번째, 음주를 즐기기위해 Bar에서 타파스음식 또는 단품 메뉴로 식사 해면서 술을 마시 는 경우에 자주 애용하는 방법이다.

이외에 세부적인 메뉴를 선택함에 있어 스페인어가 익숙하지 않다면 사전을 통해 검색하거나 번역 앱을 사용하여 소통하는 것도 방법이다. 현지에서 식사한다는 것 은 단순히 배고픔을 해결하는 행동이 아니다. 순례자들과 대화하고 정을 쌓는 사람 사이에 회식이다. 그래서 저녁에 술자리를 겸하여 조촐한 파티가 벌어지기도 한다. 나혼자 식사하기 보다 동행하는 순례자들과 함께 어울리는 순례자가 되길 바라며 기본적인 정보를 제공하니 도움이 되길 바란다.

Camino De Santiago - 5일차

출발지   Puente la Reina

도착지   Estella

거리|시간   22km | 6.5시간

주요지점   Puente la Reina ~ Cirauqui ~ Lorca ~ Villatuerta ~ Estella
자치주   Navarra

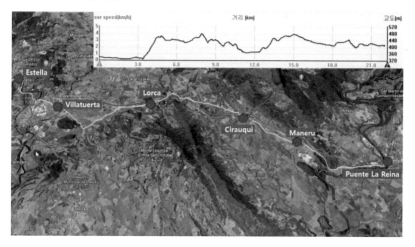

　6월 저녁이지만 꽤나 덥다. 게다가 늦은 저녁까지 해가 비친다. 그래서 저녁 9시
가 되어야 해가 지기 때문에 시원해진다. 공립 알베르게는 에어컨을 제한적으로 가
동하거나 선풍기만 있는 경우도 있다. 그래서 여름에 순례길을 가려한다면 냉방이
잘되는 알베르게에서 숙박하는 것이 낫다. 대신 난방을 잘 되어 있는 편이기 때문
에 동절기에는 상관없다. 프랑스길의 순례자는 대부분 6시에 기상을 하는데 일부
순례자들은 더 빨리 5시 정도에 기상하기도 한다. 그래서 다른 순례자들을 배려하
기위해 침대가 있는 곳에서 짐을 꾸리기 보다 배낭과 옷가지 등을 들고 나와서 복

도나 거실에서 옷을 갈아입는다. 보통 공립알베르게는 7시 넘어야 현관문을 개방하는데 일찍 일어나는 순례자의 활동에 제한을 두기 위함이다. 너무 일찍 일어나 짐을 꾸리면 소란스러워 다른 순례자의 잠을 방해하기 때문이다. 그래서 휴대용 플래쉬이나 헤드랜턴이 필요하다. 이렇게 침구와 배낭을 침실 밖에서 정리하는 것이 순례길의 예절이다. 일부 순례자들은 침대 배정을 받을 때 출구에 가까운 곳을 선택하는 것도 이러한 이유 때문이다. 순례길의 새벽은 시원하기도하고 때로는 춥기도 하다. 여름시즌이라도 평균 해발고도가 400~600m 정도라서 대관령에서 아침을 맞이하는 것과 비슷하다. 그래서 여벌의 아웃도어 자켓이 필요하다. 동행했던 일행 중 한 명도 가볍게 배낭을 준비한다고 여벌의 자켓을 가져오지 않았는데 생장에 도착하자 마자 아웃도어 자켓을 구매해야 했다.

오늘은 Estella까지 가는 일정이다. 낮은 언덕이 연이어 이어지는 순례길 구간이다. 여왕의 다리를 건너 왼쪽 도로따라 걸어가면 순례길 표시가 보인다. Agustinas수도원을 가로질러 가야 한다. 약 2km 정도 걸으면 A-12고속도로와 나란히 걷는 구간이 나오는데 안전을 위해 설치한 철조망에 나뭇가지로 만든 십자가가 길게 펼쳐져 있다. 지나가는 순례자들이 자신의 마음을

담아서 설치한 것이 꽤나 많아졌다. 게다가 우리에게 익숙한 세월호 추모리본이 이곳에도 걸려 있다. 지나가던 한국인 순례자가 걸어 놓은 듯 곳곳에 추모리본을 자주 마주했다. 평이한 언덕이 연이어진 길에는 집이나 성당의 종탑은 확실하게 도드라지게 보이고 마을이 주변에 있다는 것을 빨리 알아챌 수 있다. Cirauqui에 다다를 때쯤 영화에서나 보았던 풍경이 다가왔다. 낮은 언덕에 촘촘히 세워진 집과 성, 그리고 교회... '천공의성 라퓨타'라는 애니메이션에서 보았던 라퓨타(Laputa)와 흡사해 보였다. 그리고 그 주변은 황금빛의 밀밭 벌판과 녹음을 머금은 포도밭이어서 마을의 모습이 더욱 강조되어 보인다. Cirauqui마을이 눈앞에 보였다. 아주 가까운 마을처럼... 그렇지만 아무리 걸어도 마을은 가까워지지 않는다. 사막에서 오아시스를 바라보는 신기루 마냥 보이지만 다가갈 수 없었다. 한 시간을 더 걸어서 마을 입구에 다다랐다.

마을 사이로 골목길이 있고, 모두 얇은 돌을 깔아 놓아 깔끔하다. 이 모습은 과거의 순례자나 현재의 순례자가 같은 모습을 보고 있었을 것이다. 마을 사이로 걸어 올라가 언덕 정상에 도착했을 때 일주문처럼 생긴 곳을 가로질러 나가야 한다. 이 곳에 Sello를 받을 수 있는 스탬프가 놓여 있고 지나가던 순례자들은 배낭을 내리고 스탬프를 찍기 위해 줄지어 서 있다. 이제 내리막 길을 따라 Cirauqui마을을 벗어났다. 뒤돌아보면 보이던 마을도 점점 작아지고 보이지 않을 때 또 다시 새로운 마을을 만나게 된다. Estella가는 길이 어느때 걸었던 길보다 흥미롭고 신기하게 느껴졌다. 마을이 보이는 모습도 그렇지만, 옛 길이 남아 있다는 것이 더 신기하기만 했다.

'Roman Road'

좁은 길에 얇은 판석이 깔려 있는 로마시대에 만들어진 길이라고 한다. 그 모습이 그대로 남아 있다는 자체가 놀랍기도 하지만, 더욱 놀라운 것은 새로운 도로가 바로 옆이나 좀 떨어진 곳에 건설되었다는 점이다. 한국이었다면 옛 길 위해 신작로를 만들었겠지만 여기는 옛 길을 그대로 보존하고 있다. 순례길의 의미가 더욱 남달라졌다. 옛 순례자들이 걸었던 길 그대로 내가 그 위에 있다는 상상만으로도 가슴 떨리는 감동이 몰려왔다. 그리고 그 좁은 옛길을 따라 순례자는 여러 생각을 품은 채 걷고

ALBERGUE DE LORCA

Albergue de Lorca

PAELLA RECIEN
HECHA
JUST COOKED
PAELLA

< 호세네 알베르게 >

있다. Lorca에서 휴식을 취하기로 했다. 작은 Bar 주변에는 순례자이 모여서 실내에 있지 않고 다들 밖에 나와 길 변에 탁자에 앉거나 주저앉아 맥주나 커피를 마시면서 간단한 점심을 먹는다. 이른 아침부터 걷기 시작하면 12시 전에는 어김없이 배고픔이 몰려온다. 그러면 마을에 있는 Bar 나 Cafe에서 간단하게 식사를 하는데 더운 날에는 커피보다는 맥주가 더 당긴다. 시원한 맥주에 Tortilla 한 조각으로 간단한 점심을 먹으며 쉬었다. 이곳에 한국인이 거주하면서 운영하는 '호세네 알베르게'가 있다. 그래서 덕분에 편하게 의사소통을 하며 필요한 것을 주문할 수 있었다. 같은 한국인이라고 꽤 친절하게 대해준다. 고마워 기념품으로 가져갔던 합죽선 부채를 선물로 드렸다. 기쁘게 받으며 잘 사용하겠다고 한다.

이번 순례길 오면서 기념품으로 준비한 것이 한국산 합죽선 부채였다. 더운 여름에 시원하게 바람도 불어주고 그늘도 만들어줄 용도로 사용하려고 가져왔으며 인연있는 외국인 순례자를 만나면 선물로 주려고 여러 개를 더 가져왔다. 때로는 한국적인 기념품을 가져와 만나는 순례자 친구들에게 선물해 주는 것도 좋은 추억이

자 외국인 친구를 만드는 방법 중 하나이다. Lorca에서 Estella까지는 8.4km정도 남았고 Villatuerta까지 NA-1110도로를 따라 좁은 오솔길을 걸어야 한다. 이후 Ega강을 건너 마을길을 따라 가면 Estella에 도착한다. 정오를 지나면서 기온이 더 오르면 최고 35도까지 올라간다. 이 구간

은 햇빛을 피할 만한 숲길이 거의 없다. 마을의 처마 밑이거나 가끔 보이는 키 큰 나무만이 그늘을 만들어 주었고 그늘 아래에는 어김없이 순례자 한 두 명이 쉬고 있다. 그래서 양산이 있으면 도움이 된다. 이마저 무겁다 느껴지면 모자를 쓰고 뒷목에

손수건을 두르는 것이 필요하다. 그렇지 않으면 뒷덜미가 타버린다. 그래서 반바지 입고 다니는 순례자를 보면 선탠을 한 듯 앞뒤의 피부색이 다른 것을 보게 된다.

그래서 6월부터 9월 하절기에 순례길을 찾는 순례자들은 썬블럭 크림이 필수다. 게다가 땀을 흘리면 냄새가 나기 때문에 데오드란트 같은 제품을 필히 챙기는 것이 좋다. 외국인들은 아침에 데오드란트를 바

르는 것을 일과로 한다. 그래서 알베르게에 도착하면 대부분 외부에서 신었던 트레킹화는 내부에서 신지 못하고 외부 신발장이나 침실 외부에 보관을 해야 한다. 그래서 별도로 신을 수 있는 슬리퍼 또는 아쿠아슈즈 같은 것을 준비해야한다.

Albergue 정보

이름	Albergue de peregrinos de Estella
숙박비 (유로)	6유로
베드수ㅣ형태	96bed/1방 ㅣ Domitory,
담요제공여부	No, 1회용 키버 제공(무료)
부엌ㅣ조리시설	Yes
화장실ㅣ샤워장	Yes (구분 없음)
세탁기ㅣ건조기	Yes ㅣ Yes
아침식사 제공	No
인터넷 사용	WiFi 사용 가능
주변 편의시설	식료품점(Alimentacion) & Supermercado(마트) 있음 ㅣ Bar ㅣ Restaurante Yes

기타 정보

1) 공립 알베르게로 오후 12시부터 개방

2) 전자레인지 사용 가능

3) 2층이 숙소이며, 빨래는 1층 외부에서
   해야 함.

4) 등산화 또는 외부 신발은 침실 외부에
   보관해야 함.

5) 주변 Bar 및 레스토랑은 스페인어 및 영어가 표기되어 있다.

Camino De Santiago - 6일차

출발지	Estella
도착지	Los Arcos
거리│시간	21.3 km │ 6.5시간
주요지점	Estella ~ Ayegui ~ Irache ~ Azqueta ~ Villamayor de Monjardín ~ Los Arcos
자치주	Navarra

순례길에서 아침의 일과는 항상 같다. 6시에 기상하여 대충 씻고 배낭을 꾸리고, 침대를 정리하고 간단하게 아침식사를 하던가 아니면 바로 길을 나서는 루틴으로 일과가 진행된다. 일부 공립 알베르게는 현관문을 닫아놓고 7시 되어야 개방하는 곳도 있다. 하절기 새벽에 나서는 것이 시원한 새벽 시간에 순례길을 최대한 많이 이동하려는 목적도 있다. 6월부터는 오전 9시가 넘어가면 햇살이 뜨거워진다. 하

지만 일출이 늦기 때문에 사진을 찍으려는 순례자한테는 이른 시간이 반갑지 않을 수 있다. 새벽에 나서면 밝은 날이 아니기 때문에 자칫 노란색 화살표를 잃어버리는 경우가 발생하기 때문에 너무 일찍 출발하는 것도 불편할 수 있다. 특히 도심구간을 지날 때는 더욱 안보인다. 그래서 순례길 앱을 사용하거나 다른 순례자들을 따라 나서는 것도 방법이다.

오늘 구간은 특별한 곳을 거쳐간다. 순례길에서 와인을 무료 지원하는 이라체수도원을 지나기 때문이다. 이라체수도원은 Estella 도심 끝자락에 Ayegui 마을을 거쳐가야 하는데 Ayegui에 접어 들면서 화살표가 잘 보이지 않는다. 그래서 Monumento de Estella의 회전 로터리에서 NA-1110도로를 따라 계속 직진하던가 도로 오른쪽에 순례길 이정표를 따라 진입한 후 무조건 직진하여야 한다. Ayegui에는 Albergue Municipal San Cipriano 알베르게가 있는데 여기까지 안내하는 표시가 있어 이를 따라가는 것도 방법이다. 이곳 알베르게에서 100km 최초의 인증서를 수여한다고 한다. Roncesvalles를 기점으로 Ayegui까지 약 100km되는 지점이기 때문이란다. 그래서 첫 100km 완주 인증서를 이곳에서 제공하는데 너무 이른 시간에 나서면 받을 수 없기 때문에 받고 싶은 순례자는 점심나절까지 기다려야 한다. 순례길에 오기전에 가장 많이 들었던 얘기 중에 하나가 도로 옆 수도원에서 와인이 나오는 수도꼭지가 있다는 얘기다. 여기서 물병에 받아서 갔다는 얘기도 심심치 않게 들었고, 필히 보고가야 할 곳이라 했다. Ayegui마을을 거쳐 1km 정도 걸어 가면 이라체수도원(Monastery of Santa Maria de Irache)과 와인농장(Bodegas Irache)이 나온다. 와인농장 입구에 들어서면 벽면에 수도꼭지에 와인과 식수를 받을 수 있도록 해놓았고 그리고 맞은 편에는 자판기에 안주거리(?)와 생수를 판매하고 있었다.

"Fuente del Vino, Bodegas Irache"

아침 9시부터 개방한다고 안내문에 쓰여 있지만, 오전 7시 정도에 도착하여도 개방된 상태로 순례자들을 반겨준다. 순례자들이 신기한듯 너도나도 줄을 서서 한 모금씩 와인 맛을 보았다. 대부분 가져온 시에라컵이나 작은 물병에 담아 음주(?)를 한다. 탄닌이 느껴지는 가벼운 맛이다. 순례길에서만 할 수 있는 경험이다. 이곳의 와인은 힘들게 순례길을 걷는 순례자들에게 휴식과 함께 제공해주던 생명수이다. 지금도 무한정 제공할 수 있는 와인이 아니기 때문에 맛보는 정도로 마시길 권한다. 일부 순례자들이 이곳에서 물병 가득히 와인을 담아가는 바람에 맛보지 못한 순례자가 많아 제한적으로 제공했었다는 얘기가 순례길 통신을 타고 돌았다. 어떤 사람은 기껏 물통에 담아 놓고 맛없다고 버리는 사람도 있다. 이러한 행동은 자제해주길 바란다.

Irache 부터 Villamayor de Monjardín까지는 오르막길이다. 그러나 경사가 심하지 않아서 구분이 안될 수 있다. 이곳을 지날 때 오른편을 보면 Sierra de Lóquiz의 산지가 보이며 그 위로 구름이 넘어오는 풍경을 이른 아침에 만날 수 있다. 순례길은 동쪽에서 서쪽으로 이동하기 때문에 뒤돌아서면 일출의 풍경도 볼 수 있다. 순례길을 일방의 길이기 때문에 오로지 앞만보고 걸으려고 한다. 때로는 뒤돌아서 걸어온 길을 되돌아보면 미처 보지 못했던 풍경과 마주하거나, 얼마나 많이 걸어왔는지 뿌듯함을 느낄 수 있다. 그리고 줄지어 걸어오는 순례자들의 모습에 한없는 존경과 그 동반자가 많이 있음에 마음

이 편해진다. 그리고 내가 제대로 걷고 있음에 안도하고 다시 앞으로 걸어 갈 수 있다.

순례길에는 수많은 순례자들이 나름에 흔적을 남겨놓고 간다. 표시석 위헤 신발을 올려놓기도 하고, 돌탑을 쌓아 놓기도 한다. 또는 철조망에 십자가를 만들거나

순례길 위에 다음에 올 순례자를 위해 돌을 가지런히 정렬하여 화살표를 만들어 놓기도 한다. 알게 모르게 순례자들의 이야기가 배어 있는 곳이 순례길이고 자연스럽게 스토리텔링이 완성된다. 필자도 북쪽길에서 십자가와 사랑이라는 단어를 만들어 철조망에 달아 놓은 적도 있었다. 나름 순례길에 나의 이야기를 걸어 놓은 것이다. 그렇기에 다시 찾아가고 싶은 마음이 간절하다.

Villamayor de Manjardin에 1km 정도 남았을 때 순례길 옆에 외떨어진 건물이 있는데 '무어인의 샘' 이라는 우물로써 중세시대부터 사용하였던 곳이라고 한다. 지금도 물이 고여있고 이를 취수할 수 있도록 계단으로 내려가게끔 되어 있다. 옛 것을 그대로 보존하여 순례길의 멋을 살리고 있는 유적이다. Villamayor de Manjardin 이후부터는 낮은 야산이 보이기는 하지만 평원을 가로질러 간다. Los Arcos까지 더 이상 마을이 없는 구간이다. 마을이 없다는 것은 쉬어 갈 만한 벤치나 Bar같은 것이 없음을 의미하며 무조건 땡볕을 견디며 걸어야 한다. 가끔은 다행스럽게도 들판 한

가운데 푸드트럭이 존재할 때도 있다. 그러면 순례자들은 약속이나 한 것처럼 하나둘씩 그곳을 들렀고, 앞서간 순례자들은 뒤에 오는 순례자를 위해 자리를 털고 의자를 비워준다. 서로를 위해 배려가 배어 있는 곳이 순례길이다. 아무것도 없을 것

같은 이곳에 사막의 오아시스처럼, 옛 조선의 대로에서 주막을 만났다면 이렇게 반가웠을 거라는 생각이 든다. 힘들 때 쉬어 가는 곳에는 항상 순례자들이 옹기종기 모여 두런두런 대화를 이어간다. 이러한 자리는 항상 사랑방처럼 많은 정보가 오고 간다. 그래서 영어나 스페인어를 하지 못한다 하더라도 외국인과 친해지면 정보를 얻기 유용하며 외국어를 못하는 동양인을 배려하여 천천히 말해주는 순례자도 많다. 다행스러운 것은 Los Arcos 도착 3km 전, Rio Cardiel 옆에 숲속 쉼터가 하나 있다. 뜨거운 여름에 이곳에서 쉬어 가는 순례자가 많은 곳이다.

이곳 5km 정도 더 가면 오늘의 목적지인 Los Arcos이다. 보통 아침 7시 정도에 출발하면 목적지에 도착하는 시간은 대략 오후 12시에서 2시사이에 도착한다. 이렇게 서둘러서 움직이는 데는 한낮에 뜨거운 햇빛을 피하여 걷기위한 이유도 있지만 공립 알베르게에 빨리 도착하기 위해서이다. 공립 알베르게는 저렴한 비용으로 숙박을 할 수 있는 장소이기 때문에 순례자들이 우선적으로 찾아가는 숙소이다. 그래서 늦게 도착하면 침대배정을 받을 수 없다. 세번째 이유는 빨래를 하기위해서이다. 스페인의 여름날씨는 고온 건조하다. 그래서 빨래를 하면 금방 마르기 때문에 건조기를 사용할 필요가 없다. 그리고 가끔 침낭을

햇빛에 말리기 위해 일찍 숙소에 들어가기도 한다. 그리고 대부분의 순례자들은 일찍 숙소에 도착하여 배낭을 풀고 점심식사를 한 후에 마을 관광을 하던가 낮잠을 자는 일정을 보낸다.

일부 순례자들은 공립 알베르게가 시설이 떨어지고 더럽고, 베드버그가 창궐하는 장소로 알고 있지만 실제는 그렇지 않다. 최근 공립 알베르게는 시설을 개선하여 좋은 곳이 많다. 그리고 공립 알베르게를 추천하는 이유는 순례자들을 많이 만날 수 있고, 사사로운 이벤트와 격이 없는 대화를 나눌 수 있는 장소이기 때문이다. 하지만 한국인들은 언어소통의 문제로 공립보다는 사립을 선호한다. 시설이 좋고 한국인들끼리 어울리기 편하니 말이다. 그래서 외국의 순례자들은 한국인 순례자를 보면 의아하게 생각하는 경우를 간혹 보았다. 어울리지 않고 외떨어져 지내기 때문이다. 숙소의 선택은 개인의 자유이지만 얻어가는 마음의 풍요함은 다르다.

오랜만에 밥을 먹기위해 식당에서 치킨 빠에야(paella)를 주문한적이 있는데, 재미있는 것은 Bar나 레스토랑에 빠에야 관련 메뉴판이 다른 지역의 메뉴판과 동일하다는 점이다. 이런 메뉴판을 설치한 곳은 자체적으로 조리하기보다 반가공제품을 받아서 데워서 내놓는 음식이라고 한다. 맛집 식당을 선택할 때 도움이 되는 짧은 정보이다. 공립 알베르게 또는 사립 알베르게의 입구 옆에 보면 안내판이 설치되어

있는데 이곳에 다양한 정보로 가득하다.
알베르게에서 제공하는 서비스종류(예로
WiFi, 자판기, 맥주나 와인 판매여부), 트
랜스퍼서비스 회사 안내, 주변 관광지 안
내도, 지역에 운행하는 버스나 기차시간
표, 주변추천식당 등 다양한 정보가 있다.
아무리 스페인어를 모른다 하더라도 영어
와 비슷한 단어를 사용하는 경우가 많아
유추하여 정보를 찾아낼 수 있다. 그리고
이런 안내판 주변에 기부한 물품이나 책
이 쌓여 있는 경우가 있는데 이들은 가져

가도 되고 내가 내놓고 싶은 물건이 있으면 이곳에 두면 된다. 내가 필요없는 물품
이라도 다른 순례자들에게는 도움이 될 수 있기 때문이다. 그리고 Los Arcos에 도
착하여 산타마리아성당(Iglesia de Santa Maria)을 들러 보길 권한다. 12세기부터
18세기까지 건축되고 개조된 성당으로 다양한 로마네스크양식부터 르네상스와 바
로크양식까지 다양한 건축양식이 성당 내외부를 통해 볼 수 있는 성당이며, 화려한
창문과 실내의 돔에 새겨진 문양이 매우 아름다운 곳이다.

Albergue 정보

이름	Albergue de peregrinos Isaac Santiago
숙박비 (유로)	6유로
베드수|형태	70bed/1방	Domitory,
담요제공여부	No, 1회용 거비 제공(무료)

부엌ㅣ조리시설	Yes
화장실ㅣ샤워장	Yes (구분 있음)
세탁기ㅣ건조기	Yes ㅣ Yes(유료)
아침식사 제공	No
인터넷 사용	WiFi 사용 가능
주변 편의시설	Alimentacion & Supermercado 있음 Bar ㅣ Restaurante　　Yes

기타 정보

1) 공립 알베르게로 오후 13시부터 개방

2) 전자레인지 사용 가능

3) 2층이 숙소이며, 빨래는 1층 외부에서 해야 하며, 신발은 1층에 보관해야 함

4) 주변 Bar 및 레스토랑은 스페인어 및 영어가 표기되어 있다

Camino De Santiago - 7일차

출발지   Los Arcos

도착지   Logroño

거리|시간   27.6 km | 7.5시간

주요지점   Los Arcos ~ Sansol ~ Tores del Rio ~ Viana ~ Logroño
자치주   Navarra | La Rioja

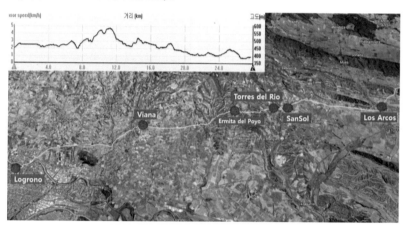

　여름 시즌에는 새벽에 일찍 일어나는 순례자가 많다. 낮에 너무 덥기 때문에 선선한 아침에 이동하기 위함이다. 그래서 새벽 5시 정도에 기상하여 6시 정도 출발하면 오후 1시 내외이면 다음 목적지에 도착할 수 있다. Los Arcos에서 Logroño까지는 27km가 넘는 길 일정이다. 하루 평균 20km 내외로 걸을 때와는 2시간 정도 더 소요되기 때문에 일찍 일어나 움직이는 것도 도움이 된다. Logroño가는 길은 낮은 경사의 오르막길이다. Tores del Rio부터 Viana까지는 NA-1110번 도로변을 따라 걷는 구간이 이어진다. 그래서 일부 순례자는 좀더 짧고 편하게 걷기

위해 도로를 따라 Viana까지 걷기도 한다.
외국의 가이드북을 보면 대체로 하루 이동
거리를 20km내외로 소개하는데 일부 구
간만 30km 이내 일정으로 소개하는데 대
부분 알베르게가 없거나, 종교적 이유가
있는 도시이거나, 산을 넘어야 하거나, 작
은 마을이 밀집된 지역일 경우에 긴 코스
로 소개를 한다. 가이드북의 코스는 정해
0진 것이 아니기 때문에 자신의 체력과 일
정에 따라 마음대로 정할 수 있다. 어떤 한
국인 순례자는 하루에 30에서 40km를 걸
어서 최단시간에 완주했다고 자랑하기도
한다. 자기가 하고 싶은 방법으로 걸으면
되는 곳이다. 순례길은 한국의 둘레길처럼
코스(또는 구간)에 대한 개념이 없다. 순례

길에서 남을 의식하여 빨리 걸을 필요도
없고 천천히 걸어 긴 일정으로 걷는 것이
틀렸다고 말하는 순례자는 없다. 이곳은
기록을 위해 걷는 것이 아니기 때문이다.

순례길에서는 어느 도시가 어떤 의미를
가지고 있는지, 어떤 풍경이 있고, 어떤 맛있는 음식이 있는지 그리고 어디서 Sello
를 받을 수 있는지 등 무엇을 보는지가 더 중요하다. 순례길을 걷는 것은 이를 위한 루트일 뿐이다. 가끔 보이는 비석과 돌무덤에 쌓여 있는 돌과 각각의 의미가 담긴 글귀가 순례길을 더욱 풍부하게 만들고 내가 이를 만남으로써 순례길의 의미를 찾는 것이라 생각한다.

장거리 구간을 걸을 때는 비상 식량을 준비할 필요가 있다. 체력소모가 크기 때문에 과자 또는 빵, 식수 등 간식거리를 준비하는 것이 도움이 된다. Logroño가는 구간은 점점 산지보다는 들판이 많이 보이고 일부 구간에는 가로수가 있어 햇빛을 피할 수 있다는 것만으로도 걷기 좋은 구간이다. Sansol과 Tores del Rio는 Rio Linares를 사이에 두고 윗마을, 아랫마을처럼 붙어 있는 마을이다. 자전거를 타는

순례자는 NA-1110도로를 따라 가지만 순례자는 Sansol 마을 끝자락에서 샛길을 따라 Tores del Rio로 바로 내려와 마을을 가로질러 Iglesia del Santo Sepulcro 앞을 거쳐 간다. 순례길에서 화살표를 잃어버리거나 찾지 못할 경우 길을 찾는 가장 빠른 방법은 마을에서 성당이나 교회를 찾으면 된다. 순례길은 대부분 마을의 성당을 거쳐가기 때문이다. 항상 작은 마을에 도착하면 의뢰 Bar를 찾는다. 커피 한잔 마시면서 쉴 수 있고 식수를 얻을 수 있기 때문이다. 그리고 화장실 사용도 자유롭다. 순례길에서는 물은 구매를 해야 한다. Bar나 Cafe에서 물(Agua)를 달라고

하면 싱크대에서 물을 담아주는 경우가 대
부분이다. 스페인은 프랑스와 달리 석회질
이 거의 없는 지하수이기 때문에 그냥 마
셔도 괜찮지만 신경이 예민한 순례자라면
생수를 구매하는 것을 권한다.

Viana까지 MA-1110도로를 따라가는
10km구간에는 마을이 없어 2시간 이상
계속 걸어야 한다. 새벽에 출발하면 시원
할 때 그늘이 없는 이 구간을 지나간다.
Viana에 도착하여 점심식사를 할 시간이
된다. 여기서 Logroño까지 9km 더 가야
한다. Viana는 오래된 성벽으로 둘러 쌓
인 옛 모습이 고스란히 남은 마을이다. 이
곳에 기부제(Donativo)로 운영하는 성당
의 알베르게가 있어 소수의 인원이 성당에
서 숙박하는 체험을 하고 싶다면 이곳 알
베르게를 이용해보는것도 좋을 것이다.

Logroño 가는 구간은 무척 건조하다.
그래서 흙먼지가 많이 날린다. 도로 옆 길
보다 오솔길과 박석이 깔린 옛길 모습이지
만 그늘을 만들어줄 키 큰 나무가 없어 잡

풀만 무성한 사막처럼 보였다. 다행스럽게 도로변 육교(Paso superior N-111)를 통해 건너면 소나무숲이다. 그사이로 걸어가야 하니 뜨거워진 배낭과 모자를 식힐 수 있다. 이 구간도 농로가 많아 헤맬 수 있는데 길 위헤 자갈로 화살표를 만들어 뒤에 오는 순례자를 배려하는 표시물이 있어 안심하고 목적지에 갈 수 있다.

웅장한 Puente De Piedra다리를 건너면 Logroño도시 이자, La Rioja지방으로 들어선다. 도시 외곽에 보이는 농작물은 대부분 포도밭이다. La Rioja 지방은 스페인의 가장 큰 와인 생산지라고 한다. 만약 와인을 구매할 거라면 La Rioja라고 생산지 표시가 되어 있으면 괜찮은 와인을

선택했다고 생각해도 무방하다. Logroño는 Tapas(또는 pinchos)바가 많은 미식의 도시이기도 하다. 공립 알베르게에서 산타마리아대성당(Concatedral de Santa María de la Redonda de Logroño)을지나 라리오하 박물관(Museo de La Rioja)주변에 타파스바 거리가 있어 저녁식사 겸 미식을 즐겨보는 것도 즐거운 경험으로 추천한다. Logroño 공립 알베르게는 책이 많이 놓여있다. 한국어로 된 책뿐만 아니라 여러 종류의 책을 두고 가기도 하는데 순례자라면 누구나 가져가도 된다. 대신 버리지 말고 모두 읽으면 다른 알베르게에 기증하면 된다.

Albergue 정보

이름	Albergue de peregrinos de Logroño
숙박비 (유로)	7유로
베드수	형태	88bed/1방	Domitory,
담요제공여부	No, 1회용 커버 제공(무료)
부엌	조리시설	Yes
화장실	샤워장	Yes (구분 있음)
세탁기	건조기	Yes	Yes(유료)
아침식사 제공	No
인터넷 사용	WiFi 사용 가능
주변 편의시설	Alimentacion & Supermercado 있음 중국인이 운영하는 마트가 있어 한국라면 등 구매 가능 Bar (타파스 거리, 100년 식당 등 먹거리 풍성)
	Restaurante Yes

기타 정보

1) 공립 알베르게로 오후 13시부터 개방

2) 전자레인지 사용 가능

3) 크레덴시알 발급 가능 - 2유로 별도

4) 1층 마당에서 족욕 가능 함. 여름에는 좀 더운 편이다. 시원하게 보내고 싶다면 주변 사립 알베르게나 호스텔 사용을 권한다.

5) 볼거리로 로그로뇨 대성당을 방문해 보길 권한다.

Camino De Santiago - 8일차

출발지	Logroño
도착지	Navarrete
거리|시간	12.4 km | 4.5시간
주요지점	Logroño ~ Grajera Park (Parque De La Grajera) ~ Navarrete
자치주	Navarra

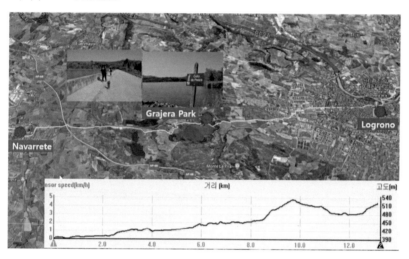

공립 알베르게 뿐만 아니라 일부 사립 알베르게도 마찬가지인데, 대부분 수면시간에 에어콘을 가동하지 않는다. 그래서 여러 명이 함께 이용하는 공립 알베르게 침실은 꽤 덥다. 유럽의 전기사정이 좋지 않은 것도 있지만 최소비용으로 운영되는 공립 알베르게에서 한국처럼 냉방을 강력하게 하기는 쉽지 않을 것이다. 그래서 예민한 사람들은 잠을 설칠 수 있다. 대부분의 가이드북을 보면 Logroño에서 Najera까지 29km구간을 걷도록 안내를 한다. 하지만 연이어 30km에 가까운 거리를 걷

는 것은 쉬운 일은 아니다. 체력이 받쳐준 다면 가이드북에서 제시한 대로 가면 좋겠지만 그렇지 않으면 구간을 나누어서 걷는 것이 낫다. 무리하여 걸으면 몸살이나 근육통같은 증상 때문에 중도 포기하는 순례자도 생긴다. 그래서 순례길 일정은 2~3일 정도 여유를 두는 것이 좋다. 힘들면 휴식을 취할 시간을 가져야 한다. 그래서 오늘 일정은 Najera가 아닌 Navarrete까지 12.4km 구간만 걷는다. 짧은 거리를 가는 만큼 오전 시간도 여유롭다. Logroño도심은 제법 크다. 그래서 화살표를 찾는 것이 쉽지는 않다. 알베르게를 나와 왼쪽길 따라 계속 직진을 해야 한다. 벽면이나 바닥을 보면 노란색 화살표가 보인다. 회전 로터리 분수대(Fuente Murrieta)에서 12시 방향으로 직진하면 순례길이다. 두번째 회전 로터리를 지나 왼쪽 작은 도로길로 접어들어야 헤매지 않고 갈 수 있으며 이렇게 도심 구간을 약 2km정도 걸어야 한다. 시내 외곽의 Rotonda Amigos del

Camino De Santiago에 다다랐다면 순례길을 잘 찾아온 것이다. 로터리에서 12시방향 작은 공원을 가로질러 A-12도로로 밑으로 빠져나가면 시내를 완전히 벗어난

다. 아침시간이 여유로우니 아침식사를 하는 시간도 여유롭다. 빵을 고르고 맛보면서 도란도란 대화를 나눌 수 있는 시간이 충분하기 때문이다. 일행이 있으면 이렇게 시간을 가지는 것이 쉽지는 않다. 서로 간에 양보와 배려가 없으면 생각이 다르기 때문에 싸움으로 번지기도 한다. 그래서 일행과 함께 장거리 순례길을 갈 때는 사전에 일정을 계획하고 합의를 거치는 것이 좋다. 사이 좋은 친구도 갈라서는 곳이 순례길이라고 했다.

　　시내를 벗어나 외곽의 Grajera Park에 다다르면서 길이 수월해진다. 갈림길도 적고 오로지 일방의 길만 보이기 시작했다. 공원에 나온 사람들은 연신 동양의 배낭을 메고 온 사람들이 신기한지 눈을 마주치며 인사를 한다.

" Buenos Dias!" 또는 " Hola!"

　우리도 가볍게 인사하며 공원길을 산책하듯 걸었다. 호수에 백조가 거니는 모습을 보기도하고 사진도 찍고, 쉼터가 나오면 휴식도 취하기도 했다. 공원에는 무료로 사용할 수 있는 화장실이 있어 쉬어가기 적당한 장소이다. 공원을 벗어나 N-232도로옆길을 따라 비포장길을 걸어야 한다. 길옆에 보이는 농작물은 대부분 포도나무이다. 시야 끝까지 보이는 곳 모두가 포도밭이라고 생각하면 맞다. 비포장길을 5km 정도 걸으면 Navarrete에 도착한다. 모처럼이 여유가 가득한 하루이다. 걷다 보면 왠지 모를 조급함이 생겨 빨리 Santiago de Compostela에 도착하고 싶어한다. 조금 늦는다고 순례길이 없어지는 것도 아니니 하루하루를 즐기면서 보내는 것이 가장 순례길을 즐기는 방법이라고 생각한다. Navarrete의 알베르게는 오후 1시에 개방한다. 순례길에는 도둑이 별로 없다. Burgos 같은 큰 도시라면 있을 수 있지만 작은 도시에는 도둑이 없다. 그래서 알베르게 앞에 먼저 도착한 순례자들은 배낭을 내려놓아 순서를 표시한다. 뒤에 온 순례자는 순서대로 배낭을 세워놓으면 된다. 이렇게 줄 세워 놓아도 가져가는 사람은 없다. 하지만 불안해하는 사람이 있기 마련이다. 그 사람이 배낭을 지키는 보초가 된다.

La Rioja 지방은 스페인에서 가장 작은 자치주이지만 와인산지로 유명한 곳이라고 한다. Logroño 지방에서도 포도밭이 넓게 펼쳐진 것을 보았지만 이곳을 지날 때 더욱 넓은 포도밭을 볼 수 있다. 게다가 곳곳에 와이너리가 있어 장소에 따라 바로 시음 및 판매까지 겸하는 곳도 있다. 그렇지 않다면 슈퍼마켓이나 식료품점에 가면 Rioja지방 와인을 구매하여 맛을 볼 수 있다. 내가 마셔본 와인에 비해 바디감이 낮고 산도가 높은 편이다. 물론 품종에 따라 다르겠지만 익숙한 포도 품종은 아니고 대부분 템프라니요 품종이다.

작은 방에서 생활할 때는 다른 순례자들의 피해를 주지 않기 위해 좀더 신경을 써야 한다. Navarrete 공립 알베르게는 4명~6명이 사용할 수 있는 작은 방이 여러 개 있는 곳이다. 운이 나쁘면 괴팍한 순례자로 인해 피해를 보는 경우가 있다. 그래서 대부분 순례자는 침실은 잠을 잘 때 사용하고 휴식을 취하거나 독서를 하거나 충전하는 생활은 거실이나 주방에서 하는 것이 편하다.

Albergue 정보

이름	Albergue de peregrinos de Navarrete
숙박비 (유료)	7유로
베드수ㅣ형태	48bed/1방 ㅣ Domitory,
담요제공여부	No, 1회용 커버 제공(무료)
부엌ㅣ조리시설	Yes, 전자레인지는 없다.
화장실ㅣ샤워장	Yes (구분 없음)
세탁기ㅣ건조기	Yes ㅣ Yes(유료)
아침식사 제공	No
인터넷 사용	WiFi 사용 가능
주변 편의시설	식료품점(Alimentacion)만 있음
	Bar ㅣ Restaurante Yes

기타 정보

1) 공립 알베르게로 오후 13시부터 개방하며 주변에 Bar가 많음.
2) 주변 Bar 및 레스토랑은 스페인어 및 영어가 표기되어 있다.

Camino De Santiago - 9일차

출발지　　Navarrete

도착지　　Nájera

거리|시간　16.6 km | 4.5시간

주요지점　Navarrete ~ Ventosa ~ Nájera

자치주　　La Rioja

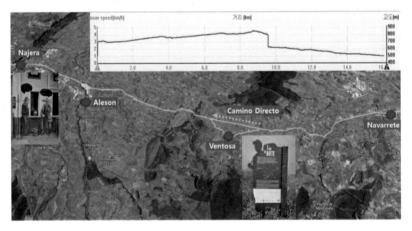

　순례자들이 알베르게에 머물 때 가장 두려워하는 것이 베드버그(bedbug, 빈대)로 인한 고통이다. 물리면 가려운 정도가 아니라 순례길을 포기하고 치료받으러 다닐 정도로 심각하다. 그래서 알베르게는 베드버그를 퇴치하기 위해 주기적으로 소독을 한다. 오래된 공립 알베르게는 베드버그가 많았었는데 최근에는 철재침대로 교체하거나 1회용 시트와 베게커버를 제공함으로써 예방을 한다. 그래도 혹시 모를 상황 때문에 주기적으로 배낭을 햇빛에 말리거나 퇴치제를 배낭 등에 사용하기도 한다. 배낭에 베드버그가 옮기면 한국에 들어와서도 고생하기 때문에 빨거나 햇

빛에 말려야 한다. 한국인들은 대체로 청
결하여 문제가 없지만 일부 외국 순례자중
에(특히 독일인은 심하다) 청결이 떨어지
는 순례자가 있다면 주의를 해야 한다. 그
래서 독일인이 운영하는 알베르게는 가지
말라는 말도 있다. Navarrete알베르게는
꽤 청결하기 때문에 베드버그로부터 안전
하게 보냈다.

오늘 일정은 Navarrete부터 Najera까
지 16.6km 일정이다. 짧은 거리이지만 길
이 편하고 볼거리 있는 마을이 있는 곳이
다. 공립 알베르게를 나와 오른쪽길을 따
라가다 성당(Iglesia de Nuestra Señora
de la Asunción)을 거쳐 왼쪽길로 가야
한다. 마을을 벗어나 N-120도로를 따라

2km정도 걷다가 Sote로 향하는 마을길로 접어 든다. 와인농장 앞 사거리에 Sote
라는 마을명칭과 함께 노란색 화살표가 그려져 있는데 이방향으로 가지 말고 직진
해야 한다. 외국의 가이드북에도 Sote를 거쳐가는 코스를 안내해주지는 않는다. 간
혹 Camino길에서 벗어난 마을을 경유하라는 표식을 제법 만난다. 나름 순례길에
인접한 도시나 마을을 홍보하기위해 설치해 놓은 것으로 보이며 Original 순례길
코스는 아니다. Najera가는 길은 포도밭만 보이고 그늘이 없는 마을길과 도로변
비포장길이다.

Sote 이정표를 지나 A-12도로 옆길을 1km 정도 걸으면 또다른 갈림길 (Bifurcacion a Ventosa en el Camino De Santiago)이 나온다. 하나는 Ventosa 마을 거쳐가는 정규 코스이고 오른쪽 A-12도로따라 가는 길은 가로질러 가는 길이다. Ventosa는 소규모 마을인데 갈림길 입구부터 마을을 거쳐 다시 합류하는 지점까지 ' 1 Km del Arte' 라고 별도의 표기를 해놓았다. Ventosa라는 마을은 로마 시대부터 무역이나 상거래 하던 사람들이 왕래하던 자리에 서 있는 도시여서 나름

부흥했던 도시였다고 한다. Ventosa주민과 아티스트가 공조하여 자연환경을 예술로 표현하는 작업을 하기위해 '순례길 위 1km 구간'을 지정하여 작업했다고 한다. 별다른 모습이 보이지는 않지만 주변 그대로와 색다른 이정표만 보는 것만으로도 그리고 이를 이해하고 보고 걷는 것만으로도 충분히 순례자들에게 어필할 수 있다. 그저 편하게 지나쳐 가는 순례자라면 이곳의 의미와 모습을 놓친 순례길을 걷는 것이다.

(Bifurcacion a Ventosa en el Camino De Santiago)

순례길에는 다양한 목적을 가지고 찾아 온다. 친구의 건강을 위해, 나의 안위를 위해 등 여러 이유로 친구 또는 형제끼리, 부모자가 함께 온다. 오늘 만난 순례자는 특이했다. 딸과 엄마사이로 보이는 여성 순례자 2명이 나란히 걷고 있다. 나이든 여성의 걸음걸이가 힘들어 보이는데도 옆에 젊은 여성은 묵묵히 지켜보며 옆자리를 지키고 있다. 힘들더라도 자신의 의지와 힘으로만 가려고 하는 순례길임을 외국인 순례자들은 보여준다. 순례길을 어떻게 걷고 느낄 것인지는 자유이지만, 순례길의 의미가 무엇인지 생각해보면 어떨까 한다.

Ventosa의 Bar에는 직접 오렌지를 착즙하여 내어주는 신선한 오렌지주스(Naranja)를 판매한다. 진정 무가당, 자연주의적 오렌지 쥬스이다. 그 맛은 설탕의 진한 단맛이 아니라 자연의 부드러운 단맛을 경험할 수 있다. 더운 날에는 상큼한 오렌지주스가 피로를 풀어주는 활력음료가

되어준다. 또, Najera로 가는 길은 포도밭이 길게 펼쳐진 들판을 지난다. 지평선까지 펼쳐진 포도농장의 규모는 놀랍기만 하다. La Rioja은 스페인에서 가장 작은 자

치주이지만 스페인 와인 중 상위급 품질을 지닌 와인을 생산하는 지방이다.

Ventosa를 지나면 다른 마을은 보이지 않는다. Najera까지 10km 정도 거리를 그늘 없는 비포장길을 걸어야 한다. N-120a 도로 옆을 걷다가 시멘트공장이 보이는 곳을 지나 하천(Rio Yalde)을 건너 Najera 마을 초입에 다다른다. 이 구간은 쉼터나 푸드트럭이 없어 휴식을 취할 만한 적당한 장소가 없다. 이렇게 아무런 쉼터가 없이 10km이상 걸어야 하는 구간이 가끔 있다. 그래서 비상식량(또는 간식거리)와 식수를 필히 챙겨야한다. 하지만 배낭 무게에 민감하게 생각하는 사람들은 물과 비상식량마

저 가지고 다니지 않는다. 굶으며 걷디면 된다고 생각한다. 하지만 생존(?)에 필요하기 때문에 물은 무겁더라도 지니고 다녀야 한다.

Najera시내에 들어서면 우체국이 있는 회전 로터리 주변에 마트 및 사립 알베르게가 있고 공립 알베르게는 1km 정도 더 걸어서 오르테가 다리(puente San Juan de Ortega)를 건너면 있다. 구 도심이라 편의시설은 부족하고 공립 알베르게와 사립 알베르게가 많이 있다. Najera 시내에는 버스 터미널(Eatacion Autobuses)가 있어 Burgos, Logroño, Belorado로 이동이 가능하고 Pamplona에서 Logroño를

거쳐 Madrid 가는 버스노선의 경유지이다. 그래서 이동이 필요할 경우 다른 도시로 이동이 가능하다. 그리고 신시가지 주변에 중국인 마트와 중식당도 있어 중식의 식사도 가능하다. 순례길에서 담배를 피고 싶다면 마트에서는 구매할 수 없고 담배만 취급하는 상점(Tabacos)을 찾아가야 한다.

Albergue 정보

이름	Albergue El Peregrino (Privado)
숙박비 (유로)	10유로
베드수|형태	30bed/1방 | Domitory,
담요제공여부	No, 1회용 키버 제공(무료)
부엌|조리시설	Yes | 전자레인지 있음
화장실|샤워장	Yes (구분 없음)
세탁기|건조기	Yes | Yes(유료)
아침식사 제공	No
인터넷 사용	WiFi 사용 가능
주변 편의시설	Elimentacion(식료품점)&Supermercado(슈퍼마켓)
	Bar | Restaurante Yes

기타 정보

1) 사립 알베르게로 11시부터 개방

2) 알베르게 주인이 독특하고 무척 깔끔함을 추구.

3) 시내 중심가에 위치. 주변에 중식당 및 슈퍼마켓이 가까이 있다.

Camino De Santiago - 10일차

출발지   Nájera

도착지   Santo Domingo de la Calzada

거리|시간   20.7km | 6시간

주요지점   Nájera ~ Azofra ~ Ciruena ~ Santo Domingo de la Calzada

자치주   La Rioja

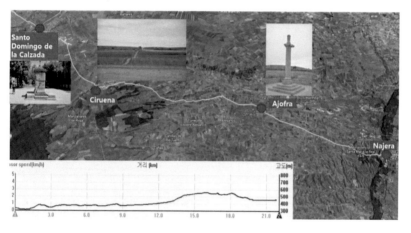

순례길을 시작하면서 나름에 정한 원칙이 있다. 가능한 원래의 순례길 코스를 따르는 것이다. 이정표대로 따라가겠다는 의지이며, 최대한 있는 본연의 순례길 모습과 경험을 전해주기 위해서이다. 두번째 원칙은 트랜스퍼 서비스 없이 배낭을 메고 걷겠다는 다짐이다. 세번째는 힘들더라도 대중교통을 이용하여 점프하지 않는다라는 것이다. 힘들면 쉬어 가더라도 점프 없이 온전히 나의 힘으로 완주하고 싶은 욕심이기도 하다. 매년 순례길을 찾아오는 순례자는 약 20만 명이 넘는다고 한다. 이 중에 온전하게 '걸어서' Santiago de Compostela까지 가는 사람은 10%도 되지 않는다고 한다. 중도 포기하거나 버스를
타고 이동하는 경우도 있고 일부는 자전거
를 타고 가는 순례자라는 것이다. 옛 순례
자가 그랬던 것처럼 걸어서 갈 때가 나를
찾는 하나의 방법이다. 단순히 힘들게 걸
어야 하기 보다 평온함 속에 홀로 걸으면
사색에 잠기면서 잡념을 하나씩 내려놓을
수 있는 시간이 많아지고 반복되면서 마음
의 비움을 경험하기 때문이다. 그래서 순
례길을 다녀온 사람들의 대부분은 다시 가
고 싶은 곳이라고 말한다.

　Najera 시내를 벗어나 Calzada로 가려
면 구도심 구간을 지나야 하는데 표시대로
가면 시내를 빙 돌아 성당을 거쳐 가도록
되어 있다. 다리를 건너시 왼편 첫번째 골
목을 따라 직진하여 막다른 골목길 끝에서
오른쪽 수도원 방향으로 가도 된다. 그러
면 Najera 도심을 빠져나와 Calzada로 가
는 순례길이다. 　Calzada가는 길은 구릉
이 이어진 평원이다. 그래도 해발고도가
500~700m 사이이다. 6월에 수확이 끝난 평원은 토양과 꽃 색깔에 따라 모자이크
무늬를 해놓은 듯 멋진 풍경이 펼쳐진다. Burgos까지 가장 멋진 풍경을 보여주는

구간이다. 포도밭과 밀밭이 어우러진 풍경
이 계속 펼쳐진다. 중세 아랍인들이 살았
다는 Azofra까지 5km 정도 비포장 농로
이다. 그리고 Ciruena까지 10km 정도는
마을이 없는 구릉의 길이다. 그래서
Azofra에서 대부분 아침식사를 하거나 화
장실을 다녀온다. 마트나 식료품점이 없기
때문에 Najera에서 비상식량을 준비해야
한다. Azofra에서 휴식을 마치면 Cirue
na까지 먼지 날리는 비포장길을 걸어야
한다. 낮은 언덕이 연이어 있어 오르막 내
리막이 이어진다.

순례길에서 자주 마주치는 석재 또는 철
재로 만들어진 십자가 탑이다. 예전에는
마을입구에 설치하여 주변에 마을이 있음
을 알려주는 이정표 역할을 했다고 한다.
한국에서 장승과 비슷한 역할이라고 보면 된다. 순례길에서는 십자가표시석이 이
정표역할을 하기도하고 다른 역사적 의미를 담아 기념하여 세우기도 하는데
Azofra에 있는 원주석 기둥은 악당이 죄악을 저지르기 전에 경고하는 의미를 담고
있다고 한다. 메세타 평원이 가까워지면서 숲길보다 너른 들판을 걷는 비포장길이
대부분이다. 건조한 날씨로 인해 흙먼지가 날리고 가로수가 거의 없어 쉬어 갈 그
늘을 찾기 어렵다. 하지만 지대가 높기 때문에 햇빛이 비치지 않으면 선선한 바람

이 불어 여름이라 생각이 들지 않을 때가
많다.

순례길에서 자주 만나면 순례자 동료가
되어 음식을 나누어 먹거나, 서로 짐을 들
어 주기도 하고 나의 속 얘기를 들어주는
친한 순례자가 되기도 한다. 게다가 십여
년 이상의 나이 차이가 무색할 정도로 친
한 친구가 될 수 있는 곳이 여기이다. 그래
서 간혹 연인관계로 발전하는 곳도 여기
다. 결국 내가 어떻게 순례길을 걷느냐에
따라 달라진다. 내가 적극적으로 나서면
마음이 풍요로워지는 순례길을 만들 수 있
다.

Azofra에서 A-12국도변을 따라 걷다가
오르막길로 언덕을 올라서면 Ciruena에
도착한다. 현대적인 리조트같은 모습을 갖
춘 도시로 도시 초입에는 공원과 골프장,
스포츠센터와 주변에 단독주택단지가 배
치된 마을을 가로질러 간다. Ciruena는
마을에 들어서기 전 쉼터에 노점상을 제외
하고 Bar 한 군데를 제외하고는 휴식을 취

하거나 식사를 할 수 잇는 적당한 장소가
없다. 구도심에 들어서기 전에 LR-204도
로를 따라 100여m 직진하여 회전 로터리
에서 왼편 길 따라 가야 한다. 회전 로터리
에는 순례자 조형물과 까미노 상징인 가리
비가 세워져 있다.

Calzada에 다가 갈수록 점차 해발고도
는 높아졌고 700미터를 훌쩍 넘는 언덕을
넘어야 한다. 하지만 평탄하고 오르막 경
사가 심하지 않아 내가 이렇게 높게 올라
왔다는 것을 실감할 수 없다. 오르막이라
지만 너무나 쉽게 넘어가는 길이다. 나름
지대가 높아서 변덕스러운 날씨를 경험한

다. 오르막길을 갈 때는 구름 가득한 날씨
였는데 능선너머 내리막에 들어서니 해가
뜨는 따가운 날씨로 바뀌었다. 높은 구릉
위에서 점차 내려서니 길게 이어진 길이 끝
없이 보였다. 그 위로 순례자들이 앞뒤로
촘촘히 붙어서 걸어가는 모습이 한눈에 보
인다. 길게 이어진 사람들의 무리가 점처
럼 보이다가 어느 사이에 선으로 보였다.

The Way라는 영화를 보면 언덕을 너머 길게 이어진 길을 가는 장면이 나오는데 지

금 여기가 아닐까 싶다. 그만큼 아름다운
풍경을 보면서 걸을 수 있는 구간이다. 내
리막길도 굽이치듯 계단처럼 내려오는데
비포장에 자갈이 많은 길이다. 그래서 조
금은 힘들어 할 수 있으나 짧은 구간이며
내리막길 끝에 Calzada에 다다른다. 오래
된 도시의 모습이 남아있는 곳으로 성인
의 이름을 그대로 차용하여 생겨난 도시
이자 건축박물관처럼 보일만큼 아름다운
건축물이 많은 도시이다. 게다가 매년 4월
부터 5월까지 크고 작은 축제가 이어지는

도시이다. Calzada에는 맛집으로 알려진 식당이 제법 있다. 공립 알베르게 바로 옆
에 나름 유명한 식당이 있으며, 'Menu del Dia'라는 각각의 레스토랑 추천 메뉴를
선택하면 디저트까지 맛볼 수 있다.

Albergue 정보

이름	Albergue de la Cofradía del Santo
숙박비 (유로)	7유로
베드수|형태	217bed/1방	Domitory.
담요제공여부	No. 1회용 커버 제공(유료)
부엌|조리시설	Yes
화장실|샤워장	Yes (구분 있음)
세탁기|건조기	Yes	Yes(유료)

아침식사 제공	No
인터넷 사용	WiFi 사용 가능
주변 편의시설	Elimentacion(식료품점) & Supermercado(슈퍼마켓)
	Bar | Restaurante Yes

기타 정보

1) 공립 알베르게로 13시부터 개방

2) 8~10명 단위의 방으로 되어 있음

3) 알베르게 옆에 아웃도어용품 매장을 통해 필요한 의류나 양말 등 구입 가능

4) 주변에 맛집 레스토랑 및 bar가 다수 존재

Camino De Santiago - 11일차

출발지	Santo Domingo de la Calzada
도착지	Belorado
거리|시간	22.0km | 6.2시간
주요지점	Santo Domingo de la Calzada ~ Granon ~ Castidelgado ~ Viloria de Rioja ~ Belorado
자치주	La Rioja / Castilla y León

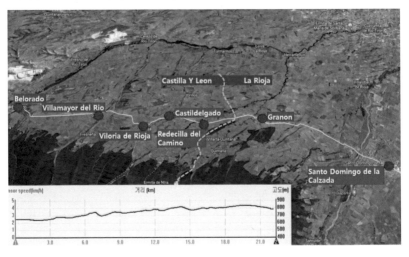

순례길에서 10일 정도 지나면 자신의 일상이 규칙적으로 변했음을 알게 된다. 일기상과 취침시간은 동일해지고 길에서 식사할 때나 다른 순례자를 만날 때도 어색하지 않고 점점 모든 것이 익숙해져 일상처럼 흘러간다. 마트에서 물건을 사는 것도 동네 편의점 가는 것처럼 편하고 익숙하다. 언어의 소통문제도 잊고 지낸다. 이렇게 한 달여 걸으면서 편해지고 계속 걸어야만 할 것같은 관성의 법칙이 찾아온다.

"여행이 아니라 그저 일상생활이다. 매일 걷는 것을 제외한다면... "

순례길 여행이 일상이 되자 여행경비도 쓰임새가 변한다. 아침식사는 조리하는 대신 주변 레스토랑이나 Bar에서 식사하고 커피와 와인, 그리고 맥주는 물처럼 매일 마시는 소확행이다. 결국 어떤 여행 속 삶을 보내는지는 자신이 선택하기 나름이다. 돈을 아끼며 보낼 것인지, 적당한 비용을 쓰면서 여유를 누릴 것인지, 저녁도 menu del dia를 선택할지 아니면 알베르게에서 조리해 먹을 것인지 그것도 선택이며, 그냥 걷기만 할지, 짧게 걷더라도 쉬어가는 도시마다 관광을 겸하며 다닐 것인지도 선택이다. 이렇게 다녀야 한다고 정해진 답은 아니다. 오로지 자신이 만족하는 여행이 정답이다. 그래서 순례길 비용예산을 정할 때 순례길 경험자들은 하루 10유로면 충분하다고 조언하지만, 이건 최소한에 비용일 뿐 모범 답안은 아니다. 자신의 즐거움과 만족할 수 있는 비용으로 예산을 정해야 한다. 식사와 주변박물관 관람 등을 위해서라면 하루에 30~40유로 정도가 적당하다.

Belorado가는 길은 완만한 오르막이다. 해발 600~800m 사이를 오간다. 내가 오르막길을 가고 있다는 것조차 느낄 수 없을 만큼 완만하고 평이한 길이다. 아직 메세타 평원에 들어서지는 않았지만 평원처럼 넓은 구릉이 계속되는 길이다.

Calzada 시내에서 다리(Puente de Santo Domingo de La Calzada)를 건너 N-120도로 옆길을 걸어야 한다. 순례길은 둘레길(트레킹코스)과 달리 풍경위주보다 Santiago de Compostela로 빨리 갈 수 있는 길이다. 그래서 도로변을 따라 걷는 경우가 허다하다. Granon은 La Rioja 지방의 마지막 도시이며 Granon을 지나면 Castilla y León지방으로 접어든다. 역사적으로 비옥한 땅을 가지고 있었던 Granon은 항상 수탈의 대상이었다고 한다. 그래서 땅을 차지하기 위해 마을에서 선출한 대표자 간에 결투를 벌이는 경우도 허다했고 결투에서 승리한 마을이 비옥한 Granon의 땅을 차지했다고 한다. Granon의 대표가 결투에 승리하여 이를 기념하기 위해 십자가를 세웠는데 이를 '용감한 자들의 십자가(Cruz de los Valientes|Crucero)'라고 부르며 N-120도로와 만나는 언덕위에 세워져 있다. 그리고 Granon에는 결투를 벌인 대표자

인 마르틴 가르시아를 기리기 위해 기도하는 미사가 남아있다고 한다. Granon에는 성당에서 운영하는 알베르게(Albergue Parroquial San Juan Bautista)가 기

부제로 운영되며 식사도 제공하는데 성당 알베르게를 경험하고 싶다면 머물러 볼만한 곳이다.

Granon을 지나면 너른 평원이 끝도 없이 펼쳐져 있다. 들판의 색상은 여러 색상의 천을 이어 짜깁기한 식탁보를 펼쳐 놓은 듯하다. 무엇이 자라고 있는지에 따라 땅의 색깔을 결정한다. 밀밭이 남은 곳에는 옅은 갈색 빛이며, 양귀비가 자라는 곳에는 하얀 점과 붉은 점이 가득한 붉은빛이 감돈다. 6월 중에 이곳을 지나면 양귀비꽃이 가득한 풍경을 볼 수 있다. 그리고 부드러운 곡선이 능선을 만든다. 그 아래에 순례자들이 지나가고 길이 헷갈릴지 않도록 비석이나 나무로 만든 이정표와 크고 작은 십자가가 군데군데 보인다.

스페인 사람들이 순례길에 대해서 얼마나 애착을 가지고 있는지 느끼는 부분 중에 하나가 도로 교각과 난간에 가리비 문양을 새겨 놓은 표식이 보일 때이다. 이를 공사하면서 설치하였다는 것 만으로도 대단한 자부심을 느끼고 있음을 깨닫게 된

다. Granon에서 2km 정도 걸어가면 La Rioja 지방과 Castilla y Leon지방을 구분짓는 이정표가 보인다. 이를 지나가면 Leon 지방으로 들어서게 되며 처음으로 만나는 도시가 Redecilla del Camino이다. 도시 이름에 Camino라는 명칭이 들어간 도시를 많이 만난다. 대부분 중세시대부터 순례자들을 대상으로 번성한 마을은 Camino라는 이름이 붙어있다.

Redecilla del Camino부터 Belorado 까지는 N-120도로 옆을 따라 걷는 길이다. 도로 옆 비포장길을 따라 무념무상에 가까운 상태로 빠져들면서 걷는다. Viloria de Rioja 마을은 도로변에서 유일하게 벗어난 마을로 까미노의 성인이라 불리우는 '산또 도밍고 데 라 깔사다 성인'이 태어나고 세례를 받은 성당(Iglesia Parroquial de la Asuncion de Nuestra Senora)이 있는 마을이기 때문이다. 스페인의 마을이름은 성인, 성자의 이름에서 유래한 명칭이 많다. 그래서 마

을 이름을 통해 어떠한 역사를 가지고 있는지 유추해 볼 수 있다. 대부분의 마을에

는 최소한 2,3개 성당이 존재한다. 크기도
다르고 불리우는 이름도 다양하다. 그리고
중세의 건축양식이 집약된 성당 건물도 볼
수 있기 때문에 찬찬히 구경하는 것도 소
소한 즐길 거리이다. 순례길의 성당은 쉬
어 가는 쉼터이자 Sello를 받을 수 있는 장
소이다. 중세시대에는 교회가 대피소로 활
용되었고 순례자에게는 숙박의 장소이기
도 했다. 다시 N-120 도로 옆을 따라 걸
어 Villamayor del Rio에 다다르면 마을
중앙에 공원이 있고 식수를 구할 수 있는
음수대가 있다. Villamayor del Rio에서
짧은 휴식을 취한 후 5km 정도 N-120 도
로따라 가면 Belorado에 다다른다. 도시
초입에는 언덕위에 있는 사립 알베르게가
있는데 수영장을 갖춘 곳이어서 여름에는
물놀이가 가능하여 이곳에 머무는 순례자
가 제법 많다.

'아름다움' 이라는 의미를 가진
Belorado는 이름만큼 고전적인 느낌이
풍성한 도시이다. 도시 중간에 광장과 함께 산 페드로 성당(Iglesia de San Pedro)
이 자리하고 있으며 중세시대부터 매우 풍요로운 마을이었다고 한다. 특히 모피제

조산업이 발달하여 가죽제품을 구매하기 좋은 도시이기도 하다. 공립 알베르게는 마을 초입에 있으며 2층과 3층에 침실이 있는 아담한 숙소이다. 공립 알베르게의 관리자는 대부분 순례길을 완주한 경험이 있는 분들이 운영하거나 봉사자로써 관리를 한다. 그래서 친해지면 도움을 받이 받기도 한다. Belorado의 알베르게 오스피탈레로에게 식비를 지불하면 저녁식사를 만들어 주기도 한다.

순례길에서 만나는 도시마다 나름에 축제나 행사가 있는 경우가 많다. Belorado 에도 축제가 있다고 하는데 6월 17일 경에는 San Juan Najera 축제가 펼쳐진다. 그리고 7월 초에는 스페인에서 가장 유명한 소몰이 축제인 산 페르민(San Fermín) 축제가 Pamplona 및 주변 도시에서 10일 동안 펼쳐진다. 운이 좋다면 이 축제를 경험할 수 있지만 일정이 맞지 않다면 그냥 지나쳐야 한다. 축제 기일에 맞춰 가더라도 알베르게도 붐비기 때문에 숙소예약을 우선시해야 한다.

Albergue 정보

이름	Albergue municipal El Corro
숙박비 (유로)	8유로
베드수ㅣ형태	30bed/1방 ㅣ Domitory,
담요제공여부	No, 1회용 커버 제공(없음)
부엌ㅣ조리시설	Yes
화장실ㅣ샤워장	Yes (구분 있음)
세탁기ㅣ건조기	Yes ㅣ Yes(유료)
아침식사 제공	No
인터넷 사용	WiFi 사용 가능
주변 편의시설	Elimentacion(식료품점) & Supermercado(슈퍼마켓)
	Bar ㅣ Restaurante Yes

기타 정보

1) 공립 알베르게로 13시부터 개방

2) 단체 예약이 가능, 자체 저녁식사 제공 - 9유로

3) 저녁식사가 괜찮음. 군이 외부 레스토랑 이용하지 않아도 됨.

4) 남자 화장실 및 샤워실 이용하기 불편 함. 1층으로 이동해야 함. 3층에도 별도의 남자 화장실이 있지만 큰 방안에 있기 때문에 사용하기 불편하다.

Camino De Santiago - 12일차

출발지   Belorado

도착지   San Juan de Ortega

거리|시간   23.9km | 7.2시간

주요지점   Belorado ~ Tosantos ~ VillaFranca ~ San Juan de Ortega

자치주   Castilla y León

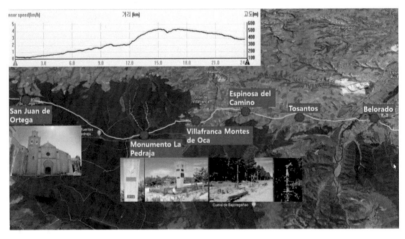

    Belorado에서 San Juan de Ortega로 가는 길은 해발 1,150m의 고개를 넘어야 한다. 다행인 것은 Belorado가 해발 780m 정도에 위치한 도시이기 때문에 피레네산처럼 높은 고도를 넘어가는 것은 아니다. 한국의 산이나 고개처럼 가파르게 올라서는 고갯길은 없다. 완만하게 계속 올라는 구간이 대부분이다. 메세타 평원에 가까워질수록 해발고도가 높기 때문에 여름이라고 할지라도 저녁이나 아침에는 쌀쌀한 날씨를 경험한다. 그래서 하절기용 아웃도어 자켓이 필요하다. 이마저 없다면 우비를 입고 다니면 추위를 막을 수 있다. 주변 풍경도 바뀌어 거의 밀밭으로 바뀌었다. 그리고 점차 평지처럼 보이는 구릉 이 Tosantos까지 이어진다. Villafranca Montes de Oca까지는 완만한 언덕길이 지만 이후부터는 조금 경사가 있는 오르막 길을 올라야 한다. Villafranca Montes de Oca부터 **San Juan de** Ortega까지

12km 구간은 산지를 지나는 구간이며 조금은 힘들 수 있고, 숲 속 쉼터는 있으나 Bar가 있는 마을이 없다. 그래서 출발하기전에 비상식량과 식수를 필히 챙겨야 한 다. Belorado 알베르게에서 왼쪽길로 접어들어 Santa Maria la Mayor성당을 거 쳐 광장을 가로질러 가야 한다. 도심을 벗어날 때 계속 직진하면 익숙한 N-120 도 로를 만나, 도로를 건넌 후 오른쪽으로 따라 가면 된다. 그래서 Puente Romano 'El Canto'라는 석축교를 건너면 제대로 찾아온 것이다.

순례길의 풍경은 남다르다. 너른 벌판이 펼쳐있고 계절에 따라 땅의 색깔이 다르 다. 그리고 스페인에서만 만날 수 있는 조 형물이 가득하다. 특히 시기별로 디자인이 다른 성당의 건축물, 그리고 석축교와 십 자가 조형물들이 그렇다. Tosantos에서 오른쪽 산자락을 바라보면 소박하고 단순 한 모양의 소성당과 토굴이 자리잡고 있 다. '라 뻬냐 성모의 바위 위 성당(La Virgen De La Pena)'으로 Tosantos에서

는 매년 9월 8일 Pena의 성모를 기리는 축
제가 열린다고 한다. 거리가 멀지 않기 때
문에 시간이 여유로우면 우회하여 들러 볼
수 있는 곳이다. Villafranca Montes de
Oca까지는 2~3km 내외로 마을이 연이
어 보인다. 충분히 쉬면서 식수와 식량을
보충할 곳도 있다. Villambistia에서는 식
수를 구할 수 있으며 성당 바로 앞에 옛 모
습을 간직한 빨래터(Antiguo lavadero)
를 볼 수 있다. Espinosa del Camino에
는 Bar가 있어 음식을 구매하거나 포장해
가져갈 수 있고, 이곳을 지나면 펠리세스
성당의 잔해건물(Ermita de San Felices)
을 거쳐 갈림길에서 왼쪽으로 가면 N-120
도로와 만나 Villafranca Montes de Oca
에 도착한다. 여기에서 충분한 휴식을 취
해야만 1,150m가 넘는 오르막길을 넘어
갈 수 있다. 혹시나 푸드트럭이 있을까 싶
지만 존재하지 않는다. 식수를 구할 곳조차 없는 구간이 나오기 때문에 준비를 해
야 한다. 더운 날에 갈증을 참는 것은 꽤나 심한 고통이다. 준비가 되었다면 숲길이
너무나 인상적인 구간으로 변모하여 걷기 좋은 아름다운 숲길이 된다.

Villafranca Montes de Oca를 지나면서 상황이 바뀐다. 나름 경사를 느낄 수 있

는 오르막길을 걸어야 한다. 커다란 떡갈나무숲이 순례길 주변에 펼쳐져 있지만 길의 폭이 넓어 햇빛에 그대로 노출되어 있다. 띄엄띄엄 보이는 순례자와 길 위해 자갈이나 솔방울로 만든 글자나 화살표가 눈에 뜨인다면 정확하게 길을 찾은 것이다.

첫번째 고개마루에 도착하면 오른편에 기념비(Monumento La Pedraja)가 서있다. 1936년 스페인내전 당시 희생된 시민들이 매장되었던 곳에 세워진 기념비이다. 그 앞에는 작은 검은색 십자가가 세워져 있는데 순례길에서 사망한 순례자를 기리는 십자가조형물(Vuestras Millanoha, Descansen Enpaz)로 순례길에서 죽은 순례자가 제법 많다고 한다. 간혹 순례길에서 죽으면 순례길 주변에 묻히기도 한다고 한다. 기념비가 있는 곳에서 휴식을 취한 후 길에 뻗은 내리막과 오르막길이 보인다. 맞은 편 두 번째 언덕을 넘어가야 하며 우회할 길은 없다. 두번째 언덕 위에 도착하면 너른 분지에 쉼터가 있어 휴식을 취할 수 있다. 그러나 푸드트럭과 같은 먹거리를 구할 수 있는 곳은 없기 때문에 사전에 준비가 필요한 구간이다. 두번째 쉼터를 지나면 내리막길 구간이다. 해발 1,150m의 고지대를 넘어선 내리막이다. 높은 지대이지만 따가운 햇살은 그대로이다.

두 번째 고개에서 약 3km 정도 내리막길 따라 가면 San Juan de Ortega에 도착한다. 수도원과 성당, 그리고 알베르게와 Bar 하나만 달랑 있는 작은 마을이다. 마을이라고 하기에는 애매하다. San Juan de Ortega는 중세시대 순례길에서 만들어진 도시 중에 가장 오래된 곳으로 San Juan 성인의 묘가 있는 장소이기도 하다. 이곳 성당에는 '빛의 기적'이라는 춘분과 추분때에 햇빛이 성당의 주두에 비추는 현상이 발생하여 붙여진 명칭이다. 유명한 성당이었기에 이사벨 여왕도 찾아왔었다고 한다. 성당은 개방되어 있기 때문에 뜨거운 여름날에 시원하게 보낼 수 있는 쉼터 중 하나이다. 대부분의 순례자는 이곳에서 하룻밤을 보내지만 일부 순례자들은 보다 좋은 숙소에서 머물기 위해 3km 정도 더 내려가 Ages에서 머무는 경우도 있는데 Ages에 한국인이 운영하는 알베르게가 있다고 한다.

San Juan de Ortega에서 식사할 곳은 알베르게 앞에 있는 Bar 한 군데 밖에 없다. 간편한 보카디요나 Tortilla를 판매하

기 때문에 배부르게 저녁식사 하기에는 부
족하다. Bar에서 미리 예약을 하면 저녁
메뉴를 먹을 수 있지만 그렇지 못하면 점
심 식사와 같은 단품 메뉴로 저녁을 해결
해야 한다. 아니면, 알베르게에서 별도 식
사예약을 하면 저녁식사가 가능하다. 부
엌은 사용할 수 없다. 알베르게의 저녁식
사는 오스피탈레로가 직접 준비하며 와인
도 제공하기 때문에 푸짐하게 식사할 수
있다. 맛보다는 배고픔 해소에 적당하다.
순례길에서 만난 어느 한국인 순례자와 동
행할 때 이곳에 왜 왔냐고 물어보니 이렇게 말했다.

"내가 순례길을 찾아온 이유는 길을 느끼려는 것이 아니라 생각할 시간을 가지기
위해서 왔어요."

　대부분의 한국인 순례자들은 숙소가 어디가 좋은 지? 어디가 맛집인지? 어떻게
가야 편한 방법인지를 묻는다. 그보다 순례길 자체의 의미를 먼저 생각해보며 자신
에게 몰입해 보는 것이 우선이지 않을까 싶다.

Albergue 정보

이름	Albergue parroquial de San Juan de Ortega
숙박비 (유로)	10유로

베드수 l 형태	60bed/1방 l Domitory.
담요제공여부	No, 1회용 커버 제공(없음)
부엌 l 조리시설	No
화장실 l 샤워장	Yes (구분 있음)
세탁기 l 건조기	Yes l Yes(유료)
아침식사 제공	No l 자체 저녁식사 제공, 9유로 별도 비용 (2plate)
인터넷 사용	WiFi 사용 가능, 하지만 인터넷 속도가 느리다
주변 편의시설	Elimentacion(식료품점) & Supermercado(슈퍼마켓) No
	Bar l Restaurante Yes

기타 정보

1) 공립알베르게로 13시부터 개방, 별도의 거실공간이 없다. 대부분 침대에서 책을 보거나 휴식을 취한다. 아니면 ground Floor밖 의자에 앉아서 쉬어야 한다.

2) 대부분의 순례자 들은 다음 마을인 Ages까지 이동하여 숙박을 한다.

3) 주변에 Bar 1개 제외하면 아무것도, 없다. 외부에 식수터가 있어 여기서 물을 받으면 된다.

Camino De Santiago - 13일차

출발지	San Juan de Ortega
도착지	Burgos
거리|시간	25.8km | 7.6시간
주요지점	San Juan de Ortega ~ Ages ~ Atapuerca ~ Villalval ~Villafria ~ Burgos
자치주	Castilla y León (Burgos주의 주도)

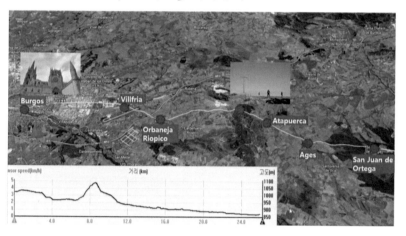

San Juan de Orgtega의 공립 알베르게는 새벽 6시 이전에는 떠날 수 없다. 아무리 일찍 일어나도 6시 이후에 나가야 한다. 강제적이지만 서두르는 사람들 때문에 숙면을 취할 수 없는 다른 순례자들의 불편을 해소할 수 있는 방법이다. 대부분 성당에서 운영하는 Parroquial알베르게는 출입시간을 제한하고 있지만 Municipal과 Privado 알베르게는 제한이 없다. Burgos로 가는 길은 내리막길이다. 그리고 갈림길도 많다. 다른 가이드북에서는 3개의 루트를 소개하는데 실제로 Atapuerca

를 거쳐 Burgos국제공항 외곽을 따라 Villafria 거쳐 도심도로를 따라가는 길을 대부분 선호한다. Burgos 도시는 크다. 그리고 복잡하기 때문에 노란색 화살표 찾는데 신경을 써야 한다.

San Juan de Ortega는 해발 1,000미터위에 있는 마을이며 Burgos는 해발 800m위에 세워진 도시이다. 그래서 한여름이라고 하더라도 이곳 아침은 썰늘하다. 메세타평원도 해발고도가 높기 때문에 아침저녁으로는 싸늘하다. 덥지 않은 날씨 때문에 숙면을 취하기 좋다. 여름시즌이라도 방풍자켓 정도는 준비하길 권한다. San Juan de Ortega 알베르게는 아침식사를 제공하지 않으며, Bar도 문을 열지 않는다. 그래서 아침식사를 하려면 전날 빵이나 우유 등을 준비해야하며 이마저 없다면 순례길에서 만나 마을에서 식사를 해야 한다. Age의 Bar도 오전 8시 전후로는 문을 열지 않기 때문에 너른 이른 아침에 출발하면 쫄쫄 굶어야 할 수도 있다. 순례길 식당의 메뉴는 크게 차이가 없고 음식이 한식에 비해 대체로 짜다. 간을 맞출 수 있는 조미료가 별로 없고 대부분 소금으로 간을 맞춘다. 그래서 싱겁게 먹는 한국인에게는 입맛이 맞지 않을 수 있는데, 가장 덜 짠 음식이 Tortilla이다. 감자와 계란으로 만든 음식으로 부드럽고 가장 한국적인 입맛에 맞출 수 있는 음식이다. 게다가 추운 날에 딱딱하고 차가운 속재료가 들어간 보카디요 보다 따뜻한 Tortilla가 제격이다.

Ortega알베르게를 출발하여 100여m 가면 정면에 십자가가 세워진 삼거리에 도

착한다. 십자가 옆 비포장길을 따라 가는 것이 Original루트이며 여타의 가이드북에서는 도로를 따라 우회하는 코스를 소개하기도 하지만 대부분 비포장길을 따라 Ages로 향한다. Ages까지는 평이한 내리막길이며, 이후 BU-V-7012포장된 아스팔트도로 따라 Atapuerca마을로 들어선다. 마을 중앙로를 따라가다 동상(Escultura Hombre de Atapuerca)이 보이면 왼쪽길로 접어들어 Atapuerca를 벗어나 고개를 넘어야 한다. Burgos가는 구간은 대부분 포장된 아스팔트길이다.

1km정도 경사가 있는 오르막길을 올라서면 커다란 나무로 만든 십자가(Cruz De Atapuerca)를 만나고 150여m를 더 가면 다른 나무십자가와 전망대쉼터(Mirados

Y Área De Descanso)가 보이는데 여기가 언덕 정상이다. 십자가 옆에는 안내판에는 아름다운 풍경에 대한 찬사를 보내는 글귀가 쓰여 있다.

"Desde que el peregrino dominó en burguete los montes de navarra y vio los compos dilatados de espana no ha gozado de vista mas hermosa como esta."

127

내리막길에 접어 들었다. 멀리 보이는 큰 도시가 오늘의 목적지인 Burgos이다. 가깝게 보이지만 약 18km 이상 걸어가야 한다. 더이상 마법같은 평지의 거리감에 속지 않는다. 내리막길은 한국의 산에서 만난 힘든 내리막 길이 아니다. 넓은 임도 같은 평평한 길이다. 그 길을 따라 쉼없이 구불거리는 길을 내려가야 한다. 중간에 질러가는 길처럼 소개하는 이정표가 있지만 원래의 노란색 화살표를 따라 Villalval를 경유하여 가야 헤맬 확률을 줄어든다.

Villalval부터는 아스팔트 포장길이다. Cardnuela Riopico와 Orbaneja Riopico는 옛 수도원이 존재하여 생성된 마을이라서 작은 Bar 정도밖에 없는 곳이다. 이후부터는 평지길이다. Burgos 로 가는 길은 AP-1고속도로 고가를 건너 두 개의 갈래길 중 하나를 선택해야 한다. Burgos 공항을 돌아 Villafria를 경유하여 도심을 가로질러 공립 알베르게로 향하는 코스와 Castanares를 경유하여 N-120 도로변을 따라 가다 Arianzon강변 공원길을 따라 Burgos 대성당 앞으로 가는 길이다. 후자의 코스는 초반은 힘들 수 있으나 후반부 공원길부터는 한적한 길이다. 하지만 대부분의 순례자는 직관적으로 보이는 안내표시판을 따라 Villafria를 경유하는 코스를 걷는다. Villafria 도심에 들어서면 4차선 왕복도로를 가운데 두고 양

옆 인도를 따라 걸어야 하는데 도심 입구에는 노란색 화살표가 보였으나 이후에는 보이지 않는다. 여기서는 인도를 따라 직진하면 된다. 그리고 Burgos 중심지에 도착하면 다시 안내표시가 나타난다. 도심이기 때문에 화살표시는 표시판기둥, 벤치, 보도블럭, 가로등기둥 등에 화살표가 그려져 있다.

Burgos시내에서 가장 반가웠던 것은 맥도널드 매장을 만났을 때이다. 오랜만에 익숙한(?) 음식을 먹을 수 있는 장소이기 때문이다. Burgos는 큰 도시라서 다양한 문화의 식당이 있고, 관광지라는 특징때문에 소매치기를 조심해야 한다. 익숙한 동양식당을 만나거나 더운 날 에어컨이 나오는 식당에 들어갔을 때 느끼는 소소한 행복함은 순례길에서 경험할 수 있는 특별함이다. 많은 것을 가지고 있을 때는 몰랐지만 최소한의 물품을 지고 순례길에 오면 모든 것

이 감사하고 기쁨을 주는 요소가 된다. 너무나 당연하다 싶었던 에어컨, 온수 나오는 욕실, 누울 수 있는 작은 소파가 있는 알베르게, 납작복숭아와 저렴한 체리를 먹는 등 사소한 것이 특별했음을 말해주는 곳이 순례길이다.

노란색 화살표를 따라가면 공립 알베르
게에 도착하고 아래쪽에 대성당이 자리잡
고 있다. Burgos는 커다란 산맥이 만나는
사이에 위치하여 방어가 용이한 전략적 가
치가 높은 도시여서 중세시대부터 상업적
발전이 컸던 도시이다. 주교가 상주하는
도시이기도 하여 스페인에서 3번째로 큰
규모의 Santa maria 대성당이 있다. 대성
당에는 엘시드의 묘가 있으며, 기적을 만
들어낸 십자가상이 있다. 성당의 규모가
크기 때문에 둘러보는 것만해도 제법 많
은 시간이 소요된다. 순례길을 보다 즐기
기 위해서는 오로지 걷는 것에만 치중하
여 기록을 갱신하려는 행동보다는 스페인
관광을 덤으로 즐길 수 있는 순간을 즐기
길 권한다. 순례길에 있는 도시는 대부분
성당과 수도원이 가득한 도시이기 때문에
옛 모습을 갖춘 도시가 많다. 도시 풍경을
보고 성당의 건축양식을 보는 것만으로도
눈이 즐거운 여행이 된다. 익숙한 스페인
의 도시는 아니지만 충분히 아름다운 도
시를 많이 만날 수 있다. 그리고 주변 식당
과 Bar에서 식사하며 마음껏 여유를 즐기는 것도 순례길을 경험하는 또 다른 방법이다. 그래서 미식여행이라는 것이 존재한다. Burgos 공립 알베르게는 6층 건물 전체가 숙소로 꾸며져 있으며 층에 따라 신형과 구형의 도미토리 침대가 나뉘어져 있다. 그래서 늦게 도착하면 높은 층의 도미토리 침대를 배정받는다. 엘리베이터가 있기는 하지만 인원이 많아 불편하다. 일정에 여유가 있다면 Burgos는 2일 정도 머물면서 휴양을 하기에 충분한 도시이다.

Albergue 정보

이름	Albergue de peregrinos Casa del Cubo
숙박비 (유로)	6유로
베드수|형태	150bed/1방 | Domitory,
담요제공여부	No, 1회용 커버 제공(없음)
부엌|조리시설	No (전자레인지만 사용 가능)
화장실|샤워장	Yes (구분 없음)
세탁기|건조기	Yes | Yes(유료)
아침식사 제공	No | 자판기 운영
인터넷 사용	WiFi 사용 가능, 하지만 인터넷 속도가 느리다
주변 편의시설	Elimentacion(식료품점) & Supermercado(마트) Yes Bar | Restaurante Yes, 주변에 중식당이 있음.

기타 정보

1) 공립 알베르게로 13시부터 개방하며, 순례자가 많이 몰리는 곳이다.
2) 6층 건물이며, 1~4 및 5, 6층의 구조가 다름, 자체 엘리베이터 운용
3) 주변에 라면을 판매하는 레스토랑 있음. - 10유로
4) Burgos 버스터미널 근처에 중국식당이 있으며 중국인 마트도 있음.

5) Burgos 대성당의 규모도 매우 크다. 알베르게에서 걸어서 5분 정도 내려오면 대성당 앞이고 아래층 박물관 들어가는 곳에서 매표를 한다. 순례자여권이 있으면 50% 할인해 준다. Burgos 대성당은 엘시드의 묘가 있다고 하며, 예전 이슬람 세력에 밀려 이베리아 반도가 장악당했을 때 홀연히 출현하여 이슬람 세력을 막아낸 인물이 엘시드이다. 이외에 엄청난 화려함과 웅장한 규모에 압도당할 만큼 순례길에서 가장 기운찬 장소이다.

6) 순례길에는 여러 이름으로 구분된 성당이 있다. 그 명칭도 다양하게 소개하는데 'Catedral'은 대성당, 사제가 추기경이며 'Parroquial'은 사제관, 교구성당, 주교 정도가 신부로 있으며, 'Iglesia'는 교회, 교파, 일반성당으로 사제가 평신부이다. 규모의 차이도 있지만 순례길에서 미사를 하는 곳은 대부분 Iglesia로 보면 된다.

Camino De Santiago - 14일차

출발지	Burgos
도착지	Hornillos del Camino
거리|시간	21.0km | 5시간
주요지점	Burgos~ Villalbilla de Burgos ~ Tadajos ~ Rabe de las Calzadas ~ Hornillos del Camino
자치주	Castilla y León

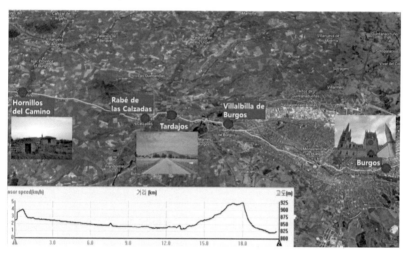

Burgos의 공립 알베르게는 오전 개방시간이 정해져 있다. 보통 7시가 되어야 개방되어 순례자들이 길을 나설 수 있다. 그전까지 세면하고 자판기 음식을 아침식사로 먹으며 기다린다. Burgos부터 Leon까지 대평원지대인 메세타 고원(Meseta Central)을 지난다. 해발 600 ~800m 사이이며 이따금 900미터를 넘는 지역도 지나간다. 평원이라서 해발고도가 낮은 평야라고 생각했는데 의외로 지대가 높으며

한국의 강원도 대관령마을 일대와 비슷한 지대이다. 게다가 산은 없고 넓은 평지이고 간혹 언덕이나 계곡에 마을이 자리하고 있다. 한여름에는 뜨거운 햇빛을 받아야 하고 겨울에는 서울의 겨울보다 더한 찬바람을 맞아야 하는 곳이다. 그래서 일부 순례자들은 이곳을 건너뛰는 경우가 더러 있다. 계속 이어지는 평지여서 지루한 풍경의 연속이다. 반면에 곧은 직선길을 따라 무작정 직진만 허용되는 구간이어서 걱정 없이 마음 편하게 걸을 수 있는 곳이기도 하다. 스트레스 받지 않고 발길 닿는 대로 걷는 이곳은 마음마저 평온하게 만들어주어 깊은 사색을 할 수 있는 유일한 순례길 구간이다. 그래서 다녀온 사람들 중에 메세타 평원을 꼭 가라고 일러주는 사람들도

꽤 많다. 필자도 진정 순례길의 의미를 생각하며 머리를 비우며 걷기를 희망한다면 이 구간을 꼭 걸어 가라고 조언한다.

Burgos 시내를 벗어나는데도 제법 시간이 걸린다. 약 6km 정도 걸어 Villalbilla de Burgos를 지나야 완전하게 도심을 벗어난다. 대성당 뒤편 길을 따라 10여 분 가면 산 마르틴 성문(Arco de San Martin)을 빠져나가야한다. 옛 Burgos 도시를 감싸고 있던 성문으로 왕족이 드나들던 성문이었으나 지금은 순례자들이 Burgos를 떠나기 위해 지나는 관문이 되었다. 횡단보도를 건널 때마다 운전자들은 멈춰 서서 순례자가 안전하게 지나갈 수 있도록 기다려 준

다. 고마움에 가볍게 머리를 숙여 인사하니 차안에 운전사들도 손을 흔들어 답을 해준다. 횡단보도 앞에서 경적을 울리며 빨리 건너라고 재촉하는 운전자도 없다. 조용히 순례자에 대한 무한한 배려가 베어있는 곳이 스페인 순례길이다.

Burgos 대학 캠퍼스 앞을 지나면 시내 외곽에 다다른 것이다. 아침 일찍 이곳을 지나면 하천이 가까워서 안개가 자욱하게 밀려온다. 안내판도 잘 보이지 않을 정도로 짙은 안개가 낀다. Tardajos로 가는 길은 예전부터 습지가 많아 안개가 짙어 지나가기 고생스러운 길이었다고 한다. 지금은 포장된 너른 길로 바뀌었고 순례자가 앞뒤로 많이 지나가기 때문에 길을 잃을 염려도 없고 마음이 편하다. N-120도로와 BU-600 도로가 만나는 회전 교차로 통로 몇 개를 건너 다시 친숙한 N-120도로 옆길을 따라 Tardajos까지 갈 수 있다. Tardajos마을 입구에는 돌로 만든 십자가가 세워져 있으며, 마을과 위치를 표시하는 역할을 한다. Burgos를 출발하여 처음 만나는 마을이며 여기서 휴식과 식사를 할 수 있다.

Tardajos에서 Rabe de las Calzadas까지는 2km 정도 떨어져 있으며 아스팔트 포장길이며 이후에 해발 900m로 올라가는 비포장 오르막길이다. Rabe라는 지명은 예전에 이곳에 유대인이 거주하였던 곳으로 하늘의 말을 전했던 스승인 랍비(Rabi)에서 유래되었다고 한다. 걷는 내내 보이는 것은 파란하늘과 옅은 갈색의 밀밭, 그리고 높은 송전탑이 전부이다. 이따금 키작은 나무와 교회건물과 마을의 모습이 변화를 줄 뿐이다. 제주의 오름처럼 보이는 동산은 층층이 겹쳐 놓은 크레이프케이크처럼 보인다. 순례길을 경험하지 않은 사람들은 유럽의 다른 나라처럼 치안상태가 좋지 않은 곳으로 생각한다. 순례길은 큰 도시가 별로 없기 때문에 소매치기나 폭행 등 사고가 거의 없으며 게다가 민간순찰대(Guardia Civil)가 차량 또는 말을 타고 다니는 순찰대가 수시로 왕래하기 때문에 안전하게 걸을 수 있다.

Rabe de las Calzadas를 지나면서 오르막길에 접어든다. 그리고 돌탑이 쌓인 정상 쉼터(Mirador Cuesta Matamulos)에 도착하여 발 아래를 내려다보면 Hornillos del Camino가 보인다. 이곳도 순례자를 위해 만들어진 도시이다. 도시에 이름은 화덕을 의미하는 Horno에서 유래되었다고 한다. 군대가 주둔할 때 이곳에 있던 화덕에서 빵을 구워 먹었다는 전설에서 비롯되었다고 한다. Hornillos del Camino까지는 비포장 내리막길이며 마을 앞 다리를 건너 마을에 도착한다. 그리고 공립 알베르게를 찾아 배낭을 세워놓고 순서를 기다리며 휴식을 취한다. 메세타 평원 구간은 평지이기 때문에 20km 정도의 거리는 5~6시간 정도로 빨리 이동할 수 있다. 길을 찾는 시간이 짧고 직선의 평이한 길이기 때문이다. 그래서 메세타 평원 구간 이동 거리를 30km 내외로 설정하여 빨리 통과하는 순례자도 더러 있다.

Hornillos del Camino에는 독특한 건물이 있다. 마을 중심 도로를 벗어나 오른쪽 좁은 길로 들어서면 언덕위에 독특하게 생긴 집들이 보인다. 땅에 절반정도 묻힌 집들이 여럿 보이는데 와인을 보관하던 창고(bodega)라고 한다. 뜨거운 메세타에서 제대로 보관하려면 땅에다 묻는 방식을 취한다고 한다. 여기뿐만 아니라 스페인 남부 다른 지역에서도 비슷한 건물들이 많다고 한다. 이렇듯 조금만 벗어나면 순례길에서 특별한 경험을 할 수 있다. 이날은 아주 붉게 물든 노을도 볼 수 있었다. 가던 길만 가지말고 가끔은 벗어나 일탈의 상큼함을 느껴보면 어떨까?

Albergue 정보

이름	Albergue de peregrinos de Hornillos del Camino
숙박비 (유로)	6유로
베드수ㅣ형태	32bed/1방 ㅣ Domitory.
담요제공여부	No, 1회용 커버 제공(없음)
부엌ㅣ조리시설	No (전자레인지만 사용 가능)
화장실ㅣ샤워장	Yes (구분 없음)
세탁기ㅣ건조기	Yes ㅣ Yes(유료)
아침식사 제공	No ㅣ 자판기 운영
인터넷 사용	WiFi 사용 가능, 하지만 인터넷 속도가 느리다
주변 편의시설	Elimentacion(식료품점) ㅣ Bar ㅣ Restaurante Yes.

기타 정보

1) 공립 알베르게로 시설이 작은 편, 2개의 공간, 지하 층을 부엌 및 거실로 이용

2) 알베르게 자체 와인을 판매한다. - 각 3유로(Tinto, Branco, Rose)

3) 바로 옆에 작은 성당 있으며, 사립 알베르게가 시설이 더 낫다. 사립 알베르게의
   경우 약 10유로 내외의 숙박비를 지불해야 한다.

4) 순례길 코스 정보 중에 거리에 대해 예민하게 반응하는 분들이 있다. 가이드북
   과 실제 GPS측정간에 오차가 있다는 말이다. 경험상 가이드북이나 정보사이트
   에서 제공하는 거리가 거의 같지만 1~2km 정도의 오차가 생길 수 있다. 길을 헤
   매던가 알베르게를 다른 곳에서 머문다던가 GPS측정시 오류가 생기는 경우가
   있어서 오차가 발생한다. 이러한 상황을 이해못하고 무조건 정확하게 거리가 맞
   지 않다고 말하는 것은 오류이다. 순례길 거리 표시는 공립 알베르게를 기준으로
   작성한 거리라고 봐도 무리가 없다.

에피소드 4 순례길의 아이콘, 노란 화살표와 가리비

아무리 좋은 길이라도 이를 안내해줄 표식이나 정보가 없다면 헤맬 수밖에 없다. 설령 안내표시판이 설치가 잘 되어 있어도 이를 제대로 알고 있어야 바르게 찾아갈 수 있다. 한국에는 수없이 많은 둘레길이 존재하고 각각 다른 형태의 표시판과 식별기호를 사용하기 때문에 각각의 정보를 모두 알고 있어야 하지만, 순례길은 아주 간단하다. '노란색 화살표'만 따라가면 된다. 게다가 각 자치주별로 노란색 화살표와 가리비를 엮어 디자인이 다른 형태의 표시석이 추가 설치되어 있어 형태만 다른 이정표가 순례길 위에 가득하다.

가리비가 왜 순례길의 심벌이 되었을까?

가리비 껍데기가 순례자의 상징이 된 것은 성 야고보에 관한 전설에서 시작되었다. 세베대(제베대오)의 아들 야고보는 베드로, 요한과 더불어 예수 그리스도의 3대 제자에 속하며, 그는 예수가 사망한 후 멀리 이베리아 반도까지 가서 선교 활동을 펼쳤다. 다시 예루살렘으로 돌아간 그는 참수를 당해 예수의 제자 중 첫 번째 순교자가 되었고 그의 제자들이 야고보의 시신을 빈 배에 태워 바다에 띄웠는데 놀랍게도 이베리아 반도까지 떠내려갔고, 해안에 닿은 야고보의 시신은 조개껍데기들에 싸

여 손상되지 않은 채 보존돼 있었다고 한다. 또 다른 전설에 의하면 어떤 말 탄 기사가 바닷물에 빠졌는데 야고보의 도움으로 살아났고 물 위로 떠오른 그의 몸이 조개껍데기로 싸여 있었다는 설화가 있으며, 다른 설화는 템플기사단이 야고보의 시신을 수습하여 산티아고에 옮겼는데 바다를 건널 때 가리비 조개의 도움으로 바다를 건널 수 있었다는 얘기도 있다. 이러한 일화에 따라 가리비 껍데기는 야고보의 상징으로 여겨졌고 치유와 구원의 능력을 의미하게 됐다. 그래서 순례길에서 템플기사단과 가리비는 빠질 수 없는 이야기 소재이자 역사적인 사실이다.

노란색 화살표는 언제부터 사용하였을까?

성직자인 Elias Valina에 의해 고안된 노란색 화살표는 1984년에 처음으로 사용되었다. 나무, 벤치, 도로 등에 표시하였고, Navarre지역에 최초로 화살표가 그려졌고 이후 1985년 '까미노친구들의연합 (Associations of Friends of the Way of Saint James)' 회의를 통해 프랑스길 전체에 노란색 화살표를 사용하자고 합의가 되어 프랑스길에 최초로 노란색 화살표가 사용되었다. 이때 Galicia 자치주에 속하는 프랑스길 루트는 표시석에 거리표시를 하고, 순례길 복원, 청소를 하면서 관리하기 시작했다. 현재 유럽의 문화여행 코스 (Grande Randonnee)와 식별하기 위해 순례길은 파란색 배경에 노란색 화살표로 표시하여 운영하고 있다.

산티아고 순례길 루트는?

스페인의 순례길은 많은 루트를 가지고 있으며 모든 루트에는 노란색 화살표와 가리비표시가 그려져 있다. 대표적인 루트가 12개이며, 부가적인 루트까지 포함하면 스페인 전역을 포함하고 있는 방대한 순례길이다. 모든 순례길에는 동일한 노란색 화살표가 그려져 있으며, 순례길 루트가 갈라지거나 만나는 곳에는 이를 안내하는 표시석이 부가적으로 설치되어 있다. 이중에 프랑스길은 전체 순례자의 70% 정도가 찾아가는 곳으로 가장 많은 순례자가 걷는 코스이다. 그래서 다른 순례길에 비해 안내표시가 더 많고, 세세하게 설치되어 있는 편이다.

순례길의 루트를 대략 정리하면, 아래와 같다.

1.Camino Francés (프랑스길)

2.Camino Francés por Aragonés

3.Camino Primitivo (초기의길)

4.Camino del Norte (북쪽길)

5.Camino Inglés

6.Camino a Finisterre

7.Camino Portugués (포루투갈길)

8.Vía de La Plata (은의 길)

9.Camino de Invierno

10.Camino Sanabrés

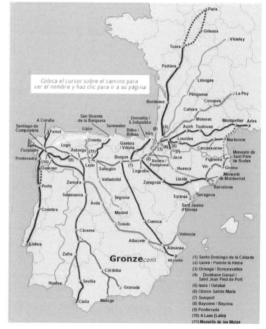

11.Camino de Le Puy

12.Fisterra Y Muxia

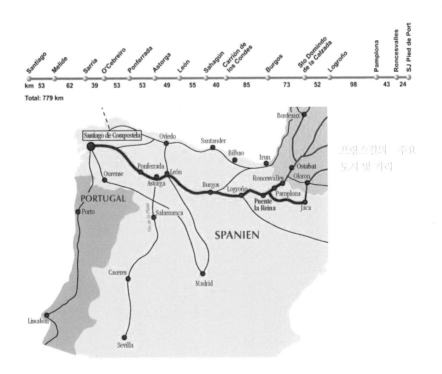

프랑스길의 주요
도시 및 거리

갈림길에서의 표시는...

　순례길 루트는 때로는 합류하고 때로는 갈라서기도 한다. 예를 들면, Leon 시내
에서는 Oviedo로 가는 길과 프랑스길 방향인 Santiago 갈림길 표시를 볼 수 있다.
북쪽길에서는 프리미티보 루트와 북쪽길 루트가 나누어지는 지점에 표시석이 설치
되어 있다. 이외에도 각각의 루트에 갈림길, 우회길이 있을 경우 설명해주는 표시
석과 화살표가 잘 표시되어 있다. 지방에 따라 자체적으로 노란색 화살표이외에 다

른 색깔의 화살표를 표시해 놓은 경우
도 있는데 부가적인 설명을 위해 표시
해 놓은 경우가 많다. 주변에 노란색
화살표가 있으면 이를 따르면 되지만
그렇지 않으면 다른색 화살표를 따라
가도 무방하다. 노란색 화살표와 가
리비는 가로수, 벤치, 도심에서는 바
닥 보도 블럭 사이에 그려져 있거나 새겨져 있으며, 갈림길마다, 골목마다 그려져
있다. 다른 루트에 비해 프랑스길은 표시물이 많아 GPX파일 등이 없어도 충분히
찾아갈 수 있다.

북쪽길 방향인 Gijon과 프리미티보길 방
향인 Oviedo로 갈라지는 저자의 표시석

143

은의 길과 프랑스길이 만나는 곳 표시물

Leon-Astorga 구간 갈림길 안내 표시판

Triacastela-Sarria 구간 갈림길 표시

기본적인 순례길를 안내하는 화살표가
다른 용도로 활용되는 경우도 있다. 갈림길
이 있거나, Bar, 알베르게 등을 안내할 때
도 노란색 화살표를 사용한다. 이 표시를
따라가면 공립 알베르게 또는 Bar에 다다
른다. 순례길을 따라 가려면 이 표시를 피
해 다른 노란색 화살표를 찾아야 한다. 가
끔 화살표와 'A'만 그려진 표시도 볼 수 있
는데 이 표시도 알베르게를 알려주는 표시
이다.

도심의 바닥에 설치된 블럭형 표시물과 기타 표시

Pamplona, Leon, Burgos, Santiago
de Compostela 같은 큰 도시에 들어서면
골목길과 차도가 혼재되어 화살표를 찾기
가 어렵다. 가로수나 벤치가 거의 없어 화
살표를 그려 놓을 만한 장소가 마땅치 않
기 때문이다. 대신에 보도블럭에 가리비를
새겨 놓는 경우가 있는데, 지역마다 도시
마다 모양새가 조금씩 다르다. 하지만 가
리비가 펼쳐진 방향을 따라 걸으면 올바른
방향으로 가는 것은 동일하다. 단, 화살표
가 그려져 있으면 화살표 방향으로 가야
한다.

이 외에도 바닥에 노란색으로 문구 등을 표기하여 쉽게 알아볼 수 있도록 해놓은 마을도 있다. 특히 마을 갈림길이나 우회길을 안내할 때 사용되며, 가끔 마을 주민들의 이기심으로 오리지널 루트의 화살표를 지우고 자기네 마을로 유도하는 화살표를 그려 놓는 경우도 있다. 최근에는 거의 수정되어 원래의 순례길따라 걸어 갈 수 있으니 화살표만 찾으면 된다.

별도 안내문구나 지역의 표시물로 안내하는 경우...

지역에 따라 지역만에 특징을 살림 표시판이 사용하기도 한다. 도로변에는 'Camino de Santiago'라는 글씨가 쓰여진 입간판이 많이 보인다. 프랑스 지역인 생장에서는 노란색 화살표 보다 'Roncevaux'라는 글자와 가리비가 그려진 표시물이 많다. 특히 GR루트 표시판이 혼재되어 있어 생장 사무실에서 제공하는 코스자료와 설명을 잘 들어야만 한다. 도시나 마을에 들어설 경우에는 마을이름이 쓰어있는 흰색 바탕에 글씨가 쓰여진 표시판과 마을정보를 안내하는 안내판이 초입에 설치되어 있으니 이를 참고

하면 숙박, 쉼터, 식수 등 도움을 받을 수 있다.

우회길이 있을 경우...

갈림길(또는 Alternative)는 순례길 루트상에 마을과 마을을 다른 코스로 구분한 길이라면, 우회길은 도로나 위험할 수 있는 구간을 안전을 위해 돌아가도록 표시한 길이다. 대부분 표시석에 'Complementario'라 쓰여 있으며, 이 문구가 쓰여진 길이 우회길이며, 그 외 루트가 원래의 (Original Camino) 순례길이다. 따라서 어디를 가던 상관없지만 대부분 우회길이 안전을 확보하기위해 마을 안쪽이나 농로를 따라 걷기에 조금 더 길다. 일부 우회길은 주변에 성당이나 문화유적지 등을 볼 수 있도록 안내하기도 한다.

이외에도 순례길에는 여러 표시물이 있는데, 특히 가리비 모양이 자치주에 따라 달리 해석되기도 한다. Galicia지방은 가리비가 펼쳐진 쪽이 진행할 방향으로 설정되어 있는 반면에 다른 지역은 가리비가 오므라져 있는 방향이 진행 방향이거나 무작위로 표시된 곳도 있다. 따라서 가능하면 노란색 화살표를 주의 깊게 살피는 것이

147

도움이 된다. 그리고 Galicia지방에 들어서면 표시석 안쪽에 잔여 거리가 표시된 숫자가 새겨져 있다. 이를 통해 남은 거리를 확인할 수 있는데 대부분 유실 또는 소실되어 숫자가 보이지 않는 경우가 많다.

Galicia 지방 외 표시   Galicia 지방 표시

기타 중요 표시석

순례길에는 의미있는 표시석을 마주치게 된다. 특히 순례길 인증서를 받기위해서는 최소 100km 를 걸어야 하는데 Sarria를 지나 100km 안내표시석이 있다. 몇 개가 100km라는 글자가 쓰여 있지만 실제로는 "100"이라는 숫자가 음각되어 있는 표시석이 진짜이다. 이외에도 숫자가 특이하거나 Fisterre에 있는 0.000km 표시석, 북쪽길에는 111.111km 남았다는 표시석도 있는데 순례길에서 기억에 남을 기념표시이다. 이러한 표시석을 찾아보는 것도 나름 재미있는 순례길을 만들어 준

다.

순례길에 있는 순례길이 아닌 표시

Saing Jean Pied de Port에서 시작하여 피
레네산맥을 넘을 때 GR-65번과 GR-12번
코스를 따라가라고 설명을 해준다. 여기서
GR이라는 생소한 표시판을 보게 되는데, 흰
색과 빨간색으로 표시해 놓았다. 이는 유럽
전역에 펼쳐있는 GR(Grande Randonnee)
를 표시한 것으로 한국의 둘레길과 같은 의
미이다. GR은 대부분 풍경이 좋은 산과 계
곡, 숲이 있는 길을 연결해 놓은 것인데 순례
길과는 전혀 무관하다. 하지만 피레네산맥을
넘을 때나 Pamplona 가는 길에 GR루트와

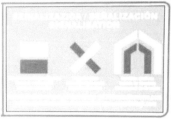

일부 겹치는 경우가 있다. 이 경우를 제외하고는 GR 표시를 따라가면 안된다. 북쪽
길에는 GR표시가 제법 많이 보인다. 그래서 도로변보다 좋은 풍경을 보기위해 GR
을 따라 가는 경우도 있다. 순례길에서는 오로지 노란색 화살표와 가리비표시만 따
라 가야 한다는 것을 명심해야 한다. 순례길은 단순하고 명료하게 노란색 화살표
(Yellow Arrow)만 따라야 하고 순례길 이름에서 알 수 있듯이 **"산티아고로 가는 길
"** 이기 때문에 일방향으로만 표시가 있고, 산티아고에서 출발하여 다시 원점으로 되
돌아 갈 때는 표시가 없다는 것을 알아야 한다. 우회길이나 갈림길이 나와도 걱정
하지 말고 안전하게 순례길을 다녀오기를 응원한다.

Camino De Santiago - 15일차

출발지   Hornillos del Camino

도착지   Castrojeriz

거리|시간   19.0km | 4.5시간

주요지점   Hornillos del Camino ~ Sanbol ~ Hontanas ~ Castrojeriz

자치주   Castilla y León

　Burgos를 지나면서 산이라 할 수 있는 지형은 보이지 않는다. 낮은 구릉이 연속
되던가 아니면 너른 평지이다. 약간에 경사가 있어 걸어서 올라가고 있음을 느끼지
만 어느정도 오르다 보면 감각이 무뎌진다. 산이 없는 벌판이 헛웃음이 날 정도로
신기하게 보였지만 오늘은 조금 익숙해졌다. 단지, 하얗게 소금을 뿌려 놓은 듯한
들판이 신기해 보일 뿐이다. 게다가 Hornillos del Camino를 출발하여 오르막길
에 접어들어 해발 약 930m정도까지 올라가기 때문에 체감 기온은 점점 내려가 싸
늘해지기 시작하는 것을 피부로 직접 느낄 수 있다. 마치 건식사우나에 들어갔다가
나올 때의 시원한 느낌이다.

Hornillos del Camino를 출발하여 5.7km 정도 오르막길을 걸어 첫번째 구릉지대를 넘어가면 San bol이라는 옛 순례자를 위한 의료원으로 이용되었던 건물을 수리하여 운영하는 작은 알베르게가 있다.

옛 Arroyo라른 이름에 마을이 있었던 곳으로 마을 주민은 사라지고 수도원의 흔적만 남아있다가 순례자를 위한 알베르게로 변신한 곳이다. 들판에 돔형태의 지붕을 얹은 작은 건물 하나에 10명 정도만 머물

수 있는 곳이다. 예약이 불가능하지만 입소문으로 이곳에 머물고 싶어하는 순례자가 많다. 주변에 마을이 없는 산지위에 있기 때문에 밤하늘에 쏟아지는 별빛을 보기에 최적의 장소이자 명상하며 스스로 마음 치유하기에 적당한 알베르게이기 때문에 걷다가 잠깐 들어서 쉬어가는 것도 좋은 곳이다. 조용하고 잡담이 허용되지 않는 조용한 수목원에 들어선 경험을 선사한다. 단, 순례길에서 약 250m 정도 안쪽으로 들어가야 한다. 예전에는 관리자가 없이 운영되었다가 최근에는 자원봉사하는 오

스피탈레로가 관리를 한다고 한다. 그래서 비용을 지불하면 식사 준비도 해주며, 작

은 선반에 무인 판매대가 놓여있는 재미있는 장소이다.

San bol을 지나 짧은 내리막길이 이어졌
다가 다시 평지길로 Hontanas까지 이어
진다. 평이하고 끝없이 펼쳐진 너른 길을
아무런 생각없이 걸어도 헤매지 않는 곳이
여기다. 자연스레 마음이 느슨해지면서 수
많은 생각이 떠올랐다가 사그라 든다. 생
각에 생각이 꼬리를 물고 일어나 예전에 있
었던 추억이나, 힘들었던 일까지 떠오른
다. 그러면서 비우거나 곱씹어 생각해보기
도 한다. 그래도 무리없이 걸을 수 있는 길
이 여기 메세타 평원 구간이다. 자신과 대
화를 이루는 구간이다. 순례길을 왜 걸어
야하고 왜 왔는지에 대한 생각이 깊어지기
도 한다.

메세타 평원은 그늘이 없기 때문에 10시
이후부터는 기온이 급격하게 오른다. 그리
고 대기마저 후끈거릴 정도로 뜨겁다. 하지만 평원 사이 계곡에 위치한 마을에 다
다르면 꽤나 시원하다. 대부분의 마을이 평원보다 낮은 계곡에 자리를 잡고 있으며
Hontanas도 그렇다. 걸어 내려갈수록 공기가 점차 시원해지는 신기한 경험을 한
다. 반대로 마을을 벗어나 원래의 평원으로 되돌아 갈 때는 대기가 미지근해지고 결
국에는 더운 공기를 마신다. 아마도 찬 공기가 밑으로 내려간다는 간단한 과학적 이
유를 경험하는 곳이다. Hontanas는 '샘우물'이라는 뜻으로 마을 주변에 샘터가 많

앉다고 한다. 그래서 비옥한 초원이 발달
한 마을이다. 마을마다 크기가 다른 성당
이 여러 군데 존재하는데 Hontanas 초입
에 'Santa Brigida'라는 작은 성당건물이
있다. 불과 서너 명만 들어설 수 있는 곳으
로 순례자가 기도하며 쉬어 가는 곳이다.

Hontanas부터 Convento de San
Anton까지는 낮은 경사의 내리막길이다.
그러는 사이 San Anton성당의 흔적이 남
아있는 성문(Arco de San Anton) 아래로
지나고 있다. 예전에는 수도원의 문 역할
을 했으며 지나가는 순례자들에게 빵을 제
공하여 먹을 수 있게 했다고 한다. 현재는
성문 흔적아래로 순례자가 지나갈 뿐이
다. 포장길을 따라 가도 되지만 순례길은
오른쪽에 좁은 비포장길을 안내하고 있
다. 흙먼지가 날려 불편할 수 있지만 오래
된 Origi-nal 순례길이다. 그늘이 없는 구
간이기 때문에 모자나 양산을 쓰고 가면
도움이 된다. 게다가 쉼터나 Bar도 없다.
San Anton에 다다르면 Bar가 있어 쉬어
갈 수 있다. 순례길 위에 아치모양의 건물
흔적이 남아 있는데 13세기에 만들어진 Sant Anton 수도회의 병원과 수도원 건물의 흔적이다. 지금은 폐허가 되어 성문의 아치만 남아 있다. 여기서부터 Castrojeriz까지 약 4km 정도 남았고 평이한 평지의 아스팔트 포장길이다. 평지 가 이어지는 곳에 제주의 오름처럼 보이

는 낮은 산이 보인다. 산 정상에 허물어진 성이 있고 산 아래에 허리띠처럼 주택이 밀집한 곳이 Castrojeriz이다. 산 아래자락에 초승달모양으로 자리잡고 있는 곳이 며, 그 주변에 여러 개의 성당이 마을 입구부터 세워져 있다. 마을 입구 갈림길에는 석조 십자가(Crucero de Castrojeriz)가 세워져 있어 마을을 안내하고 있으며, 만 사노 부속 성당 (Colegiata de Santa Maria del Manzano)앞에 들어서면 대부분 의 순례자들은 돌로 된 벤치에 앉아 휴식을 취한다. 만사노 성당에는 신기한 성모 상이 있다. 이곳을 지나던 산띠아고 성인이 사과나무 둥치에서 성모마리아상을 발 견하여 만사노부속성당에 모셨다고 한다. 그리고 부속성당을 건설하는 중에 부상 자가 발생하면 성모 마리아가 발현하여 이들을 구해줬다는 이야기가 있다. 조금만 더 가면 알베르게게 있지만 무슨 약속이나 한 듯, 순례자 모두가 여기서 쉬어 간다. 때로는 성당안으로 들어가 기도를 하는 순례자도 보인다. 햇빛이 뜨겁다 보니 그늘 만 보이면 자연스레 그 아래로 모여든다. 이렇게 15일차 일정을 Castrojeriz에서 마무리한다.

순례길에서는 예상하지 못한 사람들을 만나기도 한다. Castrojeriz로 가는 길에 스페인의 프로 포토그래퍼 Costantino Idini라는 분들 만났다. 커다란 카메라 배 낭을 앞뒤로 메고 뿔처럼 생긴 독특한 장식이 달린 지팡이를 짚고 다녔었다. Castrojeriz에서 만나 사진에 대한 원포인트 레슨을 받았었다.

" 사진에 있어서 중요한 것은 선이에요. 어디로 귀결되던가, 수평이나 수직이 되

도록 꾸며야 해! 비틀어졌거나 불필요한 부분이 있으면 좋지 않아. 그리고 사물이 너무 치우지지 않게 위 아래 여백이 동일하게 잡히도록 피사체를 잡아야 해. 특히 선이 흘러가는 모습을 잘 보라구!"

자신이 찍은 사진과 비교하면서 손짓과 영어로 내게 말해주었다. 그 날에 짧은 시간이 내가 사진에 투자했던 시간보다 훨씬 많은 것을 변화시키고 업그레이드의 기회가 되었다. 균형과 선이 보이게 하도록 노력하였고 순례길 걷는 동안 "선의 중요함" 을 항시 기억하고 있었다. 진정 감사드리고 싶었고, 산티아고의 마지막 날에도 만나서 고맙다는 말과 항상 되새기겠다고 다짐하며 헤어짐의 인사를 나누었는데 이 지면을 통해 다시 한 번 감사의 말을 전한다.

Albergue 정보

이름	Albergue de peregrinos San Esteban
숙박비 (유로)	6유로
베드수｜형태	35bed/1방 ｜ Domitory,
담요제공여부	No, 1회용 커버 제공(없음)
부엌｜조리시설	No (전자레인지만 사용 가능)
화장실｜샤워장	Yes (구분 없음)
세탁기｜건조기	Yes ｜ No 간이 (탈수기 사용 가능)
아침식사 제공	No
인터넷 사용	WiFi 사용 가능, 하지만 인터넷 속도가 느리다

주변 편의시설   Elimentacion | Bar | Restaurante   Yes

기타 정보

1) 공립 알베르게로 시설이 작은 편

2) 침실사이 공간이 넓다. 여름에는 덥고, 거실 공간이 좁다.

3) 식수를 구하기 쉽지 않음.

4) 알베르게 뒤편 카스트로헤리츠 성터가 있는데 볼만하지만 올라가려면 시간 필

  요

Camino De Santiago - 16일차

출발지	Castrojeriz
도착지	Frómista
거리|시간	24.7km | 7.5시간
주요지점	Castrojeriz ~ Itero de la vega ~ Boadilla del Camino ~ Frómista
자치주	Castilla y León | Palencia

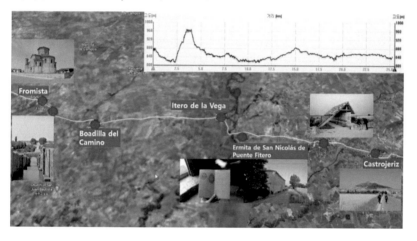

메세타 평원의 날씨는 묘하다. 아침에는 가을 날씨처럼 싸늘하지만 해가 뜨기 시작하면 뜨겁다 못해 몸이 데워지는 듯한 열기를 느낀다. 게다가 지대의 차이가 있는 곳에는 높은 곳과 낮은 곳의 기온이 확연히 다른 것을 체감한다.

Castrojeliz 알베르게를 나와 오른쪽 마을길을 따라 직진하면 마을 끝자락을 통해 BU-404도로를 만나 건넌 뒤에 계속 직진하여야 한다. 이른 새벽에 길을 나서면 어두움이 가시고 동트기 시작할 무렵이 라 헤드랜턴도 필요 없다. 신기한 것은 어 둡지만 회백색깔을 띤 길은 하얀 횟가루 를 뿌린 것처럼 잘 보였다. 알베르게를 출 발하여 1km정도 걸어가면 거대한 성벽 같은 Mostelares산(Alto de Mostelares) 이 가로막는다. 그 사이로 언덕위로 올라 가는 길이 구불구불 이어져 있으며 해발 940m정도의 언덕을 올라서야 하지만 실 제로 해발 100여 m정도의 높이만 올라 가는 오르막길을 2km 정도 걸어 가야 한 다. 아침부터 빡세게 움직여야 하는 구간 이다.

언덕에서 내려가는 길은 완만하다. 구불 구불 이어진 길이 우리가 가야할 길이다. 일상은 반복되지만 순례길 풍경은 반복되 지 않았다. 비슷한 듯 다른 느낌을 전해준 다. 때로는 위압감을 주며 질리게 하기도 하고, 때로는 땅에 그려진 추상화처럼 음

미하며 길을 걷고 싶게 만든다. 오늘은 후자에 가깝다. 끝없이 펼쳐진 길을 마냥 걷 고 싶었다. Alto de Mostelares를 넘어서면 쉼터가 나오고 여기서 숨을 돌린 후 내 리막길을 따라 3km 정도 내려가면 아스팔트 농로를 만나는 지점에 샘터가 있다.

이곳에서 충분히 휴식을 취한 후에 1.6km 정도 따라가면 Pisuerga강 앞에(Rio Pisuerga) 작은 San Nicolas성당(San Nicolas de Puente Fitero)이 있다. 지나가던 순례자들이 관심있게 둘러 보기도하고 성당 실내에서 Sello를 받아 가기도 한다. 폐허가 된 교회터를 이탈리아 수도회인 성 야고보 형제회 사람들이 복구하여 작은 알베르게 겸 대피소 겸 교회로 사용하는 곳이다. 공립 알베르게 중에 교구에서 운영하는 곳도 있는데 이처럼 신도들이 건물을 수리하고 복원하여 알베르게로 운영하는 경우도 볼 수 있다. 테이블 앞에 과자도 놓여 있고 지나가던 순례자들이 편하게 쉬었다 가라는 듯이 연신 손짓으로 들어오라고 한다. 그냥 지나치기 보다 10분

의 여유를 가지고 들렀다가 쉬어 가는 것도 나쁘지 않은 추억 만들기이다. 여기서는 모든 행동이 추억이자 새로운 경험이다.

성당을 지나 100여m 가면 멋진 석축 다리를 건너야 한다. '시작하는 사람들의 다리'라는 별칭이 붙은 Fitero다리(Puente Fitero)이며, 다리에는 많은 순례자들이 보였다. 다리위에서 기념사진을 찍기도 하고 다리를 내려다보며 쉬어 간다. 나는 오히려 그런 사람들이 신기하여 카메라를 들고 순례자들의 모습을 담았다. 편한 얼굴,

나름 재미난 액션을 취하는 사람들, 사진을 찍는 나, 찍히는 그 사람들 모두가 한바탕 웃음으로 즐겁기만 하다. 다리 건너편에는 Burgos주와 Palencia주의 경계를 의미하는 표시석(LÍMITE ENTRE LAS PROVINCIAS DE "BURGOS" Y "PALENCIA")이 세워져 있고 표시석을 지나 오른쪽 비포장길을 따라 2km 정도 가면 Itero de la Vega에 도착한다. Castrojeriz를 출발하여 처음 만나는 마을로써 여기서 식사 및 화장실 사용이 가능하다.

Itero de la Vega를 지나 Boadilla del Camino까지 8km 구간은 너른 평원이 이어지며 중간에 쉼터나 Bar, 푸드트럭 같은 것은 없다. 마을도 규모가 작아 편의점이나 식료품점이 없기 때문에 비상식량을 준비하는 것이 도움이 된다. 주변에 Pisuerga강(Rio Pisuerga) 뿐인데 저 멀리 보이는 들판이 모두다 푸른색을 띄우고 있다. 어디서 농업용수를 가져와서 사용하는지 궁금증을 자아낸다. 다시 밀밭으로 바뀐 풍경은 황금빛 벌판이다. 푸른 농

작물이 자라는 이곳, 이렇게 만들어질 수
이유는 Boadilla del Camino마을에 도착
해서 알게 되었다. 들판 사이로 수로가 사
방으로 펼쳐져 있다. 그리고 쉴 새 없이 물
이 흐르고 뚫린 수로를 따라 흘렀다. 그리
고 그 물줄기은 농작물 위로 생명수가 되
어 떨어졌고, 농작물은 싱싱한 푸른 잎이
자라 들판을 뒤덮고 있다. 그래서 이곳은
푸른 초목의 들판이다. Boadilla del
camino를 지나면서 거대한 운하(Canal
de Castilla)를 만난다. 그 옆에는 한국에
서도 볼 수 있는 하천 옆에 가로수를 심어
풍치림으로 조성하였다. 그 아래 그늘이
만들어져 어느때보다 시원하고 상쾌한 기
분을 만끽하며 걸을 수 있다. 운하를 따라
6km 정도 걸어가면 Promista에 도착하
며, 마을 초입에 운하의 수문이 있는 곳에
도착한다. 높이차이가 나는 이곳에 중세에
만들어진 Castilla 운하가 자리하고 있는
데 예전에는 수문이 있어서 물류의 통로로
사용되었으나 지금은 수로로 사용한다고 한다. 좁은 계곡 사이에 돌을 쌓아 만든 운
하가 신기하게 보였다. 위에서 내려다보고, 아래에서 올려다보며 찬찬히 감상했다.
언제 다시 만날지 모르는데 깊숙히 마음에 담고 싶어서 최대한 오래 머물면서 운하

의 아름다움을 음미했다. 때로는 길을 걷
는 것보다 길에서 만나는 성당과, 사람, 자
연풍경, 다리나 운하와 같은 건축물이 더
감명을 주며 무언의 메세지를 보낸다.

" 넌 이것을 보지 않으면 후회할 꺼야. 왜
냐면 다시 볼 수 없을 테니까, 조금 늦더라
도 나를 보고가!!"

Castilla 운하를 마음껏 둘러보고 다시
순례길 위로 접어들었다. 마을의 아스팔
트도로를 따라 400여 m 걸어가면 중심에
San Martin대성당이 있고 오른편에 공립
알베르게가 자리잡고 있다. 여유롭게 아
름다운 건축물을 감상한 뒤라 흐뭇한 미
소가 끊임없이 올라왔다. 이렇게 작은 기
쁨만으로도 행복하고, 감동과 감사함을
느끼는 곳이 여기다.

낮에 알베르게에 도착하면 대부분 두터
운 나무틀 창문을 닫아 놓는다. Promista
에서 오스피탈레로에게 이유를 물어보니
햇빛을 차단해야 시원하다고 한다. 창문을 열어놓으면 오히려 뜨거운 열기가 들어오기 때문에 시원해지지 않는다고 한다. 그래서 스페인의 주택을 보면 대부분 창문이 작고 이중의 가림막이 설치되어 있다. 건조한 스페인 기후에 맞는 냉방방식이다.

Promista는 왕실에 치즈를 납품했었기 때문에 치즈와 양고기로 유명하다. 오스피탈레로의 소개로 Promista의 양고기 맛집을 찾았다. 'Restaurante Asador Villa De Frómista'라는 식당으로 해산물과 양고기가 주재료 식당이다. 큼직한 양고기 메인메뉴와 디저트까지 맛이 좋은 집이다. 식사비가 다소 비싸지만 후회는 없다. 타국의 음식을 맛보는 것도 즐거움이자 순례길 경험의 일부분이다. 순례길을 느끼는 것은 길

만 걷는 것이 아니라 사람을 만나고 그곳 문화를 체험하는 것이고 성당을 들려 미사를 보지 않더라도 쉬어가는 것도 순례길을 이해하는 것이라 생각한다. 오로지 걷기위해 순례길에 올 이유는 없다. 모든 여정이 끝날 때까지 즐겁기를 기원한다.

Albergue 정보

이름	Albergue de peregrinos de Frómista
숙박비 (유로)	8유로
베드수│형태	56bed/1방 │ Domitory,
담요제공여부	No, 1회용 커버 제공(없음)
부엌│조리시설	Yes (전자레인지만 사용 가능)

화장실│샤워장	Yes (구분 없음)
세탁기│건조기	Yes │ No
아침식사 제공	No
인터넷 사용	WiFi 사용 가능. 하지만 인터넷 속도가 느리다
주변 편의시설	Elimentacion(식료품점) & Supermercado(마트) Yes
	Bar │ Restaurante Yes,

기타 정보

1) 공립 알베르게로 시설이 작은 편

2) 침실사이 공간이 좁으며, 여름에는 덥고, 창문을 열지 못하게 함.

3) 수로가 끝나는 부분에 운하가 있으며 둘러보기를 권장함.

4) 주변에 양고기요리 맛집 있음 (Restaurante Villa de Fromista - 18유로)

5) Promista에서 Burgos나 Palencia로 운행하는 버스가 있다.

164

Camino De Santiago - 17일차

출발지	Frómista
도착지	Carrión de los Condes
거리|시간	18.8 km | 5.5시간
주요지점	Frómista ~ Poblacion de Campos ~ Revenga de Campos ~ Villarmentero de Campos ~ Villalcazar de Sirga ~ Carrión de los Condes
자치주	Palencia

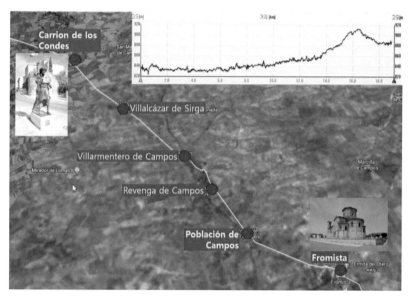

공립 알베르게에서 미국인 부부를 만난적이 있었다. 새벽에 순례길을 걷다가 맑은 하늘에서 은하수 보았다는 자랑삼아 얘기한 것을 들었다. 하늘에서 가까운 메세타 평원 구간이 가장 좋은 구간일 것이다. 이보다 더 괜찮은 지역이라면

Foncebadon처럼 고도가 높은 도시일 것이다. Carrión de los Condes로 향하는 구간은 완전 평지에 가까운 길이다. 그래서 지평선에 걸친 은하수를 볼 기회가 되기도 한다. 그래서 이른 새벽에도 나올 수 있는 사립 알베르게에서 출발하는 것이 필요하다. 게다가 이 구간은 아주 평이한 구간이기 때문에 충분한 휴식 시간을 가질 수 있는 것도 장점이다. San bol 알베르게에서 보지 못했던 별들을 보기위해 새벽에 나서는 것도 순례길이기에 가능한 모험이다.

알베르게에서 나와 San Martin대성당 오른쪽에 있는 교차로에서 P-980도로를 따라 오른쪽길로 직전해야 Promista를 벗어난다. 500m지나 A-07고속도로와 만나는 회전교차로에서 도로변 인도를 따라 계속 직진한다. Carrion가는 길은 오로지 직진만 하면 되는 순례길이다. 도로 옆 길에는 가리비가 그려진 비석이 줄줄이 서있다. 이곳에서는 길을 잃거나 헤맬 이유가 없다. 아무리 어두워도 길따라 직진하면 되니까 말이다. Promistae도시의 불빛이 안보이는 Poblacion de Campos를 지나갈 때 하늘을 올려다보았다. 그러나 낮게 드리운 구름때문에 은하수를 볼 수 없었다. 결국 다음 기회로 미루기로 했다.

너무 이른 새벽에 출발하면 Bar나 Café가 영업을 하지 않아 식사할 곳이 없다. 대부분의 Café는 오전 9시 전후에 가게문을 열기 때문이다. 그래서 이른 아침에 출발하려고 계획을 세웠다면 아침식사용 빵이나 샌드위치 등을 준비하면 도움이 된다. 외국인 순례자들은 보통 전날 저녁에 커다란 바게트빵을 사서 샌드위치를 만들어 당일 저녁식사와 다음날 아침식사용으로 준비하기도 한다.

Poblacion de Campos에는 우회길이 있다. P-980도로 따라 Ucieza다리 (Puente Barroco Sobre El Rio Ucieza siglo XVII) 건너기전 오른쪽 우회길을 통해 가면 Villocieco를 경유하여 강변길을 따라 걷다가 Villamentero de Campos로 이어지는 우회길이다. 여기까지는 도로를 우회하는 길이기 때문에 한적하고 소음없이 지나갈 수 있는 순례길이다. 그러나 표시를 보지못하였거나 좀더 편하게 걷고 싶다면 P-980도로를 따라 가면 된다.

Revenga de Campos나 Villarm entero de Campos는 예전부터 순례자를 위해 생성된 마을이지만 Bar나 Café, 알베르게도 거의 없다. 그래서 이곳을 잠시 쉬면서 빨리 지나가는 경우가 많다. 그나마 휴식과 식사할 곳으로 적합한 곳이 Villalcazar de Sirga이며, 맛있는 음식이 많은 곳이라는 것과 템플기사단이 거주하고 관리했던 마을이었다는 유명세가 있는 곳이다. 순례길 루트에서 마을 안쪽으로 들어가면 Santa Maria성당(Iglesia de Santa María La Blanca)가 있는데 성모 마리아 발현이 있었던 성당이라고 한다. 기왕에 휴식을 오랫동안 취할거라면 Villalcazar de Sirga를 추천한다. 둘러볼 관광지도 있고 Carrion까지 6km정도 남아 마음이 여유로운 지점이기 때문이다.

P-980도로를 따라 언덕인 듯 언덕아닌, 언덕같은 길을 올라서면 저 멀리 Carrión de los Condes 가 보인다. 멀리서 바라본 Carrión de los Condes는 제법 이국적이다. 낮은 건물에 높게 보이는 것은 성당의 종탑인데 곳곳에 보이는 것이 심상치 않다. Palencia주에서는 중요한 도시로써 'Camino의 심장'이라 불리울 만큼 성당과 순례자를 위한 병원이 있을 정도로 큰 도시였으며, 중세의 산 소일로 왕립 수도원(Real Monas-terio de San Zoilo)에서는 Carrión de los Condes을 찾아오는 순례자에게 11월부터 4월까지는 한 개의 커다란 빵을 주었고 5월에서 10월까지는 반 개의 빵을 주었으며 성직자에게는 빵과 2개의 계란, 포도주 1/4병과 20레알의 돈을 줄 정도로 번성했다고 한다. 지금 수도

원은 호텔로 개조되어 사용되고 있으며 Carrión de los Condes을 벗어나는 길에 볼 수 있다. Carrión de los Condes 시내에 들어서면 빨리 걸으면 볼 수 없는 것이 있다. 벽면에 작게 그려진 그림이 있다. 작은 인형같은 사람들이 벽면을 따라 노는 모습이 그려진 그림이다. 찬찬히 보면 벽면을 따라 제법 길게 그려진 그림이며, 같은 모습을 찾아볼 수 없을 정도로 세세하고 재미있게 표현한 그림이다. 이러한 장면은 빨리 걸으면 볼 수 없다. 순례길은 길이 전부가 아니다. 주변에 둘러보며 느끼는 것이 중요한 팁이다.

Carrión de los Condes에는 여러 개의 공립 알베르게가 있다 그중에 유명한 곳이 Santa Maria 교구 알베르게로 한국의 유명인사도 방문했었던 곳이다. 문이 열리면 수녀님들이 반갑게 맞이해주며, 일일이 침대위치까지 안내해 주신다. 기다리는 순례자를 위해서 작은 잔에 담긴 오렌지 주스도 기꺼이 나누어 주며, 저녁 6시부터 순례자와 수녀님이 함께하는 시간을 갖는 특별한 곳이다. 순례자를 위해 축가를 불러 주기도하고, 이곳에 온 이유를 물어보고 참석한 순례자들이 모두 대화를 나눈다. 그리고 화답의 의미로 순례자들이 각각 자신의 나라의 노래를 부르기도 하는데, 내 순서가 되었을 때 고민을 하고 있으니 수

녀님이 먼저 아리랑 노래를 선창한다. 외국에서 아리랑을 들어 보다니! 참으로 신기한 경험이다. 이렇게 순례자들과 대화의 시간이 끝나면 식사시간을 가지게 된다. 개별적으로 식사하여도 되고, 순례자들끼리 자신이 준비한 음식을 들고 같이 모여 식사하는 자리를 가진다. 물론 이러한 행사가 불편하다면 다른 공립 알베르게에서 머물러도 된다.

　　새벽에 Promista를 출발할 때 너무 어두워서 헤드랜턴을 착용하고 길을 찾고 있었다. 뒤에서 일본인 부부가 조용히 따라오고 있었다. 그냥 순례자이려니 생각하고 길을 모르니 따라오는 것이라 생각했다. 잠깐 쉴 때 일본인 부부가 다가와서 고맙다는 말을 계속한다. 내가 헤드랜턴을 껴고 걸었기 때문에 자신들이 길을 헤매지 않고 따라올 수 있었기에 감사하다는 것이다. 잠시 같이 걸어 주었을 뿐인데, 극진한 감사인사를 받았다. 별것 아닌 호의가 어느 순례자들에게는 크나큰 기쁨이자 도움이 된다. 그래서 순례길에서는 도와주면 언젠가는 순례길에서 되돌려 받는다. 보이지 않을 때까지 고맙다고 인사해 주셨던 두 분의 심성과 모습이 지금도 기억에 남는다.

Albergue 정보

이름	Albergue parroquial Santa María
숙박비 (유로)	6유로
베드수|형태	58bed/1방 | Domitory,

담요제공여부	No, 1회용 커버 제공(없음)
부엌|조리시설	Yes (전자레인지만 사용 가능)
화장실|샤워장	Yes (구분 있음)
세탁기|건조기	Yes | No
아침식사 제공	No
인터넷 사용	WiFi 사용 가능, 하지만 인터넷 속도가 느리다
주변 편의시설	Elimentacion(식료품점) & Supermercado(마트) Yes
	Bar | Restaurante Yes,

기타 정보

1) 성당에 있는 알베르게로 수녀님이 오스피탈레로로 관리

2) 18시에 수녀님과 순례자 간에 대화시간을 가지며 20시에 공동 식사 시간이 있음 (참여여부는 선택)

3) 주방 뒤편에 쉴 곳이 있으며, 다른 공립 알베르게가 별도로 존재함.

Camino De Santiago - 18일차

출발지	Carrión de los Condes
도착지	Terradillos de los Templarios
거리|시간	26.3 km | 8시간
주요지점	Carrión de los Condes ~ Calzadilla de la Cueza ~ Ledigos ~ Terradillos de los Templarios
자치주	Palencia

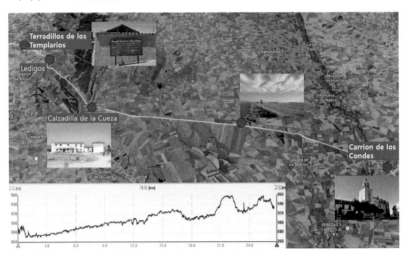

순례길에는 다양한 이유와 목적을 가지고 찾아온다. 부모님이 아파서, 또는 사고로 친구나 가족을 잃고 마음을 위로하기 위해, 그냥 순례길이 좋다고 찾아오는 사람도 있고, 스스로에게 상을 주기위한 여행으로 선택한 사람도 있었다. 그리고 종교적인 이유로 찾아오는 사람도 당연히 존재한다. 모두가 순례길에서 무언가 찾으려 하는 것은 명확했다. 원하는 것을 찾은 순례자는 순례길에 대한 애정을 설파한

다. 그렇지 못하고 순례길의 외형적인 모습만 본 사람은 순례길을 가지 말아야할 곳으로 말한다. 순례길은 단순히 걷기위해 가야할 길이 아님을 이해해야 한다.

Carrión de los Condes 알베르게를 나와 Santa Maria 성당에서 오른쪽 중심로를 따라 직진하여 Mayor다리를 건너 Monasterio San Zoilo호텔 앞이 보이면 제대로 찾아 나왔다. 회전 로터리에서 직진하여 P-2411도로를 따라 하염없이 직진하면 된다. 18일차 목적지인 Terradillos de los Templarios 가는 길은 친절하지 않다. Carrión de los Condes시내는 골목이 많아 길을 찾아 벗어나는 것도 쉽지 않고, 도로 옆을 계속 따라가야 하기 때문에 자동차 소음도 있다. 점점 고도가 높아지는 오르막 길이라고 안내하지만 경사가 있음을 느낄 수 없을 만큼 완만한 길이다. 사막처럼 건조하고 막막한 길, 흙먼지가 일어나지만 기분 나쁘지는 않고 길 옆 작은 숲에 쉼터가 간간히 있어 휴식을 취할 수 있는 것만으로도 다행이고 행복한 길이다. Calzadilla de la Cueza까지 약 17km 구간에는 마을이 없다. 푸드트럭이 중간에

존재는 하지만 휴업하는 경우가 있기 때문에 미리 식수와 비상식량을 준비하는 것이 바람직하다. 순례길 중간에 나무그늘이 있는 쉼터는 존재한다. 코스가 쉽지 않기 때문에 일부 가이드북에서는 Ledigos에서 쉬고 Sahagun까지 걷도록 소개하기도 한다. 식수를 구할 곳도 없기 때문에 Calzadilla de la Cueza 마을은 언덕 아래에 있는 마을로 위에서 내려다보면 작은 마을 전체를 조망할 수 있다. 초입에 있는 알베르게를 겸하는 Bar에 사람들이 몰려와 휴식을 취하며 정보를 교환하는 장소가 되었다.

Calzadilla de la Cueza마을 반대쪽으로 나와 익숙한 N-120도로변 옆 비포장길을 따라 6km 정도 직진하면 Ledigos에 도착한다. Ledigos는 N-120도로옆으로 계속 따라가 마을을 거치지 않도록 안내가 되어 있었는데 도로변 화살표는 지워져 마을을 경유하는 것이 정식 루트이다. 순례길에 동양인이 제법 많이 보이는데 거의 90%가 한국사람이다. 다음으로 많은 동양인이 일본인이다. 한국인들은 대부분 그룹을 지어 몰려 다니지만 다른 동양인들은 외국인들과 어울려 지낸다는 점이 다르다. 하지만 한국인끼리 만나면 순례길에서 무척 반가운 동지가 되기도 하고 서로 도와주는 사이가 된다. 그러면서 의지하며 걷는 사람들도

생기고 귀국하여서도 친분을 유지하는 사이가 되기도 한다. 순례길에서 만나는 한국인들은 반갑지만, 순례길을 벗어나 스페인 다른 지역에서 한국인에게 반갑게 인사를 하면 이상하게 쳐다본다. "도를 아세요?"라는 사람이 다가서는 것처럼 거부감을 표현한다. 오늘 구간처럼 지루한 구간에서 만난 순례길 친구라면 너무나 반갑고 기쁘기만 하다.

Ledigos에서 3km 정도만 걸으면 오늘의 목적지에 도착한다. Ledigos는 Santiago de Compostela의 주교 영지로 기부된 마을이기도 하다. 오늘의 순례길은 아무런 생각없이 걸을 수 있는 길이다. 갈림길도 없고, 오로지 직진만 하면 된다. 신경 쓸 것도 없다. 앞뒤로 순례자들만 보고 따라가도 걱정되지 않는 그런 길이다. 그래서 명상하듯 수시로 내면의 세계로 빨려 들어가 나와 대화하는 시간이 많아지는 순례길이다.

Terradillos de los Templarios는 '잃어버린 템플기사단의 도시'라는 의미를 지녔다. 이곳은 Carrion de los Condes 와 마찬가지고 템플기사단의 영지였던 곳이다. 하지만 지금은 아무것도 남은 것 없는 마을이 되었다. 마을의 이름으로만 템플기사단이 있었다는 것을 짐작할 뿐이다. 이렇게 마을이 자주 없으면 긴급상황에서 대치할 방법이 별로 없다. 그리고 두려움을 가지는 경우도 있다. 그래서 순례자 동료를 만들어 함께 걷는 방법이 가장 좋은 대안이다. 그리고 순례길 일부 구간에는 순례길 중간에는 'Civil Guadian'이 왕래를 하며 순찰을 한다. 차량으로 또는 말을 타고 다니는 민간경찰을 수시로 만날 수  있고, 알베르게에 가면 민간경찰에 대한 안내문도 찾을 수 있다. 순례길은 세상에서 가장 안전한 길이다. 배낭을 알베르게에 두고 다녀도 문제가 없다. 대부분 공립과 사립 알베르게에는 관리자(오스피탈레로)가 상주하고 있으며, 순례길 중간에 배낭을 잠시 내려놓아도 영화처럼 배낭을 들고 튀는 도둑이 없다. 오히려 Barcelona 또는 Madrid 같은 대도시에서 진짜로 소매치기가 많으니 휴대폰과 지갑을 항시 손이 가까운 곳에 보관해야 한다. 순례길에서 만큼은 마음 편하게 즐기는 순례자가 되기를 바란다.

Albergue 정보

이름	Albergue Jacques de Molay
숙박비 (유로)	8유로
베드수|형태	50bed/1방 | Domitory & 2인실
담요제공여부	No, 1회용 거버 제공(유료)
부엌|조리시설	No
화장실|샤워장	Yes (구분 없음)
세탁기|건조기	Yes | No
아침식사 제공	No
인터넷 사용	WiFi 사용 가능

주변 편의시설   알베르게내에 Elimentacion(식료품점)   Yes

                    Bar | Restaurante   Yes,

기타 정보

1) 마을에 몇 가구만 있으며, 그외에는 알베르게 2개뿐인 작은 마을이다.

2) 알베르게에 Bar 및 레스토랑이 있어 자체적으로 식사 해결 가능.

3) 외부 마당 외에는 쉴 곳이 없으며, 침실 공간이 좁은 편

Camino De Santiago - 19일차

출발지	Terradillos de los Templarios
도착지	Bercianos del Real Camino
거리|시간	23.2 km | 7시간
주요지점	Terradillos de los Templarios ~ Sahagun ~ Bercianos del Real Camino
자치주	Palencia | Castilla y León

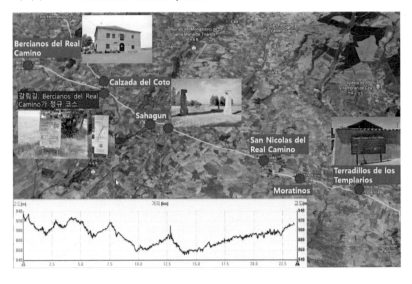

다닥다닥 붙어있는 알베르게는 한 사람이 움직이기 시작하면 부시럭 거리는 소리에 다른 순례자들도 깨어난다. 늦잠자고 싶은 순례자도 있지만 꽤나 곤혹스러운 30분의 시간을 보내야 다시 조용한 알베르게의 아침을 맞이한다. 그래서 순례길에서는 서로를 배려하는 마음이 무척 중요하다. 순례길은 장기간 일정이기 때문에 휴식과 체력관리가 중요하다. 너무 서두르거나 빡빡한 일정으로 하루에 40km 가까이

178

걷는 일정을 계획한다면 대부분 중도에 포기하거나 건강에 문제를 일으키기도 한다. 게다가 하절기의 프랑스길은 춥지 않다는 말에 간결하게 배낭을 꾸려서 다니다 보면 감기 걸리기 십상이다. 보온을 위한 옷이 필요하다. 메세타 평원의 새벽은 다른 지역보다 무척 싸늘하다. 보온용 자켓이 없으면 판초우의가 체온관리에 도움이 된다. 그리고 걷다가 급작스레 아플 수도 있다. 주변에 동행하던 순례자가 있다면 도움을 받을 수 있지만 그렇지 못하면 낭패이다. 마을이 보이면 탁시(Taxi)를 이용하는 것이 바람직하다. 대략 1km 당 1유로 내외 비용이다. Taxi를 이용하려면 마을주민이나 Bar 또는 마을의 알베르게를 관리하는 오스피탈레로에게 도움을 받는 것이 가장 빠르다.

Bercianos del Real Camino로 가는 19일차 코스도 매우 평이하고 평지길이다. P-973마을길을 따라 Moratinos까지 가며, San Nicolas del Real Camino로 갈 갈 때 N-120도로를 따라 조성된 비포장 순례길 또는 Santo Tomas성당 맞은편 하얀 색 건물 옆으로 농로길을 따라가는 우회길이 있는데 아무런 생각없이 편하게 걷고 싶다면 도로 옆 순례길을 걷는 것을 추천하며 조금이라도 한적하고 조용하게 걷고 싶다면 우회길로 가면 된다. Moratinos마을 초입 오른편을 보면 언덕처럼 보이는 구릉이 있는데 그 아래 작은 문이 달려 있는 토

굴이 있다. 와인을 보관하는 창고(Bodega de tierra tradicional)라고 한다.

San Nicolas del Real Camino를 지나면서 다시 도로 옆길이다. Sahagun으로 진입하는 길은 여러 개가 있다. N-120 도로와 A-231도로가 만나는 교차로를 지나 Valderauey강을 건너 직진하여 Sahagun으로 가던가 아니면 오른쪽 우회길을 거쳐 옛 성당(Ermita de La Virgen del Puente)을 경유하여 가는 길이 있고 그 사이에 여러 개의 지름길이 있다. 도로변에 설치된 안내표시석은 이러한 여러 갈림길을 소개한 것이다. 이 중에 성당을 거쳐가는 우회길을 가장 추천한다. 도로에서 벗어난 우회길로 한적하며 이곳에서 태어나 '최초의 인류학자'라는 칭호를 얻은 Bernardino de Sahagún (San Bernardo)의 석조 동상 앞을 지나간다.

Sahagun은 프랑스길의 중간지점에 해당하며 지명도 Bernardino de Sahagún 에서 유래되었다고 한다. 프랑스의 성 베네딕토회의 산 베니또 수도원이 이곳에 자

리를 잡으면서 도시는 순례길과 함께 성장하였다가 현재는 시계탑만 남아있는 수도원 유적과 아름답고 이국적인 무데하르 양식의 유적만 남아 있다. 갈림길이 나타나면 가능한 Original루트를 따라가는 것이 가장 좋은 풍경이나 순례길의 유적을 만날 수 있어 볼거리가 풍성해진다. Sahagun 시내로 들어서면 기차역과 여러 가닥으로 나뉜 철길이 정면을 가로막고 있다. 그리고 6월과 7월사이에는 소몰이축제를 준비를 위해 도로변에 나무로 만든 펜스가 곳곳에 설치되어 있다. Sahagun을 벗어나기 전 왼쪽 언덕위에 보이는 Santuario de la Virgen Peregrina 성당에서 하프 완주 증명서를 발급해 준다고 한다. 대신 오후

시간에 발급이 가능하기 때문에 오전에 찾아오면 받을 수 없다. 그리고 별도 비용을 내야만 한다.

20여 일 만에 400km 가까이 걸었다니 믿어지지 않는다. 하루에 20km 내외로 걸었는데 벌써 절반이라니... 그만큼 시간이 많이 지났음을 자각하기에는 특별함이라는 감정이 없다. 그냥 걷고, 돌아보고 하는 사이에 절반을 지나왔다. 앞으로 온만큼 더 가야 하는데 아쉽기만 하다. 한참을 더 걸어야 할 것이라 생각했는데 이제 보름 정도만 가면 끝이라는 생각에 살며시 아쉬움이 고개를 들기 시작했다. Sahagun을

벗어나 다시 도로 옆 길을 따라 걷는다. 끝없이 펼쳐진 길고 긴 직선에 이르는 길... 그 사이에 Real Camino라는 이름이 붙은 마을을 자주 만났다. 순례길이 스페인 역사에 있어서 큰 자리를 차지하고 있음을 나타내며 순례자가 있었기에 존재했던 마을이다. 진짜 순례길 마을은 이름만 남고 도시의 모습은 보이지 않는 작은 마을로 변모했다. 알베르게마저 없다면 그냥 지나쳐버릴 마을이었을 것이다.

Calzada del Coto 마을로 가는 길과 도로따라 가는 길 갈림길이 보인다. 원래의 코스는 지워졌다가 그 위에 다시 노란색 화살표가 표시되었다. Coto마을 주민들이 순례자들이 Coto를 경유하는 우회루트가 있었는데 Original루트를 지워버리고 우회길로 안내하도록 바꿨다고 한다. 그러다가 순례자협회에서 다시 표시를 복구하여 Coto로 가는 길은 우회길이자 화살표가 없어지고 Original루트로 다시 표시하였다

고 한다. 자기들 만에 이익을 위해 코스를 바꿀 생각했다는 것이 놀라웠다. 하마터면 중간에 마을도 없는 우회코스로 접어들 뻔했다. 갈림길에서는 급히 선택할 것

이 아니라 주변 순례자들을 살펴보거나 가이드북을 잘 살펴보는 것이 중요하다.

2시간여 걸어서야 Bercianos del Real Camino라는 목적지 마을에 다다랐다. 이곳은 2개의 알베르게가 있다. 하나는 수녀원에서 운영하는 Santa Clara 알베르게이고, 하나는 자원봉사자들이 운영하는 수도원 소속의 알베르게이다. 아담한 Santa Clara 알베르게를 찾아가도 좋지만 시기에 따라 운영을 하지 않는 경우도 있다. 그래서 대부분 자원봉사자가 운영하는 알베르게에 머문다. 하지만 이곳은 배낭 트랜스퍼 서비스를 받아주지 않기 때문에 이전 지역에서 이곳으로 배낭을 보내도 알베르게가 아닌 주변의 Bar에 보관되기때문에 확인이 필요하다. 이곳은 Bar가 한 곳뿐이다. 마을 주민들이 여기서 모임을 하고 서로 얘기를 나누는 사랑방 같은 인정 넘치는 장소이다. 그외에는 아무것도 없는 순례자만을 위한 마을이다.

Albergue 정보

이름	Albergue parroquial Casa Rectoral
숙박비 (유로)	Donative
베드수|형태	58bed/1방 | Domitory
담요제공여부	No, 1회용 커버 제공(유료)
부엌|조리시설	No 대신 저녁식사 및 아침식사 제공 (Donavtive)
화장실|샤워장	Yes (구분 없음, 샤워장은 구분되어 있음)
세탁기|건조기	Yes | No
아침식사 제공	Yes
인터넷 사용	WiFi 사용 가능
주변 편의시설	Elimentacion | Restaurante No | Bar Yes

기타 정보

1) 자원봉사자가 운영. 2층 침실이 오래되
이 마루에서 소리가 난다.

2) Santa Clara 알베르게는 매주 목요일
   에 휴무하는 알베르게이다. 따라서 이곳
   에서 머물고 싶다면 사전에 확인을 해야
   한다.

3) 일몰 풍경이 멋있음. 자체 식사제공 및 소개시간이 있음.

에피소드 5 순례길 준비, 배낭싸기 그리고 트랜스퍼 서비스

순례길을 준비하는 예비 순례자들이 가장 많이 궁금해하는 것이 배낭의 종류 및 배낭 무게에 관한 것이다 거기에 더하여 동키서비스(배낭트랜스퍼 서비스)에 관한 질문이다. 배낭이 무거울수록 힘든 건 당연하다. 그래서 무게를 줄이면 도움은 될 것이다. 하지만 준비가 안된 체력으로 가볍게 배낭을 꾸린다고 원초적인 문제가 해결되지 않는다. 배낭 무게도 중요하지만 자신의 체력과 의지가 더욱 중요하다. 게다가 배낭을 실제로 메보고 걸어본 경험이 뒷받침되어야 무리없이 순례길을 걸을 수 있다. 그동안 경험으로 토대로 몇 가지를 조언하고자 한다.

1. 배낭 무게가 중요한 것이 아니라 그 무게를 이길 수 있는 마음이 우선이다.

배낭의 종류는 꽤나 많다. 아웃도어브랜드 업체마다 배낭을 판매하고 있으니 무엇을 사야 할지 고민이다. 디자인을 선택하면 무겁게 느껴지고, 무게가 가벼운 배낭을 선택하면 디자인이나 색깔이 마음에 들지 않는다. 배낭은 자기 몸에 잘 맞는 것을 선택해야하는 기능성 제품이다. 우선순위가 디자인이 아니라는 점이다. 디자인이 마음에 든다고 선택하면 여지없이 몸에 맞지 않거나 불편하다. 필자의 경우에는 국

내 브랜드제품보다 외국 배낭전문브랜드제품이 몸에 잘 맞는다. 아마도 '김밥천국'보다는 김치찌개전문점 또는 순대국전문점이 훨씬 맛있고 가성비가 좋다는 점과 유사하다.

40리터 이상 대용량 배낭을 구매할 경우, 하나 더 확인해야하는 요소가 있다. 허리에서 어깨까지 길이(등판길이)를 알아야 한다. 각 회사마다 등판길이를 조절할 수 있는 제품을 내놓거나 아니면 구분된 제품을 내놓는다. 그래서 F는 여성용, M은 남성용으로 구분하는 경우도 있고, S〈M〈L등의 사이즈를 표기하는 경우도 있다. 그래서 맞는 제품을 선택하였다 하더라도 등판길이(사이즈)가 맞지 않아 불편해지는 경우가 있다. 이렇게 확인한 후 직접 착용해보고 선택해야 하다. 예전에 ***브랜드에서 순례자를 대상으로 공동구매를 진행한적이 있는데 구성은 좋았지만 배낭 자체 무게가 약 2.5kg정도 여서 여타의 배낭보다 무거웠고 무엇보다 허리에서 어깨까지 길이가 하나뿐인 제품이었는데 어떤 사람들은 착용감이 좋지만 어떤 사람들은 불편하고 무게감이 느껴지는 제품이었다. 무겁다고 나쁜 배낭은 아니지만 다른 짐을 넣을 수 있는 기회를 빼앗을 뿐이다. 원하는 배낭을 메고 원하는 제품을 메고 무게가 좀더 나가더라도 걸을 수 있다면 문제되지 않는다. 결론적으로 배낭의 무게를 무조건 최소화해야 한다거나 본인 몸무게의 1/10으로 맞춰야 한다는 편향된 생각을 가진 사람들이 많은데 굳이 그럴 필요가 없다. 본인이 준비하고 이길 수 있는 무게로 맞추어 가면 된다. 필자의 배낭 무게는 약 10kg 정도였고 충분히 지고 갈 수 있는 무게이기 때문에 문제가 되지 않았다.

2. 순례길에 필요한 준비물은 내가 가져가고 싶은 것이다.

순례길에서 내가 준비한 짐 내용을 보면 놀라는 사람들이 있다. 가져가면 안되는 카메라 또는 노트북을 가져가기 때문이다. 필자의 배낭 내용물은 아래와 같다.

트레킹화 및 실내용 샌달(또는 슬리퍼)

챙 넓은 아웃도어 모자, 선글라스, 물통 또는 PET콜라병

방풍자켓 - 방한용 대비

긴팔 상의와 긴 바지(각 2벌) - 발팔옷 대신 메쉬소재의 긴팔로 입고 다님.

반팔 상의 및 반 바지(각 1벌) - 실내용 옷으로 사용

양말 및 속옷(각 3벌) - 필요할 경우, 용품점 또는 마트에서 구매 가능

스포츠타올 2개, 세면도구, 손톱깍기, 빨래집개 4개, 옷걸이(철사용)

썬블록 및 로션, 데오드란트 - 소용량 제품 충분

여권 복사 1장, 예비 사진 1장 - 분실대비시 필요.

멀티나이프, 헤드랜턴 - 이른 아침에 출발할 때 필요.

우비(판초우의) - 방한 및 침대커버로 대체사용

휴대폰(충전기포함), 노트북 (12인치), 니콘 D90 DSLR 카메라

멀티 콘센트 및 보조배터리 - 카메라, 노트북, 휴대폰 충전기 포함

GPS 단말기(충전기포함) - 스마트폰 GPS tracking app. 으로 대체 가능

신용카드 - 비자/마스터로 해외에서 사용가능한 것으로 준비

현금(유로화) 준비 - 대부분 Bar, 레스토랑이 현금만 사용한다.

정보 인쇄물 - 생장사무소에서 제공하는 정보물

배낭(55리터급) 및 배낭커버, 보조 가방(귀중품 보관용)

침낭 - 하절기 경량 침낭이면 충분

지퍼백 - 비가 내릴 때 대비하여 스마트폰 등 보호용

이외에 걷는 동안에 마실 물과 간식, 비상식량 등을 포함하여 1kg정도 더 늘어나는데 대략 무게가 10kg정도 된다. 한국에서 출발하는 사람들 중에 음식문제때문에 라면, 라면스프, 김치블럭이나 기타 밑반찬 등을 챙겨가는 사람들이 있는데 한식만 고집할 것이 아니라면 준비하는 자체가 무게만 늘린다. 순례길 중 큰 도시에 가면 작은 식료품점이나 마트에 고추장이나 한국산 라면, 쌀, 김치 등을 구매할 수 있으니 굳이 가져갈 필요는 없다. 어떤 순례길 조언자 가운데 무조건 가볍게 배낭메고 가야한다고 하면서 카메라 같은 것은 들고가지 말라는 분도 있다. 나같은 경우 개인이 필요하거나 취미에 부합되는 거라면 가져가도 무방하다고 본다. 단순히 무게만 줄인다고 모든 문제가 해결되지 않는다. 순례길을 즐겨야 하는데 자기가 가져오고 싶어하는 것을 놔두고 온다면 과연 즐겁게 걸을 수 있을까? 길에서 만난 사람들 중에 전문 포토그래퍼를 만난적이 있다. 이분은 앞뒤로 배낭을 메고서도 전체를 완주했다.

이분은 카메라가 무엇보다도 중요하기 때문에 충분히 견디어 낸다. 뿐만 아니라 기

타를 가져온 사람들도 있고, 묵직한 침낭을 들고 오는 경우도 있다. 무게가 중요한 것이 아니라 마음이 우선이다. 내가 하고자 한다면 무게가 무슨 의미가 있을까?

간혹 가이드북이나 책을 가져와서 알베르게에 버리고 가는 사람들도 있다. 책은 제법 무게가 나가는 물건이다. 볼 시간이 많아 가져왔겠지만 배낭 무게 때문에 내려 놓고 이동하기도 한다. 반대로 필자는 알

베르게에 버려진 책 중에 "나의 산티아고"라는 책을 발견하고 걷는 내내 배낭안에 챙겨 넣었다. 좀더 무겁더라도 보고 싶었던 책이기 때문에 버릴 수 없었다. 결국 산티아고 도착하고 한국에 되돌아 올때까지 가져왔다. 나뿐만 아니라 다른 순례자들도 이렇게 하는 경우가 있다. 무겁다면 내려놓고, 가져가고 싶다면 가져가서 다 읽고 다시 내려놓으면 된다. 어떤 순례자는 배낭이 무겁다 하면서 자기가 먹고 싶어했던 유리병에 포장된 꿀을 사가지고 끝까지 가지고 다녔다. 결국 자기가 중요하다 생각한 것은 무게가 나가지 않는 법이다.

어떤 예비 순례자들은 약이나 반창코 등을 미리 준비해 가는 경우도 있는데 알베르게에 가면 남겨진 약품이 있는 경우가 있어 이를 사용하거나 약국(Parmacia)에 가서 사면된다. 스페인어가 안되더라도 아픈 곳 보여주면 단번에 알고 필요한 약을 내어준다. 또, 여성분들은 화장품이나 마사지 팩을 준비하는 경우가 많은데 현지에서도 판매하기 때문에 굳이 가져가지 않아도 된다. 모두 짊어지고 갈 필요없이 필요한 것은 현지에서 구매하면 된다는 것을 말하고 싶다. 충전용 케이블이나 양말, 옷가지 등등 모두 구매할 수 있다. 그리고 Galicia지방은 비가 자주 오는 지역이다.

그 외에 지역도 때에 따라 비가 내리던가
겨울에는 눈이 내리고 찬바람이 부는 고산
지대도 지나간다. 자켓을 준비하면 별탈이
없겠지만 여름이라고 얇은 옷만 챙겨갈 경
우 추위와 마주하면 당황한다. 이럴 때를
대비하여 판초우의(또는 우비)를 준비하면 도움이 된다. 입고 걸으면 추위를 어느
정도 이겨낼 수 있다. 6월에 시작했지만 메세타 평원이나 고산지대를 지날 때는 제
법 싸늘한 날도 많다. 얇은 방풍자켓 외에 아웃도어 자켓을 하나 준비하면 좋을 듯
하다.

3. 자유롭게 걸어보자. 배낭보다 중요한 것은 걷고자 하는 의지이다.

걷다 보면 외국의 순례자중에 큰 배낭대
신 트레이나 캐리어처럼 바퀴 달린 수레
를 이용하는 분들을 제법 만난다. 걷고는
싶으나 배낭을 짊어지기에는 너무 고되고
힘들었기 때문이라 생각했다. 어느 순례
자는 당나귀에 짐을 싣고 가는 분도 있다.
꼭 배낭을 메고 가야 하는 순례길은 아니
다. 예전부터 순례길 알베르게에 1순위로
받아들이는 사람은 걸어서 온 사람이 아
니라 당나귀를 타고 온 사람이 1순위였다

고 한다. 그리고 걸어온 사람이 2순위었다
고 한다. 요즘은 동키서비스(배낭 트랜스
퍼 서비스)를 해주는 곳이 많기 때문에 사
전에 일정을 잘 계획하면 충분히 편하게
걸을 수 있다. 순례길 자체가 고행을 동반
한 사색하며 걷는 길이다. 트레킹을 위해
걷는 길하고는 의미가 다르다. 공립 알베
르게에서 트랜스퍼 서비스가 안되는 곳이
더러 있는데 순례자의 의미를 되새겨 보라
는 의미가 함축되어 있다고 생각한다.

외국의 순례자들은 나이든 어르신 일부
를 제외하고 대부분 배낭을 메고 걷는다.
나이먹은 사람이라도 큰 배낭을 메고 한발
한발 끌며 걷는 사람들도 허다하다. 하지
만 한국인들은 시작과 함께 트랜스퍼 서비
스를 사용하는 경우를 보았다. 편하게 걷
기 위해 선택한 것이겠지만 순례길의 의미

를 생각하면 배낭메고 걸어보다가 정 힘들면 내려놓는 것이 어떨까 싶다. 그리고 배
낭을 자세히 보면 오래되고 낡은 배낭을 메고 걷는 젊은이들도 많다. 오로지 한국
인들만 새로 구입한 배낭을 메고 걷는다. 장비를 우선시하는 풍조가 그대로 보인다.
순례길에서는 아무리 고급진 장비를 사용해도 멋있다고 말해주는 순례자는 거의
없다. 오히려 돈 많은 외국인으로 인식되어 도둑의 타겟이 될 수 있다.

배낭을 멜 때 우리는 매트리스를 준비하는 경우가 없지만 외국 순례자들은 매트리스를 필히 준비하고 다닌다. 알베르게에 자리가 없어 노숙하는 경우가 있기 때문이다. 최근 들어 프랑스길은 사립 알베르게 뿐만 아니라 민박집(Casa Rural)이나 호텔(Hostel)이 있기 때문에 비박을 할 일이 없다. 그러니 침낭만 준비해도 충분하다. 알베르게 침대가 불편하거나 베드버그때문에 고민이라면 매트리스대신 판초우의를 깔고 자는 것도 방법이다.

4. 너무 힘들어 배낭을 내던지고 싶다면 트랜스퍼 서비스를 이용해 볼까?

Saint Jean Pied de Port에 도착하면 가장 먼저 알아보는 것이 짐을 Santiago de Compostela까지 보내는 서비스를 찾는 것이다. 산티아고에 다다르고 나서 바로 귀국이 아니라 유럽여행을 하려는 사람들이 여벌로 가져온 옷가지나 여행용품을 미리 보내기 위해 트랜스퍼 서비스 또는 생장 우체국을 통해 소포발송을 활용하기 위해 서비스업체를 찾는다. 하지만 최근에는 무거운 배낭을 벗어내고 편하게 순례길을 걷기위해 트랜스퍼 서비스를 이용한다. Saint Jean Pied de Port의 공립 알베르게 아래 산티아고 또는 Roncesvalle까지 배낭 운반서비스를 해주는 곳이 있다. 하지만 생장은 프랑스지역 이기 때문에 우체국서비스를 통한 배낭서비스는 없고 사설 서비스를 이용해야 한다. Saint Jean Pied de Port 순례자 사무실 근처(주소: N° 31, Rue de la Citadelle |Bourricot express (http://www.expressbourricot.com/))에 서비스 대행업체가 있다. 70유로를 지불하면 Santiago de Compostela의 Hostal la Salle로 이동해 준다. 그리고 보관증을 보여주면 자신의 캐리어를 찾을 수 있다. 보관기간은 제한이 없다. 위 업체는

매년 3월 12일부터 10월 25일까지 영업하며 매일 오픈한다. 때에 따라서는 Roncesvalle나 Orisson까지 트랜스퍼 서비스도 제공한다.그래서 Roncesvalles부터는 본격적인 트랜스퍼 서비스를 활용할 수 있다.

서비스를 이용하는 방법은 순례자 본인이 머무를 알베르게까지 배낭을 옮겨주는데 약 5유로/1회 정도이며, 업체에 따라 지역에 따라 7유로/1회 정도 받는 곳도 있다. Roncesvalles 부터 Santiago de Compostela까지 매일 짐을 옮겨주는 서비스를 신청하면 120유로를 선지불하고 매일 배낭에 태그를 달아 놓으면 목적지까지 배낭을 이동해 준다. 알베르게 마다 트랜스퍼 서비스를 해주는 업체의 봉투가 놓여 있는데 봉투안에 5유로를 넣고 보낼 목  적지 주소를 기입해 두면 아침에 수거한 후 점심 나절에 목적지 알베르게로 배달하여 준다. 서비스를 신청할 때 봉투 뒷면의 안내문을 확인해야 하며, 업체 메일로 보낼 배낭과 주소지를 알려주어야 서비스 등록이 된다. 매일 본인이 캐리어를 꾸려서 준비해서 지정된 장소에 두어야 한다.

게다가 공립 알베르게에서는 트랜스퍼 서비스를 받아주지 않은 곳이 더러 있는데 이럴 경우, 공립 알베르게 근처 cafe 또는 Bar에 놔두는 경우도 있다. Galicia 지방에 들어서면 모든 공립 알베르게가 트랜스퍼 서비스한 배낭을 받아주지 않는다. 사립 알베르게 라면 상관이 없지만 공립 알베르게를 이용하여 순례길을 걸으려고 한다면 생각해 봐야 할 문제이다.

5. 순례길은 내가 감내하면 힘들지 않고 즐겁다.

예비 순례자들은 배낭 무게에 무척 신경 쓴다. 좀더 가볍게 만들기위해 가벼운 배낭을 찾고, 짐을 덜어낼 방법을 찾는다. 그렇게 가볍게만 배낭을 메고 가서 행복하다면, 무겁게 메고 가는 사람은 다 불행할까? 배낭의 무게가 순례길 본연의 의미를 지우고 있다고 생각한다. 아주 가볍고 편하게 가려면 현지인처럼 인솔자를 두고 차량으로 배낭을 실어주는 여행자 코스를 선택해도 될 것이다. 내가 아는 순례자는 멋진 사진을 찍기 위해 새롭게 카메라도 장만했는데 결국 배낭 무게의 압박감때문에 그 카메라를 두고 왔다. 순례길 걸으면서 몇 번이고 후회하는 모습을 보았다. 좀더 아름다운 풍경을 찍을 수 있는 기회를 놓쳤다고 후회하고 있고, 용량이 부족한 휴대폰을 수시로 들여다보며 사진을 지우며 고민하고 있었다. 하나의 고민이 해결되었는데 다른 고민이 생겨 순례길을 갑갑하게 만들고 있었다. 필자는 필요한 것을 모두 배낭에 넣어 갔다. 그리고 배낭 무게도 감내했다. 고민할 것이 없었다. 그저 어디를 들리고 무얼 봐야 할지가 고민대상일 뿐이다. 순례길을 준비하면서 배낭 무게에 너무 겁내지 않았으면 한다. 아주 무겁고 힘들다면 트랜스퍼 서비스도 이용할 수 있으니...

Camino De Santiago - 20일차

출발지　　Bercianos del Real Camino

도착지　　Mansilla de las Mulas

거리|시간　26.3 km | 7.6시간

주요지점　Bercianos del Real Camino ~Reliegos ~ Mansilla de las Mulas

자치주　　Castilla y León

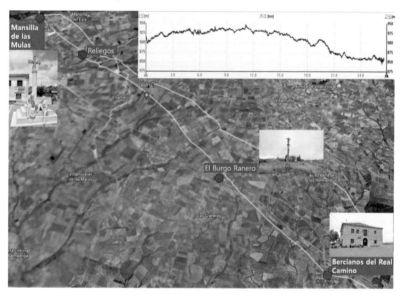

　　Leon에 가까워질수록 메세타 평원 구간도 끝나고 있다. 메세타 평원은 해발 800~900m 사이에 위치한 평원지대이다. Leon이후부터 해발고도가 낮은 곳으로 내려가는 것이 아니라 계속 비슷한 고도위치에 산지가 더해지는 지형을 만난다. 한 낮을 제외하고는 구름끼고 밤에 살짝 내리는 비때문에 싸늘한 날씨가 많고, 더위로

부터 어느 정도 벗어난다. 더워서 고생하는
것이 아니라 추위 때문에 고생이다. 프랑스
길 초반은 해발 300~400m 사이라서 여름
을 충분히 느끼는 지역이라면 Santo
Domingo de la Calzada부터 해발 600m
이상 고지대로 올라선다. 이때부터 같은 아
침이라도 선선하기보다 싸늘함을 경험한
다. 초반 며칠 더위때문에 잠을 자지 못하
고 방황했지만 이후에는 더위 때문에 고생
하기 보다 추워서 담요를 끌어다 덮어야 하
는 처지로 바뀐다. 비가 내리는 날이나 추
운 날을 대비하여 우비나 판초우의는 필수이다. 이중에 활용도가 더 좋은 것은 판
초우의이다. 숙소 침대위에 판초우의를 깔면 베드버그로부터 방어할 수 있고 추울
때 긴급하게 사용할 수 있는 보온용 옷이 되기도 한다. 가벼운 재질의 제품이 많기
때문에 준비하면 요긴하게 사용할 준비물이다.

Mansilla de las Mulas까지 구간에는 마을이 별로 없다. 게다가 거리도 제법 길
다. 마을이 많으면 쉴 수 있는 Bar나 마을 공원, 성당이 많은데 그렇지 않으면 쉴 곳
이 거의 없어 순례길 옆에 간간히 보이는 쉼터에서 휴식을 취해야 한다. 앉아 있으
면 금방 추위가 몸안으로 들어오기 때문이다. 길에서 보이는 푸드트럭도 없으니
Bar가 있을 만한 마을을 빨리 만나길 고대할 뿐이다. 마치 넓은 사막에서 오아시스
를 찾는 것처럼... Bercianos del Real Camino마을을 벗어나 마을길을 따라 일직
선의 순례길을 따라간다. 4/5 지점에 A-231고속도로 아래를 지나면 El Burgo

Ranero에 도착하는데, 이곳에 한글 안내판을 세운 레스토랑(La Costa del Adobe)이 있다. 이곳에 신라면을 끓여서 판매하고 있어 한국인 순례자들이 제법 찾는 곳이다. 현지에서 맛보는 신라면은 한국에서 먹던 것과 달리 덜 맵고, 덜 짜고, 입안에 무언가 남는 느낌도 없다. 이름만 같을 뿐 라면내용물은 한국제품보다 마일드한 느낌이다.

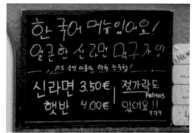

도심을 가로질러 나가는 데 첨탑위에 황새 둥지가 많이 보였다. 이곳은 황새가 많아 교회 첨탑처럼 높은 곳에는 어김없이 둥지가 보인다. 인위적으로 만든 첨탑에 둥지가 만들어진 것도 보았다. 오늘은 다른 날에 비해 유달리 많아 보인다. El Burgo Ranero마을 중심가를 가로질러 직진하면 LE-6615도로와 만난다. 익숙했던 N-120도로와는 헤어지고(?)이제는 LE-6615도로와 마주하는 순례길을 걸어야 한

다. 비포장에 직선으로 이어진 길이며 오로지 직진만 하면 된다. 그렇게 13km를 가면 두 번째 마을인 Reliegos에 도착한다.

7월로 접어들면 평원은 색깔을 바꾸기
시작한다. 누런 밀밭대신 노란 꽃잎이 달
린 해바라기가 고개를 들기 시작했다. 푸
른 숲처럼 높은 해바라기 농장이 드넓게
펼쳐져 있다. 이곳은 무슨 농장이던 상상
하는 것 이상으로 넓고 넓었다. Rogrono
를 지날 때 보았던 포도농장과는 대조적이
다. LE-6615번 도로는 Reliegos를 가로
질러 반대편으로 빠져나간다. 순례길은 이
도로를 따라 가면 된다. 다시 6km 정도 직
진하면 목적지인 Mansilla de las Mulas
에 도착한다. 이번 코스는 거리가 길다. 하
지만 평지에 직선 길이기 때문에 지루하
다. 그렇지만 순례자들끼리 대화하기에 가
장 좋은 길이기도 하다.

7월이 되면 Mansilla de las Mulas에
중세식 축제가 벌어진다고 하는데 축제와
함께 해바라기 활짝 핀 모습을 보기위해
가을에 찾아오는 것도 좋을 도시이다.
Mansilla de las Mulas는 Leon과
Castilla왕국 사이에 위치하였기 때문에
완충지역의 역할을 했었고 이로 인해 교역이 발달하여 상업중심지 역할을 맡았다

고 한다. 중세시대의 모습이 남아있는 고
풍스러운 도시이며, 숙소와 대중교통 버스
를 탑승할 수 있는 터미널도 있는 곳이다.
Leon까지는 하루 일정이 더 남았다. Leon
에 도착하면 메세타 평원의 지루한 순례길
은 마무리될 것이다.

Albergue 정보

이름	Albergue de peregrinos de Mansilla de las Mulas
숙박비 (유료)	6 유로
베드수|형태	74bed/1방 | Domitory
담요제공여부	No, 1회용 키버 제공(무료)
부엌|조리시설	Yes
화장실|샤워장	Yes (구분 없음), 외부에 여러 곳에 작은 샤워장이 있다.
세탁기|건조기	Yes | No(유료)
아침식사 제공	No
인터넷 사용	WiFi 사용 가능
주변 편의시설	Elimentacion(식료품점) | Supermercado Yes
	Bar | Restaurante Yes,

기타 정보

1) 가운데 마당이 있으며, 'ㅁ'자형 구조로 되어 있음

2) 여기 공립알베르게는 연령에 따라 방배정을 구분하는 경향이 있다. 아마도 불편
함을 최소화하기 때문인듯하다.

3) 코스 중간에 Bar 없이 긴 구간이 있음

Camino De Santiago - 21일차

출발지　　　Mansilla de las Mulas

도착지　　　León

거리|시간　　18.5 km | 5.5시간

주요지점　　Mansilla de las Mulas ~Puente villarente ~ Arcahueja ~ León

자치주　　　Castilla y León

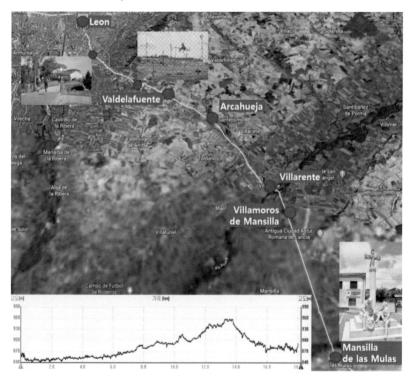

평온했던 메세타 평원길도 Leon에 도착하면 끝이다. 끝없이 펼쳐진 들판과 낮은

산, 그리고 밀밭과 포도농장, 해바라기농장이 색깔이 다른 조합이 만들어낸 모자이크 풍경도 마지막이다. 사람들은 메세타 평원이 지루하고 덥고 힘든 길이라고 건너뛰어도 된다고 얘기하기도 한다. 하지만 메세타 평원을 걷는 시간이 내면을 들여다보는 순례의 장소이자 시간이 된다. 사람은 마음이 흐트러지면 내면을 들여다볼 수 없다. 반면에 명상하듯 평온함을 유지하면 내면을 들여다볼 수 있다. 오르막과 내리막이 많은 길은 숨차게 만들어 마음의 평정을 이루지 못하지만 평지가 이어지고 아름다운 풍경이 이어지는 이곳은 오히려 마음이 평안해지고 사색할 수 있는 여유를 준다. 그래서 메세타 평원을 필히 거쳐야할 순례길의 핵심이다.

Mansilla de las Mulas마을을 벗어나 Esla강을 건너면 N-601도로를 만난다. 순례길은 도로변 비포장길을 따라 걷는다. 그렇게 4km정도 직선의 순례길을 걸으면 Villamoros de Mansilla마을에 도착하고 1km정도 더 직진하면 Rio Porma를 만나 도로 옆 Puente Romano Sobre el Rio Porma 다리 옆 작은 보행자 인도교 (Pasarela Peatonal sobre el Río Porma)를 건넌다. 옛 모습 그대로 석재로 제작한 듯 다리가 고전적인 느낌을 물씬 풍기는 다리이다. 마음에 여유가 있는 순례자와 그렇지 못한 순례자는 이런 풍경을 대할 때 차이가 난다. 여유가 있는 순례자는 이쁜 풍경을 눈과 사진으로 저장하기위해 즐기지만 그렇지 못한 순례자는 오로지 달리는 경주마처럼 앞만 보고 걷는다. 순례길에서는 정해진 규칙이나 방식은 따로 없다. 나는 즐기는 순례길을 원하기 때문에 많이 걷기보다 여유롭게 걷고 주변을 많이 둘러보고 쉬고, 매일 와인 한 병을 마시고, Bar에서 식사하는 것을 순례길의 즐거움으로 삼았다. 하지만 단시간에 완주했다고 자랑하는 순례자에게 무엇을 봤냐고 물어보면 아무 말도 못한다. 오로지 길만 보았기 때문이다. 다리를 건너 중심도로를 따라 조성된 Puente Villarente는 순례길에서 만났던 마을의 모습과는 사뭇 다르다. 현대적인 느낌의 주택과 도로 옆에 펼쳐진 상가와 Bar가 보이는데 미국 영

화에서 나오는 시골마을의 풍경이다. 그래서인지 Puente Villarente를 지나갈 때 머리속에 맴도는 노래가 있었다.

"Country Road, take me home to the place I belong ~ West Virginia, mountain mamma, take me home, country roads ~ "

나 또한 스페인의 시골길을 모두 걷고 나면 집으로 갈 수 있다. 그 마음 그대로 한 발한발 내디디며 N-601도로 오른쪽에 펼쳐진 순례길을 따라 4.6km 가면 작은 언덕 위 Arcahueja마을에 다다른다. Leon까지 작은 마을이 계속 이어지지만 순례길은 N-601도로가 아닌 마을 외곽의 비포장 농로를 따라 걷는다. 그래서 Arcahueja에서 휴식을 취하지 못하면 Leon까지 쉴 수 있는 마을이 없다. 낮은 언덕길을 올라

N-601도로와 만나는 Volvo매장앞에서 오른쪽을 바라보면서 낮은 언덕위에 올라서면 Leon 시내가 보인다. 그리고 순례자를 위한 인도교가 N-601도로위에 설치되어 있다.

Leon y castilla 지방의 주도인 Leon이자 Castilla지방의 끝자락이며, 메세타 평원의 끝이기도 하다. 무척이나 커 보이는 시내가 반갑기도 하다. 도심이 가까워지면서 높은 건물과 상가가 많이 보인다. 예전 가이드북에는 Volvo대리점 앞에 횡단보도를 건너 왼편으로 걸어가야 한다고 되어 있지만 지금은 트러스트 육교가 설치되어 있기 때문에 노란 화살표 따라 걸어가면 된다. 시간이 지나면서 순례길도 많이 변하여 순례자들을 맞이하고 있다. 그리고 철조망에는 어김없이 나뭇가지로 만든 십자가가 줄지어 서 있다. 모양도 형태도 다른 십자가는 순례자 개인의 마음을 담아 만들어냈을 것이다. Leon 시내에 들어서면서 작은 돌부리에 걸려 순례자 한 명이 넘어졌다. 손바닥과 무릎에 생채기가 생겼

다. 가져온 상비약은 없었기에 주변 순례자에게 도움을 청했다. 순례자들은 서로 걱정해주거나, 자기가 가져온 비상약품을 꺼내주며 치료를 도와준다. 순례자들이 많기에 모두가 같은 마음이며 서로 돕고, 이해하는 곳이기에 가능한 모습이다. 언젠가는 내가 되돌려 주어야할 마음의 빛이기도 하다. Leon 시내는 복잡하기 때문에 노란색 화살표를 잘 찾아야 한다. Rio Torio를 건너 Av. Del Alcalde Miguel Cstnano를 따라 계속 직진해야 한다. Santa Ana분수대가 보이는 교차로에서 왼쪽 방향 넓은 도로로 60여m 직진하면 Fuente Jardin de Santa Ana 분수대공원을 거쳐 횡단보도 건너 계속 직진하면 Leon 대성당으로 이어진다. 바닥에 노란색 화살표가 갈림길마다 표시되어 있기 때문에 바닥을 잘 살펴보아야 한다.

Leon은 알베르게가 많다. 대부분의 공립 알베르게는 2일 이상 숙박을 할 수 없다. 하지만 Residencia San Francisco de Asís 알베르게는 2일 이상 숙박이 가능하다. 계속 무리하게 일정을 유지하면 체력이 딸려 감기가 걸리거나 피로누적으로 쓰러질 수가 있다. 때로는 일정을 여유있게 계획하여 Leon이나 Burgos같은 대도시에서 휴식을 취하면서 관광을 겸하는 것도 순례길을 즐기는 방법이다.

순례길에서 머물다 보면 다양한 상황을 마주한다. 점심때 배고픔을 달래기 위해 숙소 주변으로 식당을 찾아 다녔다. 바로 옆에 파키스탄인이 운영하는 통닭집이 있었다. 우리가 보던 화로에 구운 통닭과 비슷하여 이를 먹기로 했다. 주인이 우리가 동양인이라는 것이 반가웠는지 연신 말을 걸면서 서비스 메뉴도 내어 주었다. 그리고 맛있게 먹고 가게문을 나설 때 주인이 같이 사진을 찍자고 하여 기념사진도 찍었다. 이곳에서 동양인이라고 차별은 없지만 그렇다고 해서 우대해주는 곳도 아니다. 같은 동양인이 운영하는 식당이나 마트를 만나면 왠지 반갑고 덤이라는 것을 받을 때가 있다. 하지만 중국인이 운영하는 마트는 이런 자잘한 정이 없다. 그저 장삿속만 보인다.

Albergue 정보

이름	Albergue-Residencia San Francisco de Asís
숙박비 (유로)	10 유로 | 연박 가능
베드수|형태	146bed/1방 | Domitory | 4인실로 구분
담요제공여부	No, 1회용 커버 제공(유료)
부엌|조리시설	No - 전자레인지만 사용 가능
화장실|샤워장	Yes (구분 없음)
세탁기|건조기	Yes | No (무료 세탁 서비스)

아침식사 제공	No
인터넷 사용	WiFi 사용 가능
주변 편의시설	Elimentacion(식료품점) | Supermercado Yes
	Bar | Restaurante Yes.

기타 정보

1) 4인 1실로 되어 있으며 화장실이 방마다 구비된 곳이다. 하지만 WiFi를 침실에서는 사용할 수 없고 거실에서 사용이 가능. 아무리 여건이 좋아도 무언가 부족할 수 있다. 완벽하게 좋은 조건을 갖춘 숙소를 가려면 Hostel로 가야 한다.

2) 15분 거리에 WOK 있음, 레온 성당 뒤쪽으로 중국인이 운영하는 마트 있음.

3) 가우디 설계한 수도원 등 볼거리가 많음. 레온대성당 및 박물관 추천

4) 공립 및 사설, 수도원소속 알베르게 등 다양하게 존재

Camino De Santiago - 22일차

출발지	León
도착지	San Martín del Camino
거리ㅣ시간	24.6 km ㅣ 7시간
주요지점	León ~ La Virgen del Camino ~ San Miguel del Camino ~ San Martín del Camino
자치주	Castilla y León

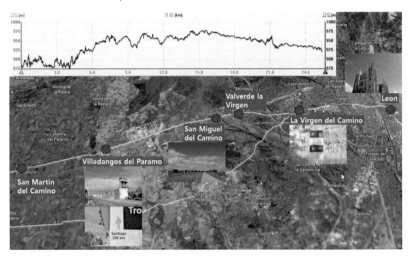

　Leon은 큰 도시이기 때문에 관광하며 휴식을 취하기 좋은 도시이다. 도시 외곽 아울렛에 있는 WOK이라는 중식 뷔페식당이 있어 한국인 순례자들이 많이 찾아오기도 하며, Oviedo로 가는 Salvador루트의 시작점이다. 시내버스가 다닐 정도로 큰 도시이지만 시내를 걸어 다녀도 충분할 만큼 볼거리 많은 옛 모습을 갖춘 도시이다. 특히 Leon대성당과 광장에 순례자조각상이 있는 산 마르코스 수녀원

(Convento de San Marcos)은 관광할 만
한 곳이다. Leon 대성당의 스테인드 글라
스가 멋지고 가우디의 초기 설계 작품
인 '까사 데 보띠네스 (Casa de
Botines)'를 볼 수도 있다. 현재 스페
인 기념물로 지정되어 있고 수도원으로
사용했었다고 한다. 스마트폰 구글지도
덕분에 길찾기가 매우 수월한데, 국내에서
구글지도는 불편하지만 해외에서는 길찾
기, 대중교통 안내, 그리고 주변 식당과 알
베르게 위치와 주소까지 모두 검색하고 찾
아볼 수 있으니 이보다 더 좋고 효율적인
가이드 어플은 없을 것이다.

Leon을 벗어나 Astorga로 가려면 2개의
루트 중 하나를 선택해야 한다.' Por el
camino histórico' 와 'Por Villar de
Mazarife'로 구분되는데 ' Por el camino
histórico'루트가 이정표상으로 Camino
Original로 표시되어 있다. original 코스
는 N-120도로를 따라 가는 코스이며,
Mazarife로 가는 코스는 도로를 벗어나
한적한 시골길 따라가는 코스이다.

Mazarife 코스가 우회노선이라 약 5km
정도 더 길다. 대신 도로를 벗어난 길이기
때문에 한적한 시골길 루트이다. 대부분의
순례자들은 짧은 Original 루트를 선호한
다. Leon시내에서는 대성당과 San
Isidoro성당(Basílica de San Isidoro)을
경유하여 Marcos수녀원 앞 광장을 지나가
야 한다. 이시도르성당에는 왕가의 유해와
세례자 요한의 턱뼈 등 성인의 유해가 안
치되어있다고 한다. Jardines San
Marcos공원 앞 횡단보도에 화살표 2개가
양 방향을 가리키고 있다. Santiago 와
Oviedo를 가리키는 표시이며, 20m 위쪽
에 Salvador루트를 알려주는 표시석(Hito
del Camino del Salvador)이 설치되어
있다. 여기서 화살표를 잘못 인식하면 엉
뚱한 곳으로 갈 수 있으니 조심해야 한다.
Camino de Salvador는 Oviedo까지 가
는 길이며 Primitivo루트와 만난다.

  Marcos수녀원 옆에는 유명한 Parador
de Leon호텔이 있는데 "The Way"라는 영화에서 순례자들이 쉬어가던 고급 호텔
인데 옛 수도원 건물을 리모델링하여 운영하는 호텔이다. San Marcos다리를 건너

도심을 가로질러 직진하면 Troboja del Camino를 거쳐 언덕을 올라가듯 오르막길 끝자락에 La Virgen del Camino에 들어선다. 거대한 도시가 붙어 있는 것처럼 구분이 되지 않은 도시 순례길이다. La Virgen del Camino은 1505년 성모가 발현한 마을이라고 한다. Leon을 지나도 해발고도는 800~900m를 유지하기 때문에 체감기온은 낮다.

La Virgen del Camino 마을을 벗어나면서 갈림길을 소개하는 표시판이 곳곳에 보인다. 첫번째로 보이는 안내표시판에 앞에서 순례자들은 어디로 가야 할지 고민하거나 갈림길의 위치가 어디인지 명확하게 알기 위해 안내판을 집중하여 확인한다. 안내판에는 누군가가 세세하게 표시한 문구가 보였다. 'Aqui(Here)'라고 표시된 곳이 현재 표시판의 위치이고 갈림길까지는 더 걸어가야 했다. 우회 갈림길 안내는 2군데

에 설치되어 있다. 첫 번째는 도시 초입에서 약 200m 떨어진 삼거리 왼편에 설치되어 있고 두 번째 표시는 가구점건물(Muebles Mato)앞 삼거리에 세워져 있다. 직진하면 Original루트이며 왼쪽 도로따라 가면 Villar de Mazarife를 경유하는 우

회길이다. 대부분의 순례자들은 San Martin del Camino를 경유하는 Original 루트를 이용한다. 아직은 메세타 평원처럼 평온하고 쉬운 평지의 길이 계속 이어지는 순례길이다. 단지, N-120도로 옆이라 차량이 많아 시끄러울 수 있다. 걷는 동안 마을이 보일 때마다 휴식을 취한다. 프랑스길은 일부 구간을 제외하고 대략 5~10km 사이마다 마을이 존재한다. 그래서 적당히 쉬었다 가거나 나름에 일정을 계획하기 용이하다. 대부분 순례자들이 마을의 Bar를 이용하는 이유는 커피 한 잔 또는 맥주 한 잔 하며 쉰던가, 화장실을 이용하거나, 식수를 받을 수 있거나, Sello를 받을 수 있기 때문이다. 무엇보다도 싸늘한 날에 추위를 피할 수 있는 순례길 장소는 Bar 또는 Cafe 뿐이다. 하지만 쉴 때마다 공짜로 앉아 있을 수 없어 커피 또는 맥주를 주문해야 한다. 잠깐이라도 Bar의 의자에 주문하지 않고 앉아 있으면 주인장이 눈치를 준다. 좀더 저렴하게(?) 휴식을 취하려면 순례길 노지쉼터를 이용하고, 배낭에 음료나 커피 등을 싸가지고 다녀야 한

212

다. 이 또한 나름에 취향 선택 사항이다. Valverde la Virgen은 Café나 Bar가 거의 없고 San Miguel del Camino에는 드문드문 Bar나 Café가 있다.

San Martin del Camino까지 걷는 길은 심심하다. 그나마 마을이 자주 나타나기 때문에 단순함을 상쇄시켜 준다. 오늘 일정이 24km 되는 일정이지만 힘들지 않다. 메세타 평원보다 걷기에 훨씬 수월하다.

다시 N-120도로변 순례길을 따라 8km 정도 걸어가야 Valladangos del Paramo에 도착한다. 마을 초입에 개인이 순례자를 위해 간식과 Sello를 준비하신 어르신이 있다. 지나가는 순례자들에게 쿠키를 나누어 주고 스탬프도 직접 찍어 주신다.

필자는 Sello를 많이 받기위해 순례길 갈 때는 크레덴시알 2개를 준비한다. 하나는 알베르게 전용으로 사용하고 나머지 하나는 여타 알베르게와 성당, Bar에서 받을

수 있는 Sello 때문이다. Sello를 모으는 것도 소소한 순례길의 재미이다. Valladangos del Paramo를 벗어나면 짧지만 숲이 가득한 길을 걷는다. 오랜만에 발이 편하고 시원한 숲길을 맞이한다. 이제 약 4km 정도 좁은 수로를 따라 걸으면

San Martin del Camino에 도착한다.

Albergue 정보

이름	Albergue de peregrinos de San Martín del Camino
숙박비 (유로)	5 유로
베드수ㅣ형태	62bed/1방 ㅣ Domitory
담요제공여부	No, 1회용 커버 제공(없음)
부엌ㅣ조리시설	No 기부제로 식사 가능
화장실ㅣ샤워장	Yes (구분 있음)
세탁기ㅣ건조기	Yes ㅣ Yes (유료)
아침식사 제공	No
인터넷 사용	WiFi 사용 가능
주변 편의시설	작은 Supermercado Yes
	Bar ㅣ Restaurante Yes,

기타 정보

1) Por el camino histórico 원조 코스
2) 자체 벽난로가 있음, 부엌이 좁으며, 조리기구가 많지 않음
3) 마당이 넓으며, 2층 침대 올라갈 계단이 없어 올라가기 애를 먹는다.
4) 슈퍼마켓이 있지만 상품이 별로 없어 메뉴가 한정적이다. 사립 알베르게에는 자체 Bar-Restaurante를 소유하고 있거나 순례자 저녁식사 및 아침식사를 유료로 제공하므로 선택이 가능하다.

Camino De Santiago - 23일차

출발지	San Martín del Camino
도착지	Astorga
거리|시간	23.7 km | 6 시간
주요지점	San Martín del Camino ~ Puente de Orbigo ~ Hospital de Orbigo ~ (Crucero de Santo Toribio) ~ San Justo de la Vega ~ Astorga
자치주	Castilla y León

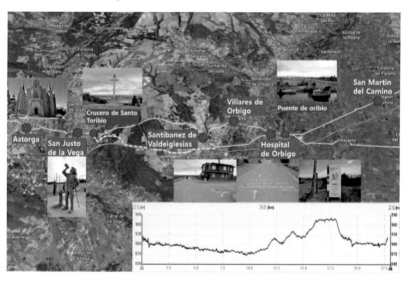

순례길은 곳곳에 갈림길 또는 우회길이 존재하며, 대부분 잠깐 떨어져 있는 정도이지 Leon에서 Astorga 구간의 우회길처럼 멀리 벌어진 우회길은 드물다. Astorga로 향하는 오늘 순례길에 우회길이 또 존재한다. 그리고 Camino의 다른 길과 만나기도 한다. 노란색 화살표 옆에 새로운 이정표가 추가되는데 'Ruta de la Plata(또

는 Via de la Plata)'라는 표시가 노란 화살표 안내석 옆에 나란히 세워져 있다. Sevilla 또는 Merida에서 시작하는 '은의 길' 표시이다. 스페인 남쪽에서 시작하는 '은의 길'은 옛 로마시대의 도로를 따라 Astorga 또는 Ourense를 거쳐 Santiago de Compostela로 향한다. 보통 다른 루트의 길이 합쳐지면 노란색 화살표로 통합되는데 이 지방은 그렇지 않다. Astorga까지 계속 병행 표시되어 있다.

San martin del Camino에서 N-120 도로 오른쪽에 만들어진 순례길을 따라 하염없이 직진하여 7km 정도 걸어가면 Puente de Orbigo라는 작은 마을을 만난다. 출발할 때 아침식사를 하지 못하면 항상 처음 만나는 마을이나 Cafe식당에서 아침식사를 해야 한다. 순례길은 힘든 여정이다. 그래서 건강을 유지하려면 세끼 식사를 잘 해야 한다. 아무리 잘 먹어도 살

이 빠지는 곳이 순례길이다. 필자도 순례길을 완주하면 5kg 이상 빠진다. 그래서 어떤 사람들은 다이어트하기 최적의 장소가 순례길이라고 우스갯소리를 하기도 한다. Café나 Bar를 찾을 때 일부러 Sello 스탬프를 찍어주는 곳을 골라 갈 때도 있다. 각각의 Sello는 디자인이 다르기 때문에 모아서 펼쳐보면 멋진 작품집처럼 보

인다. 게다가 순례자가 많기는 하지만 찾
아가는 Bar나 Cafe는 거의 비슷하기 때문
에 자주 만나는 외국인 순례자가 생기기
마련이다. 그렇게 만나는 외국인 순례자하
고 안부를 묻거나, 순례길통신을 통해 새
로운 정보를 얻기도 한다. 대부분 어떤 마
을에서 쉴 것인지, 맛집, 알베르게에 대한
정보를 공유하기도 한다. 외국인이라고 해
도 영어 못하는 외국인 순례자도 많다. 그
냥 말하면 서로 신기하게 이해하고 알아듣
는다.

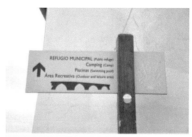

휴식을 취하고 마을을 벗어나면 길고 고
풍스러운 다리(Puente del Orbigo
(Passo Honroso))를 만난다. 무척이나 아
름답고 오랫동안 공들여 건설한 다리처럼
보인다. Orbigo강의 다리는 Puente la
Reina에서 보았던 '여왕의 다리'보다 개인
적으로 훨씬 마음에 든 건축물이다. 다리
를 사이에 두고 다른 이름의 마을이 존재
한다. 이 다리에는 연인과의 약속을 지키
기위해 이 다리위에서 한 달 동안 결투를

벌여 약속을 지킨 돈 수에로라는 기사의 이야기가 전해지는 곳이며 매년 6월 첫째

주 주말에 이 기사를 기리기 위한 중세시대 식 축제가 이어진다고 한다. 워낙 다리가 멋있어서 순례자들은 천천히 건너면서 사진을 찍고 주변 풍경을 감상하며 여유롭게 시간을 보낸다. 이곳은 조금 멀찌감치 떨어져 마을 전체의 풍경을 음미하는 것이 아름답다.

중세의 이야기를 품은 Hospital de Orbigo 마을 끝에 도착하면 갈림길이 나온다. 여기서도 순례자들은 고민한다. 사거리에서 오른쪽으로 가야 Original Camino로 중간에 Villares de orbigo와 Santibanez de Valdeiglesias를 거쳐 가는 12.9km 코스이며, 사거리에서 직진하면 N-120도로를 따라 약 11.7 km를 마을이나 쉼터가 없는 길을 걸어야 한다. 단축 코스라 해도 1.2km 정도 짧지만 힘이 든다. 조금 길더라도 Original 루트를 선택하길 권한다. 2개의 갈림길은 Crucero (Cruz) de Santo Toribio에서 만나 San Justo de la Vega로 진입한다. 만약 동행이 있어 서로 다른 방향을 선택한다면 십자가 동상이 있는 곳에서 만나기로 약속하면 된다.

우회길을 선택하면 쉼 없이 11km를 걸어야 하지만 Original루트를 선택했다면

마음에 여유가 있다. 자동차 소음도 없고
Bar 등에서 식사도 할 수 있다. 그래도
Santibanez   de   Valdeiglesias부터
Crucero(Cruz) de Santo Toribio까지 약
7km 정도 구간에는 신들의 집(La Casa
de los Dioses)이라는 곳에서 잠시 쉬면서
Sello도 받고 주인이 내어주는 과일 등을
맛볼 수 있다

San Justo de la Vega마을에 진입하려
면 '성토리비오의 십자가(Crucero de
santo Toribio)'를 지나야 한다. 언덕위에
있는 십자가에서 내려다보면 Astorga와
San Justo de la Vega도시가 한눈에 붙어
있는 것처럼 보인다. 5세기 Astorga 주교
였던 성 토리비오는 억울한 누명을 쓰고
Astorga에서 추방당했다고 한다. 그는 높
은 언덕에 앉아 신발의 먼지를 털면서
"Astorga 소유라면 먼지도 가져가지 않겠
다!"고 선언하고, 이후 주교가 누명을 썼다
는 것을 알게 된 마을주민들이 이곳 언덕
에 그를 추모하는 십자가를 세웠다고 한

다. 언덕 아래 멀리서 Astorga가 보인다. 평평한 마을에 작은 집들이 레고 블럭처

럼 촘촘하게 붙어있는 집들과 교회 종탑이 보인다. 나름 큰 도시이기 때문에 철길 위 육교를 건너 언덕을 올라 Astorga 성안으로 들어가 알베르게에 도착하여 일정을 마무리한다.

일부 순례자 중에 Astorga를 그냥 거쳐 가는 사람들도 있고, 알베르게에서 쉬며 밖을 나서지 않는 사람들도 있다. 하지만 Astorga는 볼거리와 역사적 유적지가 있는 중세도시이다. 특히 시간을 만들어서라도 보고 가야할 유적지를 꼽으라면 이곳에 있는 주교궁(Palacio Episcopal)으로 Santa Maria de Astorga 대성당 옆에 주교궁이 세워져 있는데 가우디의 초기 작품이라고 한다. 가우디가 디자인하였다는 이유만으로도 필히 관람해야 할 곳이다. 4면이 대칭 구조를 띄고 있는 아름다운 건

물이다. 주교가 거주하였던 건물로 지었으나 지금은 박물관으로 사용되고 있다. 여기도 시에스타 시간에는 입장할 수 없으며, 오전 10시부터 오후 2시, 오후 4시부터 오후 8시까지 입장할 수 있으며, 크레덴시알을 가져가면 Sello 및 입장료를 할인 받을 수 있다. 입장하면 1층을 둘러보고 2층으로 올라 위에서부터 지하층까지 순서대로 둘러보면 된다. 천정의 아치와 2층에 주교석 자리가 가장 멋지고 사진을 많이 찍는 자리이다. 외부로 나오면 왼쪽 성벽을 따라 올라서면 건물 외부의 모습을 온전히 둘러볼 수 있다.

　순례길을 다녀온 한국인 순례자들에게 주교궁의 사진을 보여주면 대부분 모른다고 한다. 사전 지식이 없이 출발했거나 오로지 순례길을 걷는 것에만 집중하고 있음을 말해준다. 길은 순례자의 과정을 표시한 안내자일 뿐이다. 진정한 순례의 행동은 성당을 보고, 그곳에 음식을 맛보고, 사람들과 애기하며 즐기는 것이다. 종교인이 아니더라도 할 수 있는 일이다. 그리고 Astorga는 초콜릿으로 유명한 미식의 도시이다. 100여 년 가까이 오래된 초콜릿 판매점이 있으니 찾아보길 권한다.

Albergue 정보

이름	Albergue de peregrinos Siervas de María
숙박비 (유로)	5 유로

베드수|형태	156 bed/1방 | Domitory
담요제공여부	No, 1회용 커버 제공(무료)
부엌|조리시설	Yes
화장실|샤워장	Yes (구분 있음)
세탁기|건조기	Yes | Yes (유료)`
아침식사 제공	No
인터넷 사용	WiFi 사용 가능
주변 편의시설	Supermercado | Bar | Restaurante Yes, 오래된 초콜릿가게가 많음

기타 정보

1) 알베르게는 4인/1실의 구조이며, 사전에 얘기하면 동행끼리 같은 방을 배정해 준다. 알베르게라는 표시가 없어 그냥 지나쳐 가는 경우가 있는데, 마을 초입 왼편에 있다.

2) 부엌의 조리도구가 부족하니 빨리 조리

하고 설거지하여 놓아야 한다. 뒤편 베란다 풍경이 좋음

4) Astorga 성당 및 주교궁은 필히 관람하고 가야할 곳으로 추천!

Camino De Santiago - 24일차

출발지	Astorga
도착지	Foncebadón
거리|시간	26.3 km | 7 시간
주요지점	Astorga ~ Santa Catalina de Somoza ~ Rabanal del Camino ~ Foncebadón
자치주	Castilla y León

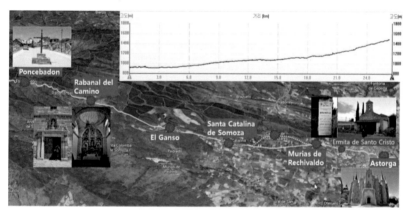

　이제부터 계획한 일정대로 움직이면 열흘 정도의 거리로 약 200여 km정도 남았다. 처음 피레네산맥을 넘을 때만해도 완주할 수 있을지, 한 달여 시간 동안 걸을 수 있을지 걱정을 했었다. 하지만 20일 정도 지나고 Santiago de Compostela를 안내하는 도로 표시판이 보이기 시작하면서 순례길이 끝나고 있음을 실감한다. 그리고 마음가짐이 달라지기 시작하는 것도 이맘때이다. 마지막까지 무사히 걷고 싶어하고, 자신을 뒤돌아보는 계기를 맞이하기도 한다. 그리고 공통적인 감정은 순례길이 끝나지 않기를 바라는 마음일 것이다. 왠지 계속 걸어야만 할 것 같은 기분에 휩

싸이기도 한다. 아쉬운 마음이 이렇게 표현되는 것이다.

Foncebadón까지 가는 길은 평지처럼 보이지만 나름 높은 산지를 지나가야 한다. 가이드북에 있는 고도표를 보아도 해발 1,500m 지점에 Foncebadón이 있어 계속 올라가는 코스이다. 프랑스길은 피레레 산맥만 넘으면 높은 산지를 넘어가는 일 없이 평평한 벌판과 평이한 길만 있을 줄 알았다. 하지만 Astorga를 지나면서 2개의 높은 산지를 넘어야 하는데 첫 번째가 Foncebadón 가는 길이고 두 번째 높은 산은 O Cebreiro를 넘을 때이다.

Astorga 알베르게를 나와 왼쪽 길을 따라 직진하여 주교궁을 거쳐 Residencia Virgen Desamparados를 가로질러 가면 Castrillo방향의 LE-142도로를 따라 직진하여 Astorga 도심을 벗어난다. 시내를 벗어나 약 1.5km 걸어 A-6고속도로 지나가기 전에 작은 성당(Ermita del Ecce Homo)이 보인다. 지나가던 순례자들이 줄지어 들어서서 Sello를 받기위해 성당에 들어선다. 줄 서있는 오른편에 "신앙은 건강의 샘"이라는 한글이 보인다. 여러 나라의 말로 표현한 것이다. 작은 성당이지만 아늑하고 교회의 모습은 모두 갖추고 있다. 이렇게 나의 크레덴시알에 새로운

sello가 더해지고 있다.

작은 성당을 지나 계속 LE-142번 국도를 따라 걸어가야 한다. 정확히는 도로 옆 잔돌이 깔린 흙길이 순례길이다. 그렇게 비포장길을 따라 3km 정도 걸으면 Murias Rechivaldo에 도착한다. 홍수로 인해 사라졌다가 다시 재건된 마을이라는 설이 있으며, 매년 8월 16일에 Carnero축제가 열리는데 마을 사람들이 La Parva라는 간단한 아침식사를 먹고 오후에는 전통놀이를 하며 보낸다고 한다. 외국 가이드북에는 Murias Rechivaldo에서 LE-142도로를 따라 Castrillo de los Polvazares를 경유하는 우회길을 소개하는데 마을 어디에도 우회길 표시는 없고 마을 외곽을 통해 가는 Original루트만 표시되어 있다. 처음만난 Murias de Rechivaldo는 이른 아침에 Astorga에서 출발하면 처음 만나는 마을이어서 아침식사를 할 수 있는 곳이다. 순례길에서의 아침식사는 보통 Bar에서는 따스한 cafe con leche와 크로아상으로 식사히자만 Cafeteria에서는 콤비네이션 메뉴를 통해 보다 배부른 식사를 할 수 있다. 7월에 들어섰지만 뜨거움을 맛보기 보다 시원함 또는 새벽에 추위와 사투를(?) 벌여야 했다. 여름시즌에 순례길을 가면 무척 더워 고생할 것이라는 말하는 순례 경험자들이 말하지만 실제로는 새벽에는 춥고 한낮은 시원한 날도 있다. 하지만 햇볕은 매우 따갑다. 프랑스길의 초반부는 해발고도가 높지 않지만 Najera를 지나면서 조금씩 고도가 높아져 해발 고도가 700~800m 사이를 유지한다. 그래서 낮에는 오히려 다니기 좋다. 햇볕이 뜨겁기는 하지만 춥지 않기 때문이다.

Murias Rechivaldo의 Bar에서 자주 만났던 외국인 순례자 여성 3총사를 다시 만났다. 멕시코에서 온 동글동글한 아가씨와 자주 마주쳐서 친해져서 인사도하고 서로 일정을 공유하기도 했었다. 그 순례자분이 나한테 서양식 볼뽀뽀를 해주고  간다. 내가 놀라워하고 있는데 서양인들은 많이 친하지 않으면 이런 방식의 프렌치 키스 인사를 하지 않는다고 한다. 해주지 않는다고 때쓰기보다 친해지는 시간을 가져야 한다.

나름 순례길에서 로맨스를 꿈꾸는 이들이 있다. 동양여자에 대한 경외심과 호기심에 서양 남자들이 접근하는 경우가 흔하고 혼자 오는 여자 순례자와 연인이 되는 경우도 종종 있다고 한다. 필자 또한 그런 마음이 없지 않았지만 인솔을 통해 일행이 생기면 로맨스를 꿈꾸기 어렵다. 오히려 인솔일행이 남녀가 섞여 있으면 연인이나 부부끼리 오는 것으로 오해하기 때문이다. 외국 순례자들은 순례길에서 연애를 목적으로 찾아오는 경우도 많다고 한다. 자신이 있다면 순례길에서 연애를 해보는 것도 멋진 경험이 될 수 있을 것이며 실제로 결혼한 커플을 보기도 했다.

Murias Rechivaldo를 출발하여 Santa Catalina de Somozoa까지는 비포장길에서 LE-6304도로옆 비포장길을 따라 걷는 오르막길이다. Santa Catalina de Somoza 마을을 지나면서부터 Rabanal del Camino까지는 오르막 경사가 느껴지는 언덕길이다. 이후 Foncebadón까지는 다시 LE-142도로옆 순례길을 따라간다. Santa Catalina de Somozoa를 벗어나면서 정면에 보이는 산줄기가 우리가 가야할 장소이며 돌아갈 코스가 없다는 것을 여실히 보여주고 있다.

El Ganso마을에는 독특한 분위기의 Bar(Cowboy Bar Camino de Santiago El Ganso)가 있다. 분위기가 특이하기도 하지만 카우보이 모양의 포토 판넬이 설치되어 있어 순례길에서 잠시 재미를 느끼며 쉴 수 있는 곳이다. 마을 이름조차도 Ganso라는 말이 조금 모자라는 사람을 의미한다고 하는데 뭔가 일맥상통하는 느낌이 든다.

점점 오르막의 경사가 높아졌다. 그렇다고 해서 피레네산맥을 넘을 때보다 힘들지 않다. 훨씬 완만한 경사길이기 때문이다. 게다가 도로 옆 비포장길을 걸으면 되지만 나는 배낭 무게 때문에 잔돌이 깔린 비포장길보다는 포장도로 길을 택하여 걸어도 괜찮을 만큼 차량이 적은 편이다. 대부분의 순례자들은 초반에는 배낭을 메고 걷는 것이 무척 힘들어 한다. 그래서 트랜

스퍼 서비스를 활용하기도 하는데 중반을 넘어서면 체력이 좋아져서 배낭을 메고 걷는 방식으로 다시 바꾸기도 한다. 걷다 보면 체력도 좋아지는 여러 모로 도움이

되는 순례길이다. 대부분의 순례자들은 Foncebadón에 도착하기 전인 Rabanal del Camino에서 일정을 마무리한다. 이곳의 성당은 독일의 베네딕토 수도원에서 관리하기 때문에 순례자들이 편히 쉬어 가도록 도움을 주는 이유도 있지만, 한국인 신부님이 계시다는 이유로 한국인들은 이곳에서 피정 또는 숙박하는 경우가 많다. 5월부터 10월까지 며칠 동안 쉬어 갈 수 있도록 지원하지만 이 기간 외에는 그렇지 못하다. Rabanal de Camino가 마지막으로 쉴 수 있는 곳이다. 이외에도 Rabanal de Camino는 성모 승천 성당(glesia de Nuestra Señora de la Asunción)에서 기적을 만들기도 했다는 전설이 있고, 펠리페 2세가 순례길을 가다가 이곳에서 하루를 머물렀던 방이 보존된 마을이기도 하

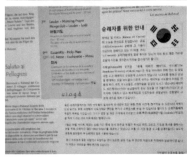

다. Astorga에서 Foncebadón까지는 약 26km 정도 거리이지만 오르막구간이 약 15km 정도 해당되는데 계획했던 일정보다 체력과 시간이 많이 소요되기 때문에 충분히 식수와 간식류를 준비해야 한다. 이제 5km 정도 가면 Foncebadón에 다다른다. Rabanal del Camino가 마을이 크기 때문에 숙박하는 여건은 더욱 좋다. 하지만 다음날이면 5km 정도 더 올라가야 한다는 점이 부담으로 작용할 수 있다. 차라리 하루 일정에서 오르막을 전체 올라서는 것이 마음이 편할 수 있기에 마무리를

Foncebadón에서 머무는 일정으로 계획
하였다.

Foncebadón은 예전에는 순례자가 그
냥 지나가는 마을이었다고 한다. 공립 알
베르게도 없었고 폐가가 많아 을씨년스러
운 풍경을 보이던 마을이었다. 지금은 사
람들의 온기가 느껴지는 산꼭대기 마을로
변모하였다. 알베르게와 Bar, 그리고 식
당, 자전거 순례자들이 모여드는 마을이
되었다. Foncebadón의 공립 알베르게는
시설이 매우 열악하다. 18개의 침대가 있
지만 늦게 세면을 하면 온수가 끊기기도
하며, 저녁에 제공하는 식사도 부실하기
때문에 사립 알베르게에서 머물기를 추천
한다. 공립 알베르게는 버려진 폐교회를
수선하고 개축하여 다시 개방한 작은 교회
가 딸린 알베르게이다.

작고 낡은 알베르게에서 머물 때는 베드
버그를 주의해야 한다. 특히 목재로 된 침
대가 있거나 자주 세탁하지 않은 담요가 문제가 될 수 있으니 가능하면 자신의 침
낭을 사용하는 것이 가장 안전하게 숙박하는 방법이다. 베드버그에 물리면 5~6개

의 물린 자국이 일렬로 생긴다. 그리고 심하면 열이 발생하며 고통이 따른다. 그래서 대부분의 순례자들은 빈대 예방을 위해 배낭에 계피가루가 들어있는 봉지 또는 벌레기피제 등을 구매하여 배낭에 뿌리고 침대 주변에 뿌리고 자는 경우도 있다. 빈대에 물리면 오스피탈레로에게 바로 도움을 청해야 한다. 그러면 치료제 및 소독방제를 할 수 있도록 도움을 준다. 사립이라 하더라도 어떠한 순례자와 함께 동침하느냐에 따라 베드버그에서 자유롭지 못할 수 있다. 순례길에서는 독일인을 조심하라고 한다. 가장 씻지 않고 다니는 순례자라고해서 기피하는 경우도 있다. 모든 사람이 빈대에 물리지는 않는다. 그래서 조심해야만 한다. 어떤 순례자는 다리에 베드버그가 너무나 많이 물려서 순례길을 포기해야만 하는 경우도 목격했다.

순례길의 공립 알베르게에는 Donative(기부제)로 운영하는 곳이 있다. 기부제는 자신이 지출할 수 있는 만큼을 알베르게 비용으로 지불하면 된다. 하지만 무료로 운영하는 곳은 아니다. 어떤 무개념 순례경험자는 기부제 알베르게는 무료이니 여기서 돈 내지 않고 머물면 된다라고 말하는데 이건 매우 잘못된 행동이다. 기부제로 운영한다는 것은 무료가 아닌 최소한의 금액을 알아서 내라는 의미이며 기부제 알베르게는 기부금을 통해 운영한다. 기부제 숙소에서 머물 경우, **최소한 5유로를 기부하는 것이 순례길의 암묵적인 규칙이다. 그 이하를 기부하는 것은 정말 거지와 다를바 없는 순례자들이 기부하는 것이라고 한다.**

Albergue 정보

이름	Albergue parroquial Domus Dei
숙박비 (유로)	Donative
베드수ㅣ형태	18 bed/1방 ㅣ Domitory

담요제공여부	No, 1회용 커버 제공(무료)
부엌|조리시설	No
화장실|샤워장	Yes (구분 없음)
세탁기|건조기	Yes | Yes (없음)`
아침식사 제공	yes
인터넷 사용	WiFi 사용 불가
주변 편의시설	Supermercado | Bar | Restaurante Yes,

기타 정보

1) 오스피탈레로가 저녁식사를 준비하지만 매우 빈약하다. 빵이 들어간 스프 정도

2) 알베르게가 매우 좁으며, 18명이 넘어서면 방 옆 교회공간에 매트리스를 제공하
   여 숙박하게 함

3) 주변 사립 알베르게는 10유로 내외이며 식사가 제공되기도 함.

에피소드 6 철십자가 앞에 멈춰서는 이유...

　순례길을 시작하여 메세타 평원을 지날 때 은하수를 보고 싶어서 새벽에 길을 나선 적이 있다. 그러나 동이 터서 옅게 깔린 은하수를 제대로 마주하지 못한 채 아침을 맞이했었다. Astorga를 지난 Foncebadón에서 다시 한 번 도전을 했다. 어제 저녁에 미리 배낭과 짐을 침실 밖에 놓아둔 상태라 침낭만 들고 침실을 빠져나오면 되었다. 새벽 5시에 기상하여 부랴부랴 짐을 챙기고 순례길을 나섰다. 차가운 공기가 옷사이로 스며들어 자켓을 입은 몸을 더욱 움추리게 만들었다. 알베르게에서 1km 정도 걸어가 뒤돌아보니 알베르게의 가로등이 점처럼 보이고 완연한 어둠만이 가득 채우고 있었다. 고개를 들어 하늘을 올려다보았다. 무수히 많은 별들이 촘촘히 박혀 있었다.

　북두칠성이 지평선 바로 위에 걸쳐 있고 매우 크게 보였다. 그리고 그 위로 안개처럼 흘러가는 은하수가 흘러가고 있다. 걷는 내내 머리를 내릴 수가 없었다. 하늘에 박힌 별들을 보는 재미가 이렇게 좋았나 싶다. 어느덧 별을 바라보며 걷다가 낮은 바위 동산이 눈앞에 들어왔다. 순례길에서 익히 보아왔던 철십자가(Cruz de Ferro)이다. 걱정을 덜기 위해 집에서부터 돌을 가져와 던진다는 그곳이다. 자신의 고민과 내려놓고 싶었던 이야기를 돌에 적어 놓고 철십자가 앞에 던져 놓음으로써 고민을 함께 내려놓는 행동이라고 한다.

차가운 바람이 부는 언덕에 얼마의 시간을 흐르고 다른 순례자들이 한 두 명씩 오기 시작했다. 그리고 철십자가 앞에서 묵상을 하던가 흐느끼며 울면서 참회하듯 기도하는 순례자도 있다. 울음으로 마음속에 쌓였던 근심을 털어 내는 듯했다. 시간이 지날 수록 순례자의 수는 늘어만 갔다. 그러나 신기하게도 모두 그냥 지나치지 않는다. 철십자가 주변을 둘러보는 사람, 순례길에서 만나 친해진 사람들끼리 생일축하 노래도 불러준다. 즐거워하는 모습들, 어느 순례자는 굳은 표정으로 심각하게 주변을 둘러본다. 나름에 사연을 여기에다 묻어 두려는듯 한참을 서성인다. 수많은 사연이 여기에 묻혀 있다. 하루 종일 이곳에 머물고 싶지만 순례길은 멈출 수 없기에

아쉬움을 뒤로하고 철십자가가 있는 고개마루를 넘어왔다. 철십자가 언덕은 고난과 걱정을 내려놓는 곳이다. 처음 길에서 고생하고. Perdon언덕에서 용서를 구하거나 용서를 해주었다면, 나머지 마음속 찌꺼기를 내려놓은 자리가 여기이다. 그렇게 내려놓은 근심이 켜켜히 쌓여 십자가 아래에 놓여 있다. 그리고 이를 내려놓은 사람들은 마음을 가볍게하고 남은 순례길을 홀가분하게 걸을 것이다.

이제는 당신이 이곳에 돌을 올려놓을 차례이다.

Camino De Santiago - 25일차

출발지	Foncebadón
도착지	Ponferrada
거리|시간	25.8 km | 6 시간
주요지점	Foncebadón ~ Manjarin ~ El Acebo de San miguel ~ Molinaseca ~ Ponferrada
자치주	Castilla y León

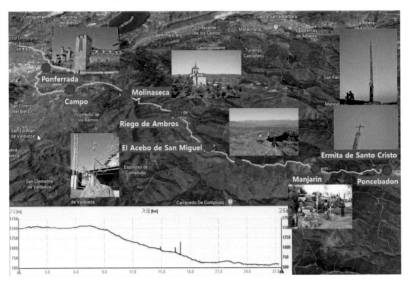

순례길에서 많이 만나는 것 중 하나가 십자가조각상이다. 마을 입구마다 돌로 만든 십자가가 자리하고 있다. 순례길에 있는 십자가는 한국의 장승처럼 이정표 역할을 겸한다고 한다. 그래서 이를 따라가면 마을과 마을을 거쳐 Santiago de Compostela로 갈 수 있을 것이다. Foncebadón 마을 입구에도 제법 큰 십자가가

세워져 있고, Astorga 도착하기 전 San Justo de la Vega가 내려다 보이는 언덕 위에도 'Crucero de Santo Toribio'가 세워져 있다. Foncebadón을 지나면 순례길에서 가장 유명한 십자가(Cruz de Ferro)를 만난다. 그곳에 지나가던 순례자들이 기꺼이 발걸음을 멈추고 기도하고 회상하며 시간을 보낸다. Foncebadón에서 Ponferrada가는 길은 십자가를 기점으로 해발 1,400m에서 500m지점으로 내려가는 내리막길이다. 한국의 등산로처럼 좁은 길도 있지만 대체로 힘들지 않게 내려갈 수 있는 길이다.

Foncebadón에서 비치는 불빛이 반디불처럼 작아졌을 때 하늘을 올려다보았다. 희미하지만 은하수가 보였다. 아주 옅게 검은 하늘 사이로 우유를 흘린 것처럼 번져 있는 모습이 보인다. 그렇게 보고 싶었던 은하수(Milky Way) 였다. 순례길에서 새벽에 길을 나서면 볼 수 있는 풍경 중 하나이다. 알베르게에서 1.9km 걸어가면

넓은 광장 같은 곳에 Cruz de Ferro라는 커다란 나무기둥위에 십자가가 세워져 있

다. 사람들이 하나 둘씩 모여 들었고, 십자가 아래에 돌을 하나씩 던져 놓고 간다. 'The Way'라는 영화를 보면 생장의 경찰이 주인공에게 작은 돌을 주면서 쓸 때가 올 것이라고 말하는데 그 돌을 철십자가에 던져놓고 가는 장면이 나온다. 순례자들은 프랑스길을 찾아올 때 자기 집 앞에 있는 돌을 가져온다고 한다. 그리고 그 돌에 자신의 소망을 적어 여기 철십자가(Cruz de Ferro)에 던져 놓는다고 한다. 자신의 고민과 내려놓아야 할 번뇌를 돌에 적어서 십자가에 던져 놓으면 해소가 된다는 말에 이렇게 순례자들은 찾아오고 있다. 이 언덕은 선사시대에는 제단으로 사용했던 곳이자, 로마시대에는 메르쿠리우스라는 길(Way)의 신을 모시던 제단이 있었다고 한다. 당시 로마 여행자들은 이곳을 지날 때 제물을 바치는 풍습이 그대로 전해져 왔는데 십자가가 세워지면서 순례자가 자신의 고향에서 가져온 돌이나 물건 등을 던져 놓고 경배하는 모습으로 바뀌었다고 한다.

그리고 왔던 길을 되돌아보면 일출을 볼 수 있다. Foncebadón을 거쳐갈 때는 보다 이른 아침에 나오면 다른 곳에서 경험할 수 없는 것을 이곳에서 느껴볼 수 있다. 철십자가를 거쳐 2km정도 내려가면 특이한 레퓨지오(Refugio)가 있다. '나의 산티아고'라는 책에 보면 개를 묶어두고 사람만 편히 쉬어가도록 한다는 말로 표현했던 Manjarin의 레퓨지오이다. 예전에는 여기에만 쉼터가 있어 지나가던 순례자들이 묶어가곤 했다고 한다. 철십자가를 지나면서 계속 내리막길이다. 언덕을 올라 갈 때와 달리 내리막길은 좁고 급한 경사의 길이다. 오히려 내려가는 길이 더 힘들고 신경쓰이는 구간이다. Manjarin부터 El Acebo de San miguel는 LE-142도로 옆 비포장길을 따라 내려간다. 경사가 조금 있기 때문에 주의가 필요하다. 출발할 때 제대로 식사를 하지 못하였다면 El Acebo de San miguel에 도착하면 알베르게를 운영하면서 간단한 음식을 판매하는 Café 가 있어 식사가 가능하지만 메뉴가 다양하지 않다.

El Acebo de San miguel마을 끝자락에는 순례길을 자전거로 타고 가다가 여기서 사고를 당한 순례자를 기념하기 위한 자전거상이 세워져 있다. 만큼 주의가 필요한 구간이다. 또한 이 마을은 몇 백년동안 당시 왕으로부터 세금 면제를 받는 대신 순례자를 위해 눈을 치우고 순례길을 표시하는 임무를 부여받았다고 한다.

El Acebo de San miguel부터 Riego de Ambrós,를 거쳐 Molinaseca까지는 계속 경사가 급한 좁은 오솔길과 완만한 경사의 등산로 같은 비포장길이 계속 이어지기 때문에 무거운 배낭을 메고 걸어가기에는 힘들 수 있다. 도로에 갓길이 없기 때문에 도로를 따라 내려가는 것은 위험하다. 그나마 내리막길에서 바라보는 풍경이 아름다워 위안이 된다. Molina seca부터 Ponferrada까지는 LE-142도로 옆 보도를 따라 걷는 구간이라 편하다. 하지만 초반에 긴장하고 기운을 많이 소진한 상태라면 도로길에서 더욱 주의를 기울여야만 사고가 나지 않을 것이다. Astorga에서 Ponferrada까지는 약 52km 구간으로 해발 1,500m가 넘는 산을 넘어야 하고 내리막 길도 쉽지 않은 구간이다. 메세타 평원 구간이라면 힘들이지 않고 이동할 수 있는 거리이지만 여기는 그렇지 않다. 오르막과 내리막이 긴 작은 피레네 산맥 구간처럼 느껴지기 때문에 일정을 조율하여 3일에 나누어서 이동하는 것도 추천한다.

그래서 Astorga ~ Rabanal del Camino(25.2km) | Rabanal del Camino ~ El Acebo de San Miguel(16.8km) | El Acebo de San Miguel ~ Ponferrada(15.6km)의 구간으로 나누어서 이동하는 것도 고려해볼만 하다.

급한 내리막이 끝나는 Molinaseca에 다다르면 오후 1,2시 정도에 도착한다. 아무리 빨리 내려오려고 해도 배낭을 메고 움직이기 때문에 속도를 낼 수 없다. Molinaseca는 식도락의 도시라고 불리울 만큼 여러 대표 음식과 Bierzo에서 생산한 와인과 증류주(Aguardientes)을 맛볼 수 있는 곳이다. 그래서 레스토랑이나 Bar와 같은 식당이 많은 곳이기 때문에 충분한 시간을 가지고 식사와 휴식을 취한 후 이동하는 것이 좋다. Molina seca부터는 마을의 지붕색깔이 바뀐다. 이전에는 붉은빛 지붕의 기와를 사용하였다면 Molinaseca부터는 검정색 기와 지붕을 사용하여 어둡게 보인다. Ponferrada 가는 길은 단순하다. 우선 Ponferrada라는 지명의 유래를 알아보면 2개의 강이 겹치는 장소이며, 이곳을 지나는 순례자들을 보호하기 위해 Astorga의 주교가 다리를 건설하면서 만들어진 도시인데 Ponferrada라는 이름은 '철로 만들어진 다리' 라는 의미를 가지고 있다.

Ponferrada로 가려면 Molinaseca마을 끝자락 로터리에서 왼편 LE-142도로따라 직진하면 된다. 중간에 노란색 화살표가 보이지 않아도 계속 직진하면 된다. 3km 정도 걸어가면 URB Patricia마을 초입에 노란색 화살표가 2군데로 보인다. 정상적인 루트는 입구 삼거리에서 왼편 마을 외곽길을 따라 Campo를 경유하는 길이다. Ponferrada 도시 초입 회전교차로에서 Boeza다리(Puente Boeza

(Siglo XVI))를 건너야 한다. 여기에도 노란색 화살표가 2개가 보이는데 '←'와 'A →'의 표시가 보인다. 'A'가 표기된 것은 공립 알베르게를 찾아가는 표시이며, 그냥 화살표가 순례길 화살표이다. 이를 헷갈리면 도시를 헤매고 다녀야 한다.

Ponferrada는 템플기사단의 성이 있다. 이곳에는 매년 7월 중순 여름의 첫 번째 보름달이 뜰 때 중세의 템플 기사단을 기리며 밤을 보내는 축제를 벌이며 중세식 복장을 한 사람들이 Templarios 광장부터 성채까지 행진을 하고, 템플 기사들에게 성배와 성궤를 헌납하는 모습을 재현한다고 한다. 운이 좋다면 관광삼아 도심을 둘러보는 것을 추천한다.

Albergue 정보

이름	Albergue parroquial San Nicolás de Flüe
숙박비 (유로)	Donative
베드수|형태	186 bed/1방 | Domitory
담요제공여부	No, 1회용 커버 제공(무료)
부엌|조리시설	Yes

화장실|샤워장	Yes |Yes (구분)
세탁기|건조기	Yes |Yes (유료)
아침식사 제공	yes
인터넷 사용	WiFi 가능(1시간 단위로 별도 ID발급 받아야 함)
주변 편의시설	Supermercado | Bar | Restaurante Yes.

기타 정보

1) 2층에 방으로 구분되어 있어 8명 단위로 입실. 1회용 시트 무료 제공

2) 알베르게에서 제공하는 시트커버를 무조건 사용하는 것을 권장함.

3) 공립 알베르게에 도착하여 체크인을 할 때 오스피탈레로가 차가운 물과 시원한 오렌지주스를 준비하여 순례자에게 제공한다. 부엌이 넓고, 대형마트가 500m 정 도 거리에 있다. 알베르게 야외에서 식사 가능

Camino De Santiago - 26일차

출발지   Ponferrada

도착지   Villafranca del Bierzo

거리|시간   24.2 km | 6 시간

주요지점   Ponferrada ~ Camponaraya ~ Cacabelos ~ Valtuille de
              Arriba ~ Villafranca del Bierzo

자치주   Castilla y León

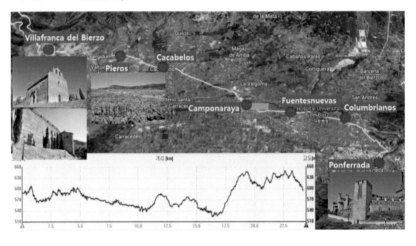

　노란색 화살표는 기본적으로 순례길과 공립 알베르게를 찾아 갈 수 있도록 표시를 해 놓았다. 이를 햇갈리면 헤맬 수밖에 없다. Ponferrada의 공립 알베르게 위치가 시내 동쪽 끝자락에 있기 때문에 다시 순례길로 나서려면 템플기사단 성 앞까지 거꾸로 걸어와야 한다. 그래서 화살표가 헷갈릴 수 있다. Ponferrada는 옛 도시의 모습을 갖추고 있어 작은 골목이 많아 찾아서 나가는 것이 쉽지 않다. 그나마 도로 주변에 노란색 화살표와 순례길 가리비가 그려져 있어서 찾을 수 있다. 그래도 길을 찾기 어렵다면 Cubelos다리(Puente Cubelos)를 건너 Plaza Julio Lazurtegui 로터리에 도착했다면 정면 LE-713도로를 따라 7km정도 직진하면 Camponaraya 에 도착한다. Original 코스는 도심 외곽 으로 돌아 Columbrianos를 경유하여 Camponaraya로 가는 9.7km 구간이다. Original루트로 가면 도심 외곽 Santa María de Compostilla성당을 가로지르 는 구간에 '산티아고길의 관문(Pasaje "Camino de Santiago")'이라는 상징적 인 곳을 지나간다. 그리고 성당을 마주하 고 넓은 공원처럼 펼쳐진 녹지지역을 걷는 평온한 길이다.

Camponaraya는 지나가는 순례자들 에게 포도주를 나누어 주던 비니꼴라협회 (Cooperativa Vinicola)가 있는 도시이 며 단체로 순례길을 걷는 학생들이 많이 보이기 시작하는 곳이다. 게다가

Cacabelos로 가는 갈림길이 있는 곳으로 Carracedo del Monasterio를 경유하여 3km정도 더 길게 우회하는 코스를 소개하고 있으나 Camponaraya에서는 Orginal루트만 찾기 쉽고 우회길 표시는 찾기 어렵다. 나름 조용하고 평온했던 순

례길이 젊은 학생들의 수다에 북적거리고 생기가 도는 순례길로 바뀌었다. Sarria부터는 더 많은 학생들이 모여 순례길 위에 사람 머리만 보일 정도이다.

Ponferrada부터는 메세타 평원처럼 단순하고 평이한 모습은 사라지고 산과 언덕, 들판, 그리고 작은 도심을 잇는 순례길로 바뀌어 풍경을 바라보며 걷는 재미가 쏠쏠하다. 게다가 마을마다 작은 성당과 무덤의 모습들이 시선을 끌면서 발걸음을 더디게 한다. Ponferrada에 도착한 이후 한낮에 기온이 치솟아 오르기 시작했다. 7월 여름이라는 것을 상기시키듯 뜨거운 기운이 오전부터 올라온다. 그나마 곳곳에 마을과 숲길에 쉴 수 있는 그늘이 있지만

Cacabelos부터는 너른 포도밭 외에는 키 큰 나무가 없는 구릉이 겹치는 산지여서 더위에 힘들게 걸어야 하는 순례길이다.

Cacabelos부터 너른 포도밭이 마을 주변을 에워싸고 있다. 이곳은 Bierzo 포도주의 중심지라고 한다. 스페인 북부지방 순례길에서 만날 수 있는 Vino Tinto의 주요 생산지 중 하나이다. 이후 한국에서 스페인 와인을 찾을 때 La Rioja 또는 Bierzo가 생산지인 와인을 찾을 정도이다. 아는 만큼 맛있는 와인을 선택할 수 있는 법이

다. Cacabelos에는 와인이외에 특산주가
더 있다. 오루호(Orujos)라는 포도 넝쿨
을 발효하여 만든 전통주가 있다.

　뜨거운 햇볕아래 걷기가 쉽지 않다. 그나
마 그늘이 있고 휴식을 취할 수 있는 마을
은 Cacabelos에서 4km 떨어진 Valtuille
de Arriba 뿐이다. 그전에 도로 옆 Pieros
마을은 쉼터가 없다. Pieros에서 LE-713
도로를 따라 가면 목적지에 도착할 수 있
으나 Valtuille de Arriba로 우회하도록
순례길은 안내하고 있다. 도로 옆에는 안
전하게 걸을 수 있는 갓길이 없지만 일부
순례자들은 빨리 도착하기위해 도로 옆길
을 따라 가기도 하며 외국 가이드북에서
도 소개를 하고 있다. 하지만 Original루
트는 Valtuille de Arriba를 경유하여 포
도밭 사이 농로를 따라 가는 순례길이다.
여기서 마지막 휴식을 취한 후 5km 정도
걸어가면 Villafranca del Bierzo이다.

　순례길을 시작했을 때가 여름이 시작하는 시기였으나 26일차가 지나는 지금은 한

여름이 지나는 시기이다. Najera에서 만났던 포도농장의 포도는 막 열매가 생기기 시작하였는데 지금은 나름 포도송이 자태를 들어내 녹색의 알들이 익어가고 있다. 순례길을 걸어온 한 달여 시간 동안 포도밭은 많은 변화를 일으켰다.

"과연 순례길에서 나는 어떠한 변화가 생겼을까?"

아직은 알 수 없지만 중요한 것은 마음 속이 평화롭다는 것이다. 걱정도 없고 오로지 기쁘고 작은 편안함이 주는 행복을 느끼고 있는 중이다. Villafranca del Bierzo에 가까워지면서 이전과 다른 풍경으로 바뀐다. 평지보다 시야를 가리는 산줄기가 많아졌다. 그래서 좀더 익숙한 한국적인 모습이 보여서 바라보는 풍경이 너무나 편하기만 하다. 언덕위에 집이 하나 서있는 모습을 보며 한국 가요의 한구절이 생각난다.

' 저 푸른 초원위에 ~~ 그림같은 집을 집고~~ 사랑하는 우리 님과 ~~~ '

246

가사 그대로 푸른 벌판에 세워진 집이 너무나 멋드러져 보인다. 햇볕 아래 몽롱한 정신상태로 한 시간 정도 걸어 Villafranca del Bierzo에 도착했다. 마을 초입에 공립 알베르게가 있고 좀더 마을로 내려가면 Santiago성당이 자리를 잡고 있다. 성당의 문은 '용서의 문(Puerta del Perdón)'이라고 불리며, 병이 들거나 지쳐 서 순례를 마칠 수 없는 순례자들에 한해서 Santiago de Compostela에서 받는 순례자 인증서와 축복과

미사를 받을 수 있도록 해주었다고 한다. 바로 옆에 낡아 보이는 성당이 무척이나 독특함과 역사를 가지고 있으니 그냥 지나쳐 버리지 않았으면 한다.

이곳 공립 알베르게는 2층에 침대방이 있고 1층에 부엌과 거실이 있는데 침대 사이가 매우 좁아 불편할 수도 있다. 공립 알베르게에서 마을쪽으로 100여m 내려가면 사립 알베르게가 줄지어 서있다. 그중 Albergue Ave Fénix에 순례자들이 많이 찾아가는 곳이다.

Albergue 정보

이름	Albergue de peregrinos de Villafranca del Bierzo
숙박비 (유로)	6 유로
베드수│형태	62 bed/1방 │ Domitory

담요제공여부	No, 1회용 커버 제공(무료)
부엌│조리시설	Yes
화장실│샤워장	Yes │Yes (구분없음)
세탁기│건조기	Yes │Yes (유료)
아침식사 제공	No
인터넷 사용	WiFi 가능
주변 편의시설	Supermercado │ Bar │ Restaurante Yes,

기타 정보

1) 알베르게가 마을 초입에 있어 슈퍼마켓이나 약국 등 이용할 경우 약 700m 정도 걸어가야 함
2) 1층에 거실 및 부엌이 있음. 인터넷은 1층에서만 사용 가능
3) 침대 사이가 좁아 2층으로 올라가기 어렵다. 여름에는 더운 편
4) Bierzo는 와인 산지로 유명

에피소드 7 순례길의 숙소, 레퓨지오? 알베르게?

순례길의 숙소인 알베르게에 도착하면 방배정을 받은 후 리셉션룸을 둘러본다. 주변 관광지, 교통편 정보 등을 확인할 수 있고 버리고 간 책이나 물품 등이 쌓여 있어 필요한 경우에 가져갈 수도 있다. 그곳에서 '나의 산티아고'라는 책을 발견하여 보게 되었는데, 책에 보면 순례길에서 쉬어가는 숙소를 '레퓨지'라고 소개하고 있다. 하지만 최근에는 레퓨지(Refuge)라기보다 알베르게(Albergue)라고 부르는데 무슨 차이가 있을까라는 궁금증이 생겼다. Saint Jean Pied de Port에서 출발하여 피레네를 넘을 때 들판에 외딴 작은 집 하나가 보이는데 이를 레퓨지(대피소)라고 소개하고 있다. 더우기 Saint Jean Pied de Port에서 머물렀던 공립알베르게 조차도 'Municipal Albergue'가 아닌 'Refuge Municipal'로 되어 있다. 순례길에 여러 이름의 순례자 전용숙소가 있는데 어떻게 다른지 알아보자.

1. Refugio(Refuge)

스페인어 사전을 찾아보면 레퓨지오는 대피소, 피난처 라는 의미이다. 영어로는 Refuge, 스페인어로 Refugio이다. 1980년대까지는 알베르게라는 순례자숙소가 없었던 것으로 보인다. 순례자가 숙박할 수 있는 곳은 대피소(레퓨지), 호스텔, 또는 수도원 또는 성당에서 운영하는 숙소가 전부였는데 이를 보통 Refugio라고 불렀던 것으로 보인다. 그래서 Saint Jean Pied de Port뿐만 아니라 Manjarin에 있는 알베르게도 레퓨지오라고 불렀고 정식 숙소라기보다 산악지역에 위치한 피난처 역할로 현재는 바뀌었다. 이후에 순례자가 늘어나기 시작하면서 부족한 숙소를 채우기 위해 시립, 공립, 수도원에서 숙소를 추가로 만들었는데 이것이 알베르게이다.

2. Albergue

사전적의미로 보면 여관, 숙박소, 숙박지의 의미를 가지고 있으며, 영어로도 같은 의미이다. 수많은 순례자들이 머물 수 있는 공간이며, 오로지 순례자들만 머물 수 있는 곳이다. 대부분의 알베르게는 10~200베드의 침대를 가지고 있으며, 부엌, 화장실과 샤워실, 거실, 2층침대로 구성되어 있다. 알베르게는 명칭에 따라 여러가지로 구분이 되며, 사립 알베르게를 제외하고는 나머지는 공립 알베르게로 분류한다.

대부분 1박에 5~10유로로 내외이며, 연이어 숙박을 할 수 없다. 지역에 따라 여러 개의 공립 알베르게가 존재하기도 하지만, 대부분 마을 마다 공립 알베르게는 하나씩 존재하며, 나머지는 사립 알베르게이다. 알베르게에서 머물러야 하는 이유는 순례자여권(Credencial)에 스탬프를 받기위해서이다. 스탬프(Sello)가 있어야 순례길에 있었음을 인증할 수 있고 도착해서 완주인증서를 받을 수 있다. 예전에는 공립 알베르게에서만 인정되었다고 하는데 최근에는 사립 알베르게에서 머물러도 인정이 된다. 특히 자전거 순례자들은 공립 알베르게 사용에 제한이 있기 때문에 사립 알베르게나 호스텔을 이용해야 한다.

알베르게의 명칭을 좀더 구분하면, 'Municipal Albergue'는 시에서 만든 시립 알베르게로 가장 많이 보이는 알베르게이다. 침대수는 다양하며 도시에 따라 시설이 열악한 곳도 있으나 최근에 시설이 개선되어 사립과 차이가 없는 곳도 많다. 'Xunta de Albergue'는 Galicia 주정부가 만든 알베르게로 Galicia지역에만 Xunta라고 표시되어 있으며 대체적으로 최근에 개보수를 통해 시설이 상당히 깨끗하며, 침대수가 100베드이상 된다. 하지만 트랜스퍼 서비스를 받아주지 않고 부엌시설이 없거나 열악해서 주변 식당을 이용해야 한다. 'Parroquial(Paroissial) de Albergue'는 지역의 천주교 교구에서 운영하는 알베르게로 수도원, 성당의 일부분을 할애에서 만든 공간이다. 여타의 공립 알베르게에 비해 자체행사가 있거나, 입실, 퇴실 시간이 엄격하게 적용된다. 독특한 성당의 모습이나 생활을 경험하기위해 일부러 찾아가는 경우도 있으며, Carrion de los Condes에 있는 Santa Maria 알베르게가 대표적이다. 'Juvenil Albergue'는 유스호스텔이라 부를 수 있는 곳으로 시설은 좋지만 숙박비가 비싼 편이다.

'Privado Albergue'는 사립 알베르게로 순례길을 완주한 사람만이 사립 알베르게를 운영할 수 있는 권한이 있다고 한다. 그렇지 못한 사람이 알베르게를 운영할 수 없기에 민박집처럼 운영하는 곳도 꽤 많이 볼 수 있다. 사립 알베르게는 10~20베드 내외이며 시설은 공립에 비해 깨끗하고 소규모로 운영하기 때문에 조용하게 쉬거나 소규모 단체가 사용하기도 한다. 대부분

화장실과 샤워실은 남녀 구분되어 있으며 가격은 10~17유로 내외이며 마을 길가에 홍보용 간판이나 안내 유인물을 자주 접할 수 있다.

3. Gite

생장에서 출발하여 Orisson에 도착하기 전에 보이는 숙박지로 프랑스어로 숙박지를 의미한다. 여기도 순례자가 머물 수 있으며 15~27유로 정도이며, 저녁식사를 제공할 경우 비용을 더 지불해야 한다.

Roncesvalles부터는 스페인영역이라 Gite는 없고 대부분 알베르게이다.

4. Casa Rural / Demi pension(half-board) / Chambres(Bedroom)

알베르게와 민박집의 가장 큰 차이는 크레덴시알에 Sello(스탬프)를 받을 수 있느냐인데 민박집에서는 받을 수 없다. 알베르게에서는 Sello를 찍고 관리명부에 별도로 기록도 하지만 민박집은 그렇지 않다. 그래서 알베르게가 순례길을 걸었다는인증 수단이 되기도 한다. 깨끗하고 번잡스럽지않는 숙박을 원하는 사람들이거나 늦게 도착하여 알베르게에 들어갈 수 없다면 Casa Rural과 같은 민박집을 이용하기도 한다. 대부분 2층침대대신 싱글침대 또는 1, 2인실로 구성되어 있으며 30유로 이상으로 비싸다. 이와 비슷한 것으로 Pension이라 불리우는 곳이 있는데 이곳은 우리나라 펜션같은 숙박지로 생각해도 비슷하다.

5. Hostel

우리나라의 호텔이나 모텔과 같은 숙박업소이다. 비용이 가장 비싸고 고급스럽다. 아침식사를 포함하여 제공하기도 하는데 여기는 방 당 금액을 받기보다 사람 수당 금액을 받는다. 'The Way'라는 영화를 보면 옛 궁을 이용한 Parador de León호텔이 나오는데 이러한 곳에서 숙박하는 것도 나름에 운치있는 여행이 될 것이다. 하지만 모든 호텔이 시설이 좋은 것만은 아니다. 가격 차이, 침대구조만 다를 뿐 사립 알베르게 정도의 시설을 가지고 있는 곳도 많다. 일부는 호텔과 사립 알베르게를 겸하여 운영하는 곳도 있는데 Puente la Leina에 있는 Jakue 호텔이 이런 경우에 속한다.

순례길이 유명해진 이유는 순례길 자체의 종교적 이유도 있지만, 걷고, 쉬고, 먹고, 자고 할 수 있는 기반시설이 잘 되어있기 때문에 혼자서도 걷기여행이 가능하다는 것이 가장 큰 이유이다. 순례자라면 꼭 알베르게를 이용해야 한다고 말하는 경험자들도 있지만 상황이나 취향에 따라 호스텔이던 유스호스텔이던 사용하는 것도 무방하다. 중요한 것은 순례길을 즐길 수 있는 자신의 방법이라면 어떻게 하더라도 괜찮다고 생각한다. 하지만 자주 사용하면 순례길 인증을 받을 수 없으니 주의가 필요하다. 공립 알베르게가 사립 알베르게보다 좋은 점은 분명히 있다. 외국인순례자를 만나고 소통하고 교류하다보면 색다른 시야를 가지게 된다는 점이며 기대하지 못한 이벤트가 만들어지는 곳이 공립 알베르게이다.

Special Thanks to,

글을 쓰다 보면 부족한 정보가 있기 마련이다. 이럴 때 주변에 있는 순례길 유경험자들을 통해 정보를 얻거나 조언을 듣게 된다. 특히 도움을 많이 주신 닉휘님에게 고마움을 전한다. 덕분에 순례길 가이드북을 작업하고 마무리할 때까지 많은 도움을 주셨고 이외에 길여행하면서 응원해주신 '길위에 여행' 카페 회원에게도 감사를 드린다.

Buen Camino!!!!!!

Camino De Santiago - 27일차

출발지	Villafranca del Bierzo
도착지	O Cebreiro
거리|시간	27.8 km | 8 시간
주요지점	Villafranca del Bierzo ~ Trabadelo ~ O Cebreiro
자치주	Castilla y León /Galicia

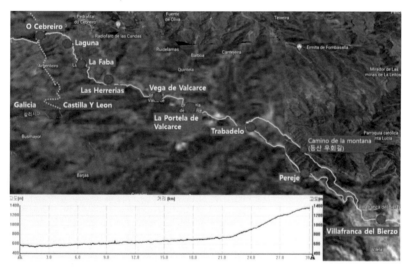

Villafranca del Bierzo는 유명한 와인 산지이자 계곡에 자리잡은 순례자를 위한 도시라고 불린다. Camino로 인해 조성된 도시이기에 성당과 귀족의 성이 많이 있는 곳이다. 게다가 O Cbebreio로 등산하기(?)전에 있는 큰 도시이기때문에 필요한 물품을 준비할 수 있는 곳이다. 특히 아구아 거리(Calle del Agua)는 돌로 포장된 옛 마을길을 그대로 볼 수 있는 곳으로 순례길 루트이기도 하다. 공립 알베르게는

마을 초입에 있기 때문에 의약품이나, 간식 등을 준비하거나, 식당을 찾아가려면 걸어서 5분 정도 가야한다.

Villafranca del Bierzo에서 O Cebreiro로 가는 길은 해발 1,300m까지 올라가는 오르막 구간으로 앞서 Foncebadon을 넘었던 길보다 힘들다. 그래서 체력이 약한 순례자들은 이 구간을 2번에 나누어서 이동하거나 동키서비스를 이용하여 배낭을 O Cebreiro까지 운반하고 걸어가는 순례자들도 많다. 특히 여름시즌에 이곳에 걸어 올라가려면 땀을 많이 흘리기 때문에 충분한 식수를 준비하고 간식거리를 챙기는 것이 필요하다. 게다가 도로를 따라 가야 하는 구간이 많은데 안전펜스가 있는 구간도 있고 없는 구간에서는 차량을 조심해야 한다. O Cebreiro 가는 길은 '나의 산티아고'라는 책에도 가장 힘들고, 위험하고, 고생스러운 길로 묘사하고 있는데 좀 더 안전하게 걸을 수 있는 우회길이 존재한다.

Medieval de Villafranca다리(Puente Medieval de Villafranca)를 건너면 갈림길이 나오는데, 직진하는 길과 오른쪽 오르막길이 보인다. 직진하면 Original루트이며, 오른쪽 오르막길로 접어들면 능선을 타고 Pradela를 거쳐 Trabadelo에서

Original루트와 만나는 우회길이다. 도로의 위험한 구간을 우회하기는 하지만 11km로 Original루트에 비해 1.5km 정도 더 길다. 그래서 대부분의 순례자들은 Original 루트를 따라 도로길을 선택한다. 아주 예전에는 도로 옆에 안전펜스가 없었다고 한다. 하지만 현재는 안전하게 걸을 수 있도록 안전펜스가 설치되어 순례자들이 안전하게 걸을 수 있도록 배려해 놓았다. 단지 횡단보도에 신호등이 없다는 것이 위험요소일 뿐이다. 새벽에 출발하여 이곳을 지날 때는 차량이 별로 없고 운전자들은 순례자를 먼저 생각하기 때문에 정지하여 건너갈 수 있도록 배려해준다.

O Cebreiro가는 길에 마을을 자주 만난다. 2.3km마다 마을이 있지만 Bierzo를 출발하여 처음 만나는 Pereje는 베드타운 같은 작은 마을이며 흡사 유령도시처럼 보인다. 그래서 Bar 나 Café가 없어 약 4km  정도 지나 Trabadelo에 도착해야 식사하거나 휴식을 취할 수 있는 Café나 Bar가 있다. 이곳에 있는 마을은 곳곳에 'Por Vende(매매합니다)'라는 쓰여진 빈집이 많다. 초반에는 쉬고 싶어도 쉬어 갈 Bar가 없다. 아니 열지 않아 들어갈 수 없었다. Café나 Bar에 들리면 비오는 날을 제외하고는 대부분 외부 테이블에 앉아서 쉰다. 실내에서 좌석이 있지만 순례자들은 약속이나 한 듯 밖에 앉아서 휴식을 취하면서 지나가는 순례자 동지들과 인사를 나눈다. Trabadelo는 협곡에 위치한 마을이라는 잇점을 살려 통행하던 순례자를 약탈하던 악명높은 마을이었다고 한다. 귀족들은 순례자를 보호한다는 명목으로 통행료를 강제 징수하였고 이러한 악행을 저지하기위해 알폰소 6세와 템플기사단이 참전하여 귀족과 도둑떼를 토벌하였다. 이후에 악습은 사라지고 순례자가 평온하게 지날 수 있는 길이 되었다고 한다.

Trabadela부터 La Portela Valcarce까지는 화살표가 잘 보이지 않았다. N-VI도로를 따라 오른쪽 방향으로 걸어가야 한다. 트럭휴게소(Estación de Servicio Valcarce La Portela)를 지나 La Portela Valcarce마을 입구로 접어들면 된다. La Portela부터는 노란색 화살표가 잘 보인다. 특히 마을 초입에는 순례자동상이 세워져 있고 그 앞에 현재까지 남은 거리와 Roncesvalles에서 걸어온 거리가 표기되어 있다.

오르막 구간이지만 평지 구간처럼 느껴진다. Astorga에서 Foncebadon 갈 때는 전체 구간에 걸쳐 천천히 올라가는 오르막 구간이라면, O Cebreiro가는 길은 Vega de Valcarce까지 평지길이라면 이후부터 점차 경사가 느껴지며, Las Herrerías부터 본격적인 오르막 구간이

시작된다. 체력을 보충하고 산길을 올라야 한다. 프랑스루트 전체 구간 중 가장 힘든 구간이다. 구간 거리도 27.8km로 긴 구간에 해당한다. 그래서 여유롭게 휴식을 취하면서 가려면 이른 아침에 출발하는 것이 상책이다. 그렇지 않고 급하게 서두르

다 보면 체력 안배가 되지 않아 힘들 수 있
다. Las Herrerías마을을 벗어나면 갈림길
이 나타난다. 오른쪽 포장된 길은 자전거
전용 포장 도로이고, 왼쪽 비포장길이 걸
어가는 순례길이다. 대부분의 순례자들은
자연스레 왼쪽 걸어서 가는 길을 선택하여
La Faba를 거쳐 간다. 여기서도 선택은 가
능하다. 덥고 그늘이 없더라도 완만한 경
사의 포장길을 따라 La Laguna에서 합류
하여 O Cebreiro로 갈 수도 있고, 짧고 굵
게(?) 오르막을 올라 La Faba를 거쳐 똑같
이 La Laguna를 통해 O Cebreiro로 갈
수 있다. 포장된 도로길은 편하기는 하지
만 2km정도 더 거리가 길다는 것을 참고
하길 바란다.

　왼쪽 멀리 능선을 따라 시선을 산 위쪽으
로 돌리면 숲 속에 작은 마을인 La Faba
가 보인다. 그리고 산 위에서 내려다보는
풍경이 멋지다. 한국의 산세와 비슷함 동
질감을 느낄 수 있는 구간이자 Galicia지
방에 가까워지고 있음을 보여주는 풍경이
다. La Laguna에서 O Cebreiro까지는 약

2.5km 정도 남았다. 폭이 좁은 비포장 오솔길을 따라 걸어야 한다. 키가 큰 나무가 없어 땡볕을 받으며 걸어야 한다. 간혹 말을 끌고 내려오는 사람을 만나기도 한다. Las Herrerías부터 서비스를 의뢰하면 말을 통해 짐을 옮기거나 타고 O Cebreiro 까지 이동할 수 있다고 한다.

순례길 중간에 커다란 비석이 보인다. 비석을 지나면서 Castilla y León지방을 벗어나 Galicia 지방으로 접어든다. 주도가 바뀌는 자리에 표시석(Punto de entrada a Galicia)을 세운 것이다. 이후부터 본격적으로 순례길의 마지막 지역에 다다랐고 점점 끝이 보이기 시작한다. 이 고개만 넘으면 마치 Santiago de Compostela에 도착할 것 같은 느낌을 받는 곳이다. 언덕 정상에 도착하면 O Cebreiro이며 중앙에 Santa María성당(Santuario de Santa María a Real)이 자리하고 있고, 수 많은 관광객과 순례자들로 붐비는 곳이다. O

Cebreiro를 찾는 이유는 이곳이 성모 마리아의 성체 발현과 성배의 기적이 있었던 성당이 존재하기 때문이다. 순례길은 이렇게 종교적 이유가 있는 곳을 지나는 길이

다. 하지만 비종교인이나 타종교인이라고 오지 못할 곳은 아니다. 좋은 풍경을 보며 자신의 내면을 들여다보고 깨달아야 함은 모든 종교의 공통점이기 때문에 이곳은 종교의 순례길이라기 보다 나를 찾는 순례길이라는 말이 더 어울릴지도 모른다.

O Cebreiro의 공립 알베르게는 마을 외곽에 홀로 선 2층 건물이며 오후 3시에 개방한다. 그전에 도착하면 배낭을 세워 자신의 순서를 표시한다. 공립 알베르게의 침대수는 104개인데 순례자는 더 많이 몰

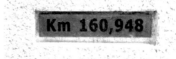

려오기 때문에 자리 배정을 받지 못하는 경우도 생긴다. 무조건 선착순이기 때문에 늦게 온 순례자들은 근처 호스텔을 이용하거나 Linares로 이동해야 한다. 오늘 일정이 가장 알베르게 자리쟁탈전이 심하고,

오르막길 난이도가 높았던 코스이기 때문에 가장 힘들었던 일정이다. 더 이상 올라갈 길이 없고 이제는 내리막길만 남았다. 산위에서 내려다보는 풍경은 아름답지만 해가 지면 해발 1,300m에 위치한 알베르게는 제법 춥다. 그래서 보온에 신경써서

261

잠을 자야 한다.

O Cebreiro부터 Galicia 지방이 시작하기 때문에 변한 상황이 있다. 더이상 공립 알베르게에 배낭트랜스퍼 서비스를 할 수 없고 오로지 사립 알베르게만 이용해야 한다. Galicia 지방은 숲길이 많고 자잘한 오르막과 내리막이 많은 시골 마을의 모습을 가지고 있으며 비오는 날이 많아 체력 안배와 우비가 필수인 지역이다.

Albergue 정보

이름	Albergue de peregrinos de O Cebreiro
숙박비 (유료)	6 유로
베드수 l 형태	106 bed/1방 l Domitory
담요제공여부	No, 1회용 커버 제공(무료)
부엌 l 조리시설	No
화장실 l 샤워장	Yes l Yes (구분있음)
세탁기 l 건조기	Yes l Yes (유료)
아침식사 제공	No
인터넷 사용	WiFi 불가
주변 편의시설	Supermercado 작은 식료품점 수준 임.
	Bar l Restaurante Yes,

Camino De Santiago - 28일차

출발지　　O Cebreiro

도착지　　Triacastela

거리|시간　20.8 km | 8 시간

주요지점　O Cebreiro ~ Alto de Poio ~ Fonfria ~ Triacastela

자치주　　Galicia

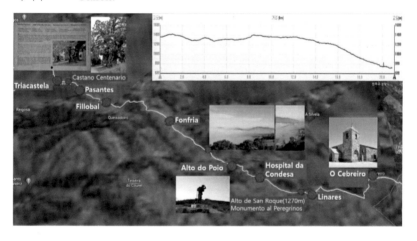

더 이상 오르막은 없다. 그저 피레네만 넘으면 될 거라는 안이한 생각을 바꿔준
곳이 O Cebreiro가는 길이다. 게다가 프랑스루트의 마지막 지역인 Galicia에 처
음으로 접어든 곳이기도 하다. 이제 남은 거리는 150여 km정도로 일주일 정도 걸
어가면 Santiago de Compostela에 도착한다. 끝나지 않을 것 같았던 순례길이 이
제는 마무리를 준비해야 하는 상황으로 바뀌었다. 지금까지 걸어오면서 나는 무엇
을 얻었고 무엇을 원하는지 아직까지 답을 얻지 못했다. 꼭 답을 얻어야 하는 것은
아니지만 한편으로는 무언가 마음에 남겨야 할 것 같은 초조함이 엄습한다. 그냥 마

음을 내려놓고 걱정을 털어낸 것만해도 성공적인 순례길을 보낸 것이다.

O Cebreiro 알베르게 뒤편으로 내려가는 길은 두 갈래로 나누어 진다. 알베르게 아래 도로를 따라 가는 길과 알베르게 뒤편 산길을 따라 가는 길이다. 어디를 가도 Linares에서 만나며, 거리차이는 거의 없지만 안전하고 편하게 가려면 도로보다는 숲 오솔길로 가야한다. 이제부터는 Alto do San Roque까지 오르막과 내리막이 반복되고 이후에는 내리막길이다. **이후 Alto de Poio를 깃점으로 내리막길이 계속된다. 이 구간은** 고도가 높기 때문에 기온이 낮다. 그래서 이른 아침에 출발할 때 보온이 될 만한 옷가지를 입고 나서야 한다. 그래서 어두울 때 용이하게 사용할 헤드랜턴이 필요하다. 스마트폰 플래시를 사용해도 되지만 추운 날에 손이 시려울 수 있으니 별도 준비하는 것이 좋다. 게다가 넓게 비추기보다 좁고 멀리까지 비출 수 있는 헤드랜턴이 이른 새벽에 길을 나설 때 최고의 용품이다. Linares를 지나면 도로 옆에 순례자의 동상이 보인다. 이곳에서 왔던

길을 되돌아보면 일출을 볼 수 있는 포인트지점이다. 바다에서 뜨는 해만큼 산위에서 뜨는 일출의 풍경도 멋지다. Triacastela 가는 길은 좁은 오솔길과 시골마을길이다. Galicia지방은 숲과 낮은 야산이 많다. 제법 한국적인 시골길 풍경을 보여주어 친숙함을 느낀다. 메세타 평원의 탁트인 벌판을 가로지르는 넓은 길이 아니라 오밀조밀 산을 둘러 마을을 가로지르는 오솔길 같다. 그래서 어느 지역보다 훨씬 시골(?)스러운 분위기속 순례길이다. 이전에는 볼 수 없었던 독특한 건물도 여기서는 만날 수 있다. 오레오(Horreos)라는 공중에 떠있는 헛간 건물이 집집마다 보이며, 옛 켈트인이 주거지로 사용하고 스페인에서 오래된 건물 양식인 빠요사(Pallozas)는 O Cebreiro에 몇 채만 남아 있다. 게다가 이른 아침 마을을 가로질러 갈 때는 소몰이하는 모습도 심심치 않게 만난다. 모두가 목가적인 시골 풍경이다. 그래서 작은 마을은 많지만 식사를 한 만한 Bar나 Café가 거의 없다. 그나마

Padornelo와 Fonfria에 작은 식당이나 Bar가 있어 식사가 가능하다. 이후에는 거

의 없기 때문에 비상식량을 준비하면 도움이 된다. **필자가 비상식량으로 많이 준비했던 것은** 마리아(Siro Maria)비스킷이다. 담백하고 커피와 먹으면 맛이있고, 아침식사를 제공하는 알베르게에서도 빠지지 않고 보이는 비스킷이다. 그래서 슈퍼마켓에 갈때마다 구매하여 가지고 다녔다.

이른 아침에 시작하는 순례길은 많은 순례자들을 만난다. 그리고 여유로운 시간을 보내기 때문에 나름에 즐기면서 걷는다. 그리고 시골 마을을 걷다보면 마을 주민들이 순례자를 진심으로 도와주는 것도 볼 수 있다. 식수를 제공하는 것은 물론이고 먹을 것이나 간식 같은 것을 나누어 주는 경우도 심심치 않게 본다. 순례자들이 이른 아침에 출발하는 가장 중요한 이유는 공립 알베르게를 여유롭게 신청하여 침대를 배정받을 수 있다는 점이다. 그외에 아침에만 볼 수 있는 일출과 운무 가득한 풍경들은 덤으로 얻는 즐거움이다. 7월에 지나가는 Galicia 지방은 덥다고 느껴지지 않는다. 숲이 많아서 그렇고 아직까지는 지대가 높은 것도 이유이다. 하지만 Santiago de Compostela에 도착할수록

더워지는 것을 경험한다. Triacastela까지는 꾸준한 내리막길이다. 작은 시골 마을

을 계속 거쳐 간다. 그때마다 소떼를 이끌고 소몰이 나오는 풍경을 자주 마주한다. 사람보다 개 한 마리가 많은 소떼를 이끄는 모습은 꽤나 인상적이다.

Alto de Poio에서 300m정도 LU-633 도로를 따라가면 Fonfria가는 길에 짧지만 도로 옆이 아닌 숲길을 따라 걸을 수 있는 우회길이 있다. 도로옆 비포장길과 좀더 풍광을 즐길 수 있는 숲길 중 취향에 따라 선택해도 좋다. Fonfria를 지나면 계곡 아래를 내려다보는 풍경이 멋지다. 꽤 높은 곳에 있다는 느낌을 강하게 받는다. 하지만 한국의 산길처럼 좁은 길은 아니기 때문에 안전하고 풍경을 감상하며 내려가기 좋은 길이다. 간혹 길은 보이지 않고 얇게 펼쳐진 운무만 가득했다. 해가 머리위에 있는데도 운무는 가라앉지 않고 산줄기를 따라 흘러 슬금슬금 산 능선을 넘어가고 있다. 자연은 있는 그대로 받아들이고 거스르지 않

고 환경에 따라 형태를 바꾸며 순응한다. 하지만 사람들은 순응하기보다 자기만에 생각으로 틀을 유지한다. Triacastela 가는 길은 신비롭고 걱정이 없는 세상에서 복잡하고 말이 많은 인간세계로 내려가는 느낌이다. 한국적인 정취가 느껴지는 지역이어서 인지 한국인들은 Galicia지방에 들어서면 편안해하는 느낌을 받는다. 이틀동안 힘들게 산을 넘어왔기에 Triacastela가는 길은 비교적 짧고 쉬운 구간이다.

충분한 휴식을 취할 수 있도록 일정을 계획하는 것도 장거리 순례길에서는 필요하다.

순례길을 다니면 다양한 순례자와 만난다. 그 중에 수시로 마주쳤던 노부부가 있었는데 항상 걸으면서 서로를 챙겨주고 배려를 한다. 배낭이 삐뚤어지거나 문제 있으면 수시로 서로 확인하고 다시 메어주곤 한다. 그리고 길을 이어가고 밥을 먹을 때도 서로 챙기며 미소가 사라지는 날이 없었다. 순례길은 장거리 여정이라 아무리 친한 부부 또는 친구사이라 하더라도 싸우  고 헤어지는 경우가 있다. 서로 이해를 못하기 때문이다. 순례길은 진정한 친구 또는 연인, 부부사이를 확인하는 시험대 같은 곳이다. 서로가 얼마나 알고 있는지 대화하며 이해하는 시간이 될 수 있지만, 반대로 지옥과 같은 힘든 날이 될 수도 있다. 결국 소통이 얼마나 잘 되는지가 관건이다. 다정하게 챙겨주고 고마우면서도 아무 말 없이 받아주는 저 노부부의 모습이 너무나 아름답고 부러웠던 날이다.

Albergue 정보

이름	Albergue-Pensión Complexo Xacobeo
숙박비 (유로)	9 유로
베드수 형태	36 bed/1방	Domitory
담요제공여부	No, 1회용 거버 제공(없음)

부엌|조리시설	Yes
화장실|샤워장	Yes | Yes (구분 있음)
세탁기|건조기	Yes | Yes (유료)
아침식사 제공	No
인터넷 사용	WiFi 불가
주변 편의시설	Supermercado | Bar | Restaurante Yes, 자체 레스토랑이 바로 알베르게 옆 건물에 위치 함.

기타 정보

1) 사립알베르게

2) Galicia지역부터는 공립알베르게에
트랜스퍼 서비스가 되지 않는다.

3) 침실 공간이 넓고 깨끗하여 담요 사용
이 가능

4) 주변에 식당 및 Bar. 순례자메뉴 판매
하는 식당이 있음

5) 공립알베르게는 마을 초입에 위치하
고 있으며 왼쪽 길가에서 떨어져 있다.

Camino De Santiago - 29일차

출발지   Triacastela

도착지   Sarria (por San Xil)

거리|시간 18.4 km | 5 시간

주요지점 Triacastela ~ San Xil ~ Aquiada ~ Sarria

자치주   Galicia

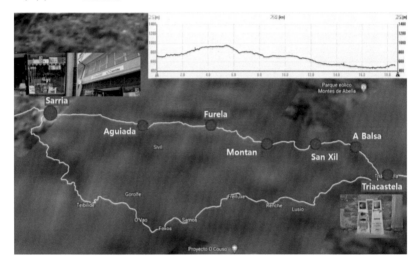

프랑스길은 우회길 또는 갈림길이 존재한다. 날씨 또는 안전을 위해 만들어 놓은 길도 있지만, 길의 의미를 부여해주거나 부각해주는 지역을 찾아가기 위해 여분의 길을 만들어 놓기도 한다. Triacastela에서 Sarria가는 구간에는 2개의 코스가 존재한다. Por Sanxil 과 Por Samos 로 마을을 벗어나기 직전에 양방향으로 노란색 화살표가 설치된 곳을 마주한다. Por Sanxil 루트가 7km정도 짧기 때문에 대부분의 순례자들은 돌아가기보다 산악지대를 가로질러가는 Por San xil루트를 선택하는데 Galicia의 풍경을 함축적으로 경험할 수 있는 구간이기도 하다. 루트표지석은 낙서가 되어 지저분하게 낙서가 되어 있기도 한데 최근에 교체를 하였다고 한다. 하지만 순례길의 역사와 문화를 좀더 알고자 하는 사람이나 순례의 목적이 강하다면 Samos에 있는 수도원을 경유하는 코스를 추천한다.

코스가 짧다는 것은 산지를 가로질러 가야 한다는 의미이다. 그래서 임도처럼 생긴 오르막길을 Triacastela를 출발하여 Por Sanxil까지 가야하는 코스이다. 이른 새벽에 순례길을 나서면 해가 뜨지 않아 무척이나 어둡다. 그래서 노란색 화살표를

찾기 어려워 헤드랜턴이나 플래쉬가 필요로 하다. 가로등도 없고 민가에 불빛조차 없는 조용하고 숲이 울창한 숲길이다. 헤드랜턴을 달고 앞뒤로 이어진 순례자의 행렬은 마치 도깨비불이 우리를 따라오는 것처럼 보인다. 순례자들은 서로 그 불빛에 의지하여 서로 앞서거니 뒷서거니 하며 어두운 숲길에서 화살표를 찾고 헤쳐갔다. 순례길의 동지애는 이렇게 자잘한 친절에서도 나타난다. 어느 누구도 불빛을 끄거나 먼저 가버리지 않는다. 뒷사람이 잘 따라오도록 배려하는 곳이 순례길이다.

Galicia 지방은 평지가 없는 구릉과 산지가 대부분인 지역이다. 그래서 예전처럼 평지에 뜨는 일출은 볼 수 없지만, 대신 숲이 많아 더운 날에도 시원하고 상쾌하게 걸을 수 있는 지역이다. Triacastela를 출발하여 약 3km 정도 가면 작은 샘물이 나오는 쉼터(FONTE DE "OS LAMEIROS")에 도착한다. 여기까지 작은 마을을 지나가지만 아침식사를 할 수 있을 만한 식당은 없다. Montan에 들어서면 작은 Bar나 Café가 보인다.

얼마나 쉬었을까? Bar에서 해가 뜰때까지 거의 한 시간여 시간을 보내고 나서야 자리를 나섰다. 숲과 나무만 있는 사진을 찍어 보내면 한국 어디라고 해도 믿을 것이다. 한적한 시골길에 뜨문뜨문 보이는 순례자 외에는 보이는 것이 따로 없다. 오늘도 어김없이 소몰이 풍경이 보인다. 수많은 소떼가 지나 갈 때는 길을 메우기 때문에 가로질러 갈 수 없어 소떼가 빠져나가기만 기다렸다. 이런 여유를 즐기는 것도 마음을 치유하는 과정이다. 바쁘게 보내다 보면 내 안을 들여다볼 여유가 없기 때문이다.

Montan을 지나면서 하늘을 가리는 숲길을 가로질러 LU-P-5602포장길을 따라 간다. 간혹 도로 변 비포장길이나 마을길을 가로질러 가기도 한다. LU-P-5602포장도로와 마을길이 엇갈리는 곳을 지날 때 도로면에 박석으로 깔아 놓은 것을 자주 확인할 수 있다. 옛 순례길의 모습을 재현한 것이거나 또는 보존하기위해 별도로 아스팔트 포장을 하지 않은 것으로 보인다. 옛길의 모습을 보존하고 유지하려는 모습에서 문화와 역사를 대하는 모습이 우리와 다르다는 것을 느낀다.

Aquiada에 도착하면 Por Samos루트와 합류하게 된다. 그리고 LU-P-5602도로옆 비포장길을 따라 Sarria까지 이어진다. Sarria는 제법 큰 도시이고 기차역과 광역버스가 정차하는 도시이다. 그래서 이곳부터 출발하여 Santiago de Compostela까지 가는 순례자도 매우 많다. 순례길 인증서를 받으려면 최소 100km를 걸어야 하는데 프랑스길의 기준은 Sarria이다. 그래서 어느 도시 보다 훨씬 많은 순례자들로 붐비고 순례길 관광을 위해 찾아오는 관광객들도 Sarria부터 시작한다. 도

심 초입에 한국라면을 판매하는 마트가 있어서 라면이 땡긴다면 구매할 수 있을 것이다. Sarria의 공립 알베르게(Xunta de Galicia)는 노란색 화살표를 따라 가다 Santa Maria de Sarria 성당 앞에 있으며 계속 화살표를 따라 언덕위에 올라 도심 외곽에 다다르면 수도원에서 운영하는 알베르게(Albergue Monas ter io de La Magdalena)가 있다. 침대수에 비해 순례자가 적어 한적하게 보낼 수 있지만 식당이나 마트에 가려면 500여m 걸어 시내로 내려와야 하는 불편한 점이 있다. 대신 장점이라면 이른 아침에 도심을 헤매지 않고 순례길을 나설 수 있고 코를 곯아도 뭐라고 할 사람이 없다는 점이다. 붐비더라도 도심이 가까운 곳에 머물고 싶다면 사립이나 Galicia 공립 알베르게에서 머무는 것을 추천한다.

Albergue 정보

이름	Albergue Monasterio de la Magdalena
숙박비 (유로)	12 유로
베드수ㅣ형태	100 bed/1방 ㅣ Domitory

담요제공여부	No, 1회용 커버 제공(무료)
부엌|조리시설	Yes
화장실|샤워장	Yes |Yes (구분 없음)
세탁기|건조기	Yes |Yes (유료)
아침식사 제공	No
인터넷 사용	WiFi 사용 가능
주변 편의시설	Supermercado	Bar	Restaurante Yes,

기타 정보

1) 알베르게 부엌에 간이 식료품을 판매함. 자판기 보유
2) 시내 중심가의 식당이나 성당에 가려면 0,5km 정도 걸어가야 한다.
3) 침실 공간이 넓고 깨끗하며 담요 사용이 가능

에피소드 8 순례자여권과 콤포스텔라

올레길을 걸어보면, 코스 시작점 과 중간, 도착지점에서 올레패스포트에다 스탬프를 찍는 길여행자들을 자주 볼 수 있다. 제주 올레길 뿐만 아니라 어느 둘레길을 걸어도 스탬프를 찍는 책자나 둘레길 여권을 제공하는 곳이 많이 있다. 그렇다면 올레길과 둘레길에서 만나는 스탬프문화는 어디에서 시작되었는지 생각해 본 적이 있는가? 올레길 스탬프의 시작은 스페인의 오래되고 세계문화유산으로 등재된 까미노 데 산티아고(Camino de Santiago = 산티아고 순례길)에서 유래되었다. 순례길에서는 Sello라고 부르며 길을 걸을 때 인증하는 도구로써 활용을 하고 있다. 이러한 문화가 한국에 들어와서는 그냥 다녀왔음을 확인시켜주는 재미 요소로 발전하였다. 그렇다면 산티아고 순례길에서는 어떻게 사용하고 있으며, 어디서 받아야 할까?

순례자 인증 – 순례자 여권(Credencial, 크레덴시알, 끄레덴시알)

순례자는 장거리 여정인 순례길을 걷는 동안 숙박할 수 있는 공간이 필요하다. 트레일(Trail)이라면 텐트 등을 짊어지고 백패킹하며 걸으면 되지만 순례길은 그렇지 않다. 말그대로 순례길이기 때문에 노약자나 노인, 아이 등 다양한 연령대의 순례자들이 찾아오는 곳이다. 수많은 순례자들을 재우기 위해 기존의 숙박시설로는 부족하고 비용이 비싸기 때문에 순례자만 이용할 수 있는 전용 숙소가 필요해졌다. 지방정부나 수도원 등에서 제공하는 순례자전용 숙소를 알베르게(Albergue)라고 하며 이곳에서 머물렀고 실제로 통과하였음을 확인하기 위해서 인증할 수단이 필요

하였는데 그것이 스탬프를 찍어주는 것이다. 이를 위해 스탬프(Sello)를 받는 수단
으로 사용하는 것이 'Credencial'이다. 순례자가 알베르게에 도착하면 크레덴시알
을 보여줌으로써 순례자임을 증명하고 숙소를 이용할 수 있고, 거쳐갔음을 확인해
주기 위해 Sello를 받게 된다. 이렇게 함으로써 순례자가 어디서부터 걷기 시작하
였고, 어느 코스를 따라왔는지 확인할 수 있으며 순례길 인증서를 받을 수 있는 기
초 자료가 된다. 물론 공립 알베르게뿐만 아니라 사립 알베르게도 크레덴시알 인
증한 내용을 보관하고 있다. 크레덴시알을 발급받을 수 있는 곳은 출발점의 순례자
사무소, 중간 도시에 위치한 공립 또는 사립 알베르게와 지방도시에 있는 성당에서
받을 수 있으며, 한국에서는 '산티아고순례자협회'에서 발급받을 수 있다. 크레덴
시알은 여권번호 등 정확하게 기입하여야 하기 때문에 공식적인(Official) 자료이
다.

프랑스길의 출발점인 Saint Jean Pied de Port의 생장사무소에 가서 순례자가
여권(PassPort)을 보여주면 정식 크레덴시알을 발급해주며 비용은 2유로이다. 이
외 지역 성당이나 공립 알베르게에서 발급하는 비용도 동일하게 2유로이다.

→ 한국 순례자협회에서 제
공하는 크레덴시알

→ 불쪽길에서 제공하는 크
레덴시알

순례길에서 Sello는 알베르게, 성당, 관공서, 길거리 노점상, Bar, 사립 알베르게
등에서 받을 수 있다. 순례길 인증서에 필요한 것은 공립/사립 알베르게와 성당의
sello면 충분하지만 스탬프 디자인이 각양각색이고 멋있고 때로는 독특한 인장처
럼 만들어주는 곳도 있기에 스탬프를 모으는 재미가 쏠쏠하다. 이렇게 Bar 등에서
받은 Sello는 공식적으로는 인정되지 않는다. 보통 크레덴시알은 스탬프를 받을 수

있는 칸이 50개 내외여서 순례길 걷는 동안 알베르게에서 제공하는 스탬프만 받으면 부족하지 않다. 하지만 앞서 말한 것처럼 다양한 스탬프를 받다보면 스탬프를 받을 자리가 부족해진다. 그래서 여분의 크레덴시알을 만들기도 한다. Santiago de Compostela의 순례자사무소에 도착하면 크레덴시알을 검토하고 문제가 없으면 산티아고의 마지막 스탬프를 찍어주고 인증서를 내어준다. 그러기 때문에 크레덴시알에 최소 하나의 스탬프를 찍을 자리를 남겨 두는 것이 좋다.

순례 완주 인증 - 인증서(Compostela)

순례길의 어느 코스라도 걷기를 마치고 나면 산티아고 순례자 사무소에서 인증서를 받을 수 있다. 순례길 일부 또는 전체를 걸어서/자전거를 타고 완료했다는 내용을 포함하여 인증서를 내어준다. 사무소의 담당자에 따라 자세히 들여다보는 사무관이 있는가 하면 짧게 스캔하듯 검토한 후 축하한다는 말과 함께 인증서를 내어주는 사무관도 있다. 그래서 발급받는 시간이 어떤 사무관을 만나는지에 따라 달라질 수 있다. 인증서를 받는 비용은 무료이다. 2014년 3월부터 '거리완주인증서'를 제공하기 시작하였는데 이를 받으려면 각 순례길의 시작점부터 걸어야 하는 것으로 알고 있으며 중간부터 걸은 순례자에게는 발급되지 않는다. '거리완주인증서'는 3유로의 별도의 비용을 지불해야하며 산티아고 순례자사무소 담당자가 물어보면 발급여부에 대한 결정을 하여 답변을 해주면 된다.

인증서를 받기위해서는 최소한에 지켜야할 규정이 있다.

순례길 인증서는 순례길을 걸었다고해서 모두한테 주워지지 않는다. 인증서를 받기위한 규정이 있는데 이를 정리하면,

1. 인증서를 받기위해서는 걸어서는 최소 100km, 자전거를 타고 갈 때는 최소 200km 전부터 걸어(타고) Santiago de Compostela까지 와야한다. 그래서 프랑스길은 Sarria가 100km 최소 거리의 도시이다. 이구간은 차량을 통해 이동해서도 안된다.

2. 최소 100km를 걸어서 오는 순례자는 하루에 2개의 스탬프를 받아야 하며, 공식적으로 인정하는 교회, 시청, 알베르게 등에서 제공되는 것만 받아야한다. 즉,

Bar 또는 길거리에서 찍어주는 Sello는 인정되지 않는다.

3. 걷는 동안에 성당이나 교리공부 등을 하는 것을 명시하고 있지만 이는 확인할 수 없으니 의미가 없다.

4. 처음부터 시작하였다 하더라도 최소 구간(걸어서 갈 경우 Sarria-Santiago de Compostela | 자전거를 이용할 경우 Ponferrada-Santiago de Compostela)은 무조건 걸어서 또는 자전거를 타고 가야 한다. 그냥 지나쳐 갈 경우에는 인증서를 받을 수 없다.

Sarria부터 시작하는 순례자들이 인증서를 받기위해서 걷는 동안 공립 알베르게, 수도원, 시청과 같은 공식적인 기관에서 제공하는 스탬프(Sello)를 하루에 2개씩 받아야 하며, 곳곳에 있는 성당에 들러 미사 또는 순례길을 생각하는 시간을 가져야 하는 빡빡한(?)과정을 거쳐야 하지만 Saint Jean Pied de Port에서 출발한 순례자들은 상관없다. 이외에도 프랑스길을 걷는 동안에는 Sahagun의 수도원에서는 Half 인증서(순례길 절반 완주 인증서)를 제공하기도 하며 Irache를 지나기 전 Ayegui의 공립 알베르게에서는 Roncesvalles부터 최초 100km를 걸어온 지역이라 별도로 인증서를 제공한다고 한다. 이외에도 'Fisterre-Muxia- Santiago de Compostela'를 걸어서 완주할 경우 별도의 인증서를 순례자 사무소에서 제공한다.

모든 Sello를 받으려면 크레덴시알이 부족 할 수 있기에 필자는 3개를 만들어서 순례길을 다녀오곤 한다. 하나는 Saint Jean Pied de Port 사립 알베르게에서 만들었고, 하나는 생장 사무소에서 발급받았고, 나머지 하나는 한국의 순례자협회에서 발급받았다. 그래서 각각 달리 인증용과 수집용 Sello로 구분하여 이곳저곳에서

Sello를 받으며 순례길을 즐겼다. 이외에 대학순례길 인증서가 있는데 대학생을 대상으로 순례길에 있는 스페인대학에서 발행하는 스탬프를 받을 수 있는데 스페인 내 대학에서는 학점으로 인정해 준다고 한다. 그외 여타 국가의 대학에서도 학점인정을 해주는 곳이 점점 늘어나고 있다고 한다. 하지만 일반일이 대학생 순례자여권을 발급받는 경우가 있는데 이는 별로 의미없는 행동이다. 물론 발급받아 스탬프를 받을 수는 있지만...

순례길은 스탬프를 받기위해 걷는 길이 아니다. 인증과 기록을 위해 걷는 트레킹이나 스포츠코스가 아니다. 단순히 알베르게에서 숙박하기위해 필요한 인증시스템이 크레덴시알인 것이다. 기록을 위해 걷기보다 즐기며, 순례길에서 주는 단순함에 즐거움, 자기를 바라보는 시간, 내면과의 대화에 충실하였으면 하는 바램으로 글을 마친다. 아래는 스페인 순례자협회에서 발췌한 순례길 인증에 관한 글이다.

———— 🔖 ————

The credential is the pilgrim's passport which must be stamped on each stage. The Compostela is the document which certifies completion of the pilgrimage.

The pilgrim's credential is the sort of passport which must be stamped on each stage of the route. Its origins date back to the Middle Ages and the document which was given to pilgrims for use as a safe-conduct. It must be stamped at least two times a dayover the final 100 km (for pilgrims on foot or horseback) or the final 200 km (for pilgrims on bicycle). The only official and valid credential is issued by the Pilgrim Office

It provides access to pilgrim hostels and serves as proof of the pilgrimage, allowing the pilgrim to request the Compostela upon completion. It can be obtained from the International Pilgrim Welcome Centre. It is also available at the offices of pilgrim confraternities, hostels and parish churches. It can also be requested from friends of the Way of St. James associations around the world, providing proof of identity.

With the pilgrim's passport duly stamped on each stage of the route, pilgrims who have completed at least 100 km on foot or horseback, or 200 km on bicycle, can obtain the Compostela at the International Pilgrim Welcome Centre, located in rúa Carretas number 33.

In order to calculate the minimum number of kilometres required, the Pilgrim's Office has established a specific location for each route. In the case of the French Route, the starting point is Sarria or Barbadelo for pilgrims on foot, and Ponferrada for pilgrims travelling by bicycle.

The Compostela can be requested by any individual – including minors, provided that they are accompanied by their parents or a group – with the capacity to understand the spiritual nature of the Way of St. James.

In order to obtain the Compostela, it is not necessary to have completed the route over a consecutive period of time, but the journey must be geographically consecutive. This means that it is possible to follow the route on weekends, for example. However, it must always be taken up again at the previous destination, as skipping a section would invalidate the right to obtain the certificate.

Those pilgrims who decide to follow the route on Fisterra or Muxía can continue to have their passport stamped (if they have space) or obtain another one at the Pilgrim's Office located at Rúa de Carretas, number 33, or the Fisterra and Muxía city halls, as they can issue a document certifying the pilgrimage.

Camino De Santiago - 30일차

출발지   Sarria

도착지   Portomarín

거리|시간   22.2 km | 5.5 시간

주요지점   Sarria ~ Sabenche ~ A Serra ~ Leiman ~ Ferreiros ~ Marcadoiro ~ Portomarín

자치주   Galicia

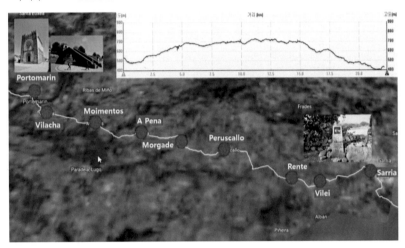

    30일차 일정은 Sarria부터 댐으로 수몰된 마을을 산위자락에 다시 조성한 도시인 Portomarín까지 구간으로 Galicia지방 순례길의 전형적인 시골마을 풍경과 숲이 우거진 둘레길 느낌을 강하게 전해주는 구간이다. 그리고 이 구간에 '100.00km'라고 표기된 표시석이 있어 이를 보고 가거나 기념사진 찍으려는 순례자가 많은 곳이다. 게다가 작은 마을이 무척이나 많고 갈림길도 많아서 우회길과 Original코스

284

가 자주 보이는 구간이기도 하다. Sarria
의 알베르게를 출발하여 500여m를 가다
철길과 마주하는 곳에 우회길 표시석이 설
치되어 있다. 하지만 노란색 화살표로 왼
편으로 가라는 덧 칠해져서 우회길인지 알
수 없도록 지저분해졌다. 우회길은
'Complementario' 라는 말로 표기되어
있으며 부가적인 노선이자 좀더 안전하게

걸을 수 있도록 배려한 길이다. 이 표시가
없는 방향이 Original 순례길이며,
Complementario라고 쓰여진 길이 우회
(보완적인)루트이다. 대체로 우회길이 안

전한 대신 좀더 길다는 것을 경험으로 알
고 있기 때문에 가능하면 원래의 코스대로
이동하기를 권한다. 철로 옆길은 한국에서
보았던 안전시설이 없다. 그냥 알아서 지
나가야 한다. 이른 새벽에 출발하면 어둡

기 때문에 철로가 잘 보이지 않아 길을 잘
살피면서 다녀야 한다. 하나 더 달라진 것

이 있다면, Galicia 구간은 산악 지형이 많기 때문에 체감상 일출 시간이 늦다. 그
래서 7시 전후에 출발해도 밖이 어둡다고 생각될 수 있으며 숲이 많고 다른 지역에
비해 비가 내리는 날이 많아 우의나 우산 등 비에 젖을 것을 대비하여 장비를 챙기
고 다녀야 한다. 새벽에 보는 풍경도 사뭇 달라진다. 메세타 평원과 같은 사방이 탁

트인 풍경은 더 이상 볼 수 없고 시선을 어느 방향으로 둘러봐도 막혀 있다. 나무숲이 되었던, 산지가 되었던 시선이 멀리까지 가지 못한다. 게다가 새벽에는 안개가 많이 발생하기 때문에 싸늘한 한기를 경험하기도 한다. Pamplona에서 경험했던 뜨거운 날씨와 도시 풍경은 Arzua를 지나면서 다시 시작된다.

Mosteiro에서 Rente를 지나 A Serra가는 구간에 조심해야 할 사람이 있다. 마을을 지나면서 숲이 깊은 길이 나타나는데 이곳에 여자 3명이서 지나가는 순례자를 막고 서명해달라고 조르면서 물건을 훔치는 사람들이라고 한다. 이러한 부류의 사람은 프랑스 파리이던, 대도시에 가끔 보이는데 순례길에서 출몰한다고 하니 조심하기를 바란다. 순례자가 보이면 구걸하는 행동을 반복하기 때문에 주변 순례자에게도 알려주는 것도 방법이다. 이러한 모습때문에 순례길이 위험하고 불편한 길이라고 얘기하는 사람들도 있다. 관광지로 유명한 큰 도시에 비하면 순례길에 있는 도시는 안전한 편이다. 소매치기도 없고 간혹 알베르게에서 물건이 없어졌다고 하는 얘기는 예전의 일이다. 지금은 공립 알베르게에 오스피탈레로가 상주하고 있고 아무나 출입할 수 없도록 관리하거나 개인 사물함을 제공하기도 한다. 게다가 순례길에는 민간 경찰(Guadria Civil)이 수시로 다닌다. 차로 다니기도 하고 말타고 다니는 경찰과 자주 만난다. 예전과 달리 지금에 산티아고 순례길은 꽤나 안전한 길이다. 소매치기를 당했다는 말은 대부분 바르셀로나 또는 마드리드 같은 큰 도시에서 발생하는 것으로 치부해도 된다. 물론 순례길에도 Leon과 같은 큰 도시가 있지만 배낭을 훔쳐갔다는 얘기를 들어본 적 없다. 나름 까미노 통신(순례길에서 들여오는 이런저런 얘기들)에 귀를 기울이고 주변 외국인 순례자와 친해지면 정보 공유가 훨씬 더 원활 할 것이다. 한국인 들은 한국의 커뮤니티 사이트에 질문을 던져 피드백을 받고는 하는데 실시간이 아니기 때문에 정보를 놓칠 수도 있다. 가능하면 알베르게 게시판을 통해 또는 외국인 순례자들을 통해 소식을 접하는 것이 가장 빠르고 신속한 뉴스이다.

A Serra부터 Ferreiros까지는 경사가 낮은 오르막 아스팔트 포장길이다. 한적하고 그늘이 많아서 더위를 피할 곳도 많고, 마을마다 Café나 Bar가 많아 원하는 만큼 걷다가 쉬다가 반복하며 이동할 수 있다. 이 구간에는 Galicia 지방에서 설치한 공통된 표시석이 있는데 대부분 숫자가 표기된 표시판이 없어져서 남은 거리를 가늠할 수 없다. 대신 엉뚱한 숫자가 쓰여있는데 믿음이 가지 않는 표시이다. Ferreiros를 지나면서 100km 표시석을 찾기 위해 두 눈에 불을 켜고 주변을 살펴

봐야 한다. Ferreiros라는 지명은 이곳에
대장간(Herreria)가 많아서 유래된 이름
이라고 한다. 지나가던 순례자의 신발을
수선해주고 말편자를 교체해주는 등의 서
비스를 제공해주던 곳이라고 한다.

  Sarria는 순례길 인증을 받기위해 필히
걸어서 가야하는 구간이다. 순례길 인증을
받기위해서는 최소 100km를 걸어야 하는
데 프랑스길에서는 Sarria가 이에 해당된
다. 하지만 실제 100km 표시석은 Sarria
이후에 있으며, 크레덴시알의 스탬프는
Sarria부터 받아야 한다. 그렇지 않고
Sarria이후 도시에서 스탬프를 받기 시작

하면 100km 완주를 인정해주지 않는다. 순례자 사무실에서 이러한 상황 때문에
순례자들과 언쟁을 높이는 상황을 마주하기도 한다. Mirallos를 지나 A Pena마을
에 들어서면 잘 정돈된 자리에 100km표시석(100 Kms a Santiago de
Compostela)이 보인다. 위치를 찾기 어렵다면 구글지도에서 검색하면 찾을 수 있
다. 몇 개의 표시석을 살피고 나서야 진정 100km 표시석을 찾았다. 표시석에 숫
자를 새겨놓아 부서지지 않았다. 하지만 낙서가 많아 흉하게 보이는데 이 비석은 수
시로 새롭게 설치해 놓기도 한다.

  Sarria부터는 훨씬 더 많은 순례자들이 순례길에 모여든다. 어린 학생들이 선생

님과 함께 걷는 모습도 보인다. 짧게 걷기위해 Sarria부터 시작하는 사람들이 어울려 어느때보다 순례길에는 사람으로 넘쳐난다. 즐겁게 떠들며 걷는 사람부터 심각하게 고민에 빠진 듯한 표정으로 걷는 사람, 자연에 감사하듯 포옹하며 걷는 사람, 스탬프 찍어주는 곳을 빠지지 않고 Sello 받으며 걷는 사람 등등 다양하다.

(왼편은 예전의 표시석이고, 오른쪽은 최근 재설치한 표시석)

나름에 이유를 가지고 찾아왔겠지만 순례길에서 보이는 행동은 모두 다르다. 오로지 한국사람들은 길에만 열중하고 걷기 바쁠 뿐이다. 잠깐에 여유를 가지고 둘러보면 볼거리가 많다. 다양한 가리비를 파는 가게도 있고. 기부제로 운영하는 자그마한 식료품점도 있다. 특히 기념품점에서 꼭 사려고하는 것이 있다면 커다란 가리비로 만든 목걸이이다. 순례길의 상징이며 가리비목걸이를 구매하여 목에 걸기보다 배낭에 걸어 순례자임을 표출하며 순례길을 다녀왔음을 뽐낼 수 있는 기념품이다.

가리비에는 여러 문양이 그려져 있는데 대부분 빨간색 십자가가 그려져 있는데

289

가장 선호하는 것은 하얀색 가리비 바탕에 빨간색 십자가가 그려진 것을 찾는다. 주변에 둘러볼 여유를 가지며 사진도 찍고, 성당에 들러 쉬기도, 기도하기도 한다. 작은 Bar에 들러 커피 마시며 수다 떨며 **쉬어도 간다.** 여행하듯 순례길을 걸어가면 배낭에, 마음에 하나 둘 추억이 달린다. 하지만 등산하듯이 그저 앞만 보고 간다면 남는 것은 별로 없을 것이다. 완주했다는 기쁨과 799km 걸었다는 인증기록 뿐일 것이다.

Portomarín에 다가갈수록 갈림길이 하나 더 나타난다. Vilacha를 지나 처음 만나는 사거리에서 좌우로 이동할 수 있음을 보여주는 표시석이 보인다. 거리차이는 크지 않지만 화살표 표시대로 오른쪽길을 선택하는 것이 좀더 **짧다.** 도로를 따라 걷다가 Vella다리(Ponte Nova de Portomarín)를 건너 로터리 중앙의 석축 계단을 올라가면 Portomarín 중심가이자 도착지이다. 그리고 조요하고 강변 풍경이 아름다운 마을의 모습을 찬찬히 감상할 수 있다. Portomarín은 댐공사로 인해 수몰된 마을 주민들이 이주하여 정착한 마을이다.
게다가 수변에 조성된 마을이기 때문에 여
름철에는 수상 스포츠를 즐기는 사람들이
많이 찾는 도시라고 한다. 그래서인지 숙
박시설과 식당이 골목마다 넘쳐난다. 순례
길에서 만나는 도시에 식당을 가면 순례자
메뉴를 판매하는 곳이 의외로 많지 않다.
Menu del Dia(오늘의 메뉴)를 판매하는
식당이 대부분인데 이를 순례자메뉴로 오
인하는 경우가 있다. 이는 레스토랑에서
판매하는 그날의 메인요리 구성이다. 대
략 10~15유로 정도이며, 다양한 메뉴를
접할 수 있다. 순례자를 위한 메뉴를 판매
하는 식당은 메뉴 구성을 단촐하게 구성
하여 가격을 저렴하게 만든 것이 특징인
데 대부분 식당의 메뉴가격이 10유로대라
서 순례자메뉴와 거의 차이가 없다. 그렇
기 때문에 굳이 순례자메뉴를 찾기보다 그
마을에서 또는 자신이 먹고 싶은 메뉴를
선택하여 맛보면 좋을 것이다. 그리고 여
유가 있다면, 마을 가운데 있는 성당(Igrexa de San Xoán de Portomarín)에 가
면 저녁 7시 미사에서 악기 공연을 해준다고 한다. 성당 주변에 식당이 많아 식사
를 하고 미사를 보는 것도 나쁘지 않은 경험이 된다.

Albergue 정보

이름	Albergue Ferramenteiro
숙박비 (유로)	10 유로
베드수│형태	130 bed/1방 │ Domitory
담요제공여부	No, 1회용 커버 제공(무료)
부엌│조리시설	Yes
화장실│샤워장	Yes │Yes (구분 있음)
세탁기│건조기	Yes │Yes (유료)
아침식사 제공	No
인터넷 사용	WiFi 사용 가능
주변 편의시설	Supermercado │ Bar │ Restaurante Yes,

기타 정보

1) 시기에 따라 성당에서 공연이 있음, 수몰지역의 마을

2) 공립 알베르게는 중앙의 성당 뒤편에 있으며, 주방 사용이 불가하다.

3) 알베르게 식당에 식음료 자판기 있음.

4) 넓은 공간에 침대가 사방으로 배치되어 있어 취침공간이 아섭다. 하지만 강변 풍경을 보기 좋고 자체 레스토랑을 이용할 수 있어 편하다. 그리고 순례길 바로 옆이라 다음날 출발할 때 유리하다.

Camino De Santiago - 31일차

출발지   Portomarín

도착지   Palas de Rei

거리|시간   24.8 km | 6.5 시간

주요지점   Portomarín ~ Gonzar ~ Castromaior ~ Ligonde ~ Palas
              de Rei

자치주   Galicia

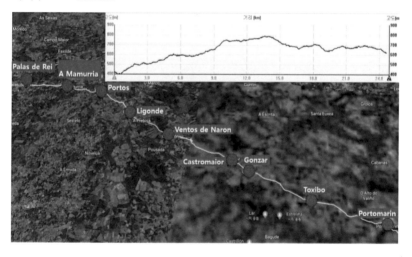

순례길이 막바지에 다다르면서 뒤를 돌아보게 된다. 단순히 걸어왔던 길을 되짚어 보며 얼마나 걸어왔는지, 기억에 남는 곳이 있는지를 찬찬히 떠올려본다. 너무 앞만 보고 걸어갔기에 이제는 첫날 걸었던 피레네산맥 구간이 기억이 나지 않을 정도이다. 그래도 가장 기억에 남는 것은 Irache수도원에서 마시턴 와인과 Bercinos del Real Camino에서 즐겼던 저녁의 석양, Astorga의 가우디건축물인 주교궁, Foncebadon의 철십자가에서 바라본 순례자의 모습, 그리고 O Cebreiro의 운무

293

와 성모발현 성당을 들러 본 것이 가장 기억에 남는다. 물론 이외에도 많은 추억을 담고 여기까지 왔다. 이제는 3일 정도만 걸으면 Santiago de Compostela에 도착한다. 순례길은 혼자 가는 것이 가장 좋을 수 있다. 사색과 자신을 찾아 떠나는 여행이라는 목적에 가장 부합이 되기 때문이다. 하지만 인솔하여 가거나 많은 사람과 함께하면 처음 며칠은 즐겁고 재미가 있지만 일주일 정도 지나면 동료들의 단점이 보이면서 갈등을 겪게 된다. 서로 배려하고 이해하는 마음이 있다면 헤쳐나갈 수 있는 시기이며 더욱 강건하게 친해질 수 있지만, 반대로 갈등을 타협하지 못하고 양보하지 못하면 결국 동료 간에 이탈하는 사람들이 생긴다. 그리고 되돌아 갈 수 없는 관계가 되기도 한다. 그래서 혼자가 좋을 수 있으며, 동료와 함께 다닐 것이라면 이해와 배려가 필수조건으로 삼아야 하는 곳이 순례길이다.

Portomarín에서 순례길을 나서려면 마을을 지나가는 LU-633도로를 따라 서쪽 방향으로 나가면 된다. Palas de Rei까지 가는 코스는 도로 옆 순례길을 이용하여 걷는 구간이다. 도로길과 짧은 숲길이 공존하는 구간으로 다시 해발 300m에서 700m의 지역을 통과하는 오르막과 내리막이 공존하는 구간이지만 경사도를 체감하기에는 부드러운 순례길이다. Gonzar까지 짧은 숲길과 우회길이 존재하기 때문  에 가능한 노란색 화살표와 도로변을 따라 걷는 것을 권하며 도로변 옆길이라도 차량소음이 심하지 않다. 이렇게 걷기 편한 Galicia지방은 순례자들 사이에서 이렇게 말한다.

"갈리시아 지방의 길은 순례자들에게 주는 마지막 선물과 같은 길이다."

Portomarín에서 8km정도 걸어 도착한
Gonzar부터 쉬거나 아침식사를 할 수 있
Bar나 Cafe가 보이기 시작한다. 순례길은
생각보다 운동강도(?)가 세다. 하루에 2,3
만보를 걷기 때문에 잘 먹지 않으면 강제
다이어트를 당한다. 잘 먹고 움직여도 살
이 빠지는 곳이 순례길이기 때문에 대부분
의 순례자들은 꼭 아침식사를 한다. 만약
알베르게에서 식사를 하지 못하면 순례길
에서 만나는 Café 등에서 간단하게 식사
하는 것이 일상적인 곳이다. 비용이 충분하지 않다면 커다란 바게트빵과 우유 등으
로 식사하면서 보내는 외국인 순례자들도 종종 만난다. 순례길 식당에서 가장 자주
만나는 아침메뉴(Desayuno)는 크라상과 카페 또는 오렌지주스 메뉴 이거나 계란
후라이와 베이컨과 감자칩이 콤비네이션을 이룬 콤비네이션 플레이트가 자주 메뉴
판에 보인다.

Sarria부터 중고등학생으로 보이는 학생
들의 무리가 자주 보인다. 선생님을 동반
하여 순례길을 찾아온 학생들로 보이는데

조금 다른 특이점이 보인다. 인솔자 선생 님도 같이 걷지만 학생들과 격이 없어 보이며 친근하다. 그리고 무엇을 하더라도 선생님이 나서지 않고 학생들 스스로 결정하도록 놔둔다. 같이 소풍을 온 것처럼  즐기며 걷다가 쉬는 것을 반복하면서 즐거워한다. 배낭을 보면 후라이팬이나 냄비 같은 것이 달린 학생도 있고 별별 조리도구가 달려 있다. 외부 시선에 신경을 쓰지 않는 모습이다. 가장 중요한 특이점은 순례길을 걷는 동안 별다른 활동이 없다. 강의라던가, 교육 같은 것이 없다. 숙소에 도착하여 학생들을 봐도 같이 어울려 식사하고 먹고 즐기는 모습만 보일 뿐 별도의 교육이라 보일만한 것이 없다. 오로지 순례길을 걷기만 할 뿐이다. 이 모습을 보고 한국에서도 해보려고 '길위에 여행' 프로그램을 기획하여 제안서를 돌린 적이 있었는데 참패했다. 엄마들이 싫어한다는 이유 때문이다. 교육이나 강의 같은 것 없이 오로지 걷기만 하는 프로그램은 교육적 가치(?)가 없다고 판단한 것이다. 걸으면서 자신을 둘러보는 시간을 주는 것만으로 충분한 가치가 있는데도 우리 내 부모들은 그렇게 생각하지 않는 것이 가장 큰 차이이다. 오로지 걷기만 해도 서서히 스스로 느끼고, 깨우치고 변화한다. 단지 시간이 걸릴 뿐이다. 대신 스스로 변화한 것을 목표나 자신의 꿈으로 삼고 집으로 되돌아간다. 스페인의 학생들은 노는 것처럼 보이지만 나름에 알을 깨고 나오려고 순례길에 던져진 것처럼 느껴졌다.

Gonzar부터 Castromaior까지는 마을길 구간이며, 다시 Hospital da Cruz까지 2.3km는 LU-633도로변 길을 따라 가야 한다. Hospital da Cruz에서 N-540 도로 위 육교를 가로질러 건너간 뒤에 오른편 오르막길로 접어 들어야 한다. 그곳에 자연석에 새겨진 순례길 이정표시석이 이쁘게 서있고 그 안에 78.1km가 남아있다고 표기되어 있다. 그 옆에는 벤치가 있어 쉬어 가거나 기념사진을 찍는 순례자가 종종 보인다.

순례길에 보이는 동양인 중에 90%는 한국인이다. 그리고 소수의 일본일과 대만인이 섞어 있다. 그래서 순례길에서 친분을 쌓고 돌아가는 한국인들이 많다. 그래서 곳곳에 한국어로 소개된 안내자료나 한국인이 운영하는 알베르게나 Café도 간혹 보인다. 그래서 스페인에서 동양인에 대한 거부감이 별로 없다. 간혹 동양인을 비하하는 외국인들을 만나기도 하지만 상대하지 않는 것이 좋다. 이런 상황에서 Ventas de Naron에 작은 성당(Capela da Magdalen)이 있어 Sello를 받으려고 순례자들이 줄을 서고 있었다. Sello를 받으려는 순간에 성당의 신부님이 질문하였다.

"한국에는 천주교신자가 많은가 봐요?"

딱히 무엇이라 답변을 해주지 못하고 그저 맞다라고 답변을 했었다. 돌아와서 천주교에 대한 공부를 한적이 있는데 한국은 조선시대에 동양 최초로 로마교황청에 신부님 파견을 공식적으로 요청한 나라이다. 물론 국가가 아닌 학문으로써 서학을 배우고 믿었던 신자중에서 말이다. 그만큼 한국은 천주교와 인연이 깊은 나라이다.

Ventas de Naron을 지나 Ligonde를 거쳐 Portos, A Brea까지는 한적한 마을 길이자 아스팔트 포장길이라 배낭메고 걷기에 좋은 길이다. Ligonde에는 특이한 곳이 있다. La Fuente del Peregrino라는 곳으로 알베르게이자 순례자에게 차를 대접하고 자신들이 만든 책자를 제공하는 곳이다. 놀라운 것은 한국어로 된 책자도 있다는 것이다. 순례길에 대한 간략한 설명이 있는 책자이다. 쉬어 가도 좋고 그냥 지나가도 되지만 급할 것 없는 순례자라면 여기서 제공하는 차를 마시며 한숨 돌리고 가는 것도 마음을 채우는 경험이 될 것이다.

차 한잔 마시고 다시 길을 나서 A Brea 까지는 편하게 걷는다. 그리고 N-547도

로를 따라 Palas de Rei까지 이어지며 주택가 내부에 숨어있는 San Tirso성당

(Igrexa de San Tirso de Palas de Rei) 을 거쳐 나오면 Palas de Rei이다. 프랑스 루트는 명상하며 걷기 좋은 길이다. 가파른 오르막도 없고 힘들게 하는 계단도 없다. 고요하고 낮고 넓은 길이 길게 놓여 있을 뿐이다. 아무리 깊은 상념에 빠져도 큰 돌이나 나무뿌리에 넘어질 염려도 없고 길을 헤맬 이유도 없다. 특히 오늘 코스가 더욱 그렇다. 갈림길도 별로 없고 오로지 앞뒤로 이어진 순례자만 바라보면서 걸어도 갈 수 있기 때문이다. 이곳에서는 생각이 자유롭다. 막을 수 없고 걷는 내내 기나긴 생각과 고민, 명상하듯 걸으며 넘치는 생각을 내리고 내리고 정리할 수 있는 시간이 충분하다.

  Palas de Rei 에서는 사립 알베르게에서 머물렀다. 공립 알베르게가 너무 도심 초입에 있어서 중심가까지 너무 멀었고 다른 곳은 비좁은 느낌이 있어서 여유롭게 휴식을 취하기위해 사립 알베르게로 정했다. Galicia지방에서는 트랜스퍼 서비스가 사립 알베르게만 사용할 수 있다는 점도 알아 두어야 한다. 항상 숙소를 정하고 짐정리를 하고 나면 도심을 둘러보는 습관이 있다. 마을 관광도 하지만 필요한 정보를 얻기 위해 슈퍼마켓, 버스정류장, 그리고 맛집 식당 등을 찾아보기 위한 이유도 있다. 또 예전과 어떻게 바뀌었는지 확인하는 것도 필요하기 때문에 한 두 시간 정도 투자하여 도심을 충분히 둘러본다.

Albergue 정보

이름	Albergue Castro
숙박비 (유로)	10 유로
베드수│형태	56 bed/1방 │ Domitory
담요제공여부	No, 1회용 커버 제공(무료)
부엌│조리시설	Yes
화장실│샤워장	Yes │Yes (구분 있음)
세탁기│건조기	Yes │Yes (유료)
아침식사 제공	No
인터넷 사용	WiFi 사용 가능
주변 편의시설	Supermercado │ Bar │ Restaurante Yes,

기타 정보

1) 1층에 레스토랑을 겸하고 있으나, 쉴 만한 거실 공간이 따로 없다. 따라서 1층 빈자리에 앉아 쉬어도 괜찮다.

2) 사립 알베르게 왼쪽 계단을 따라 내려가면 공립알베르게가 바로 붙어 있다. 여기에는 공립이 2군데 있는데 도시 초입에 유스호스텔처럼 보이는 알베르게가 있고, 그 다음이 마을 중앙에 있는 공립알베르게이다.

3) 주변에 대형 슈퍼마켓이 3군데 있음.

4) 마을 중앙에 성당이 있는데 여기서도 순례자를 위한 미사가 있고 독특한 구조이니 둘러봐도 좋다.

Camino De Santiago - 32일차

출발지	Palas de Rei
도착지	Arzúa
거리│시간	28.5 km │ 8.5 시간
주요지점	Palas de Rei ~ O coto ~ Furelos ! Melide ~ Boente ~ Arzúa
자치주	Galicia

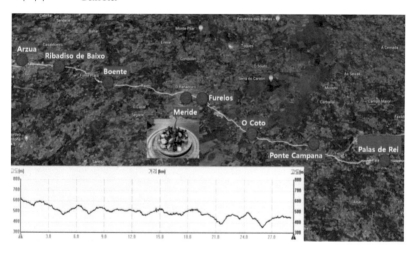

Arzua가는 길은 조금은 길다. 오르막과 내리막이 반복되는 28km의 순례길 코스인데다 Primitivo길이 합류하고 Pulpo요리로 유명한 Melide를 거쳐가는 구간이다. 순례길은 정해진 코스나 구간이라는 개념이 없다. 오로지 시작과 끝이 있고 그 과정은 걷는 순례자가 직접 정하고 챙겨야 한다. 가이드북이 존재하지만 33일에서 36일 일정으로 이렇게 걸으면 적당하다라는 기준이 될 뿐 무조건 가이드북대로 가야 한다는 고정된 일정표는 아니다. 말 그대로 안내서(가이드북)이다. 이번 프랑스

길의 가이드북을 작업할 때 외국 사이트의 일정과 필자가 다녀왔던 일정을 기준으로 정리하였다. 거기에 조율할 수 있는 구간에 대해서는 별도로 코멘트를 두기도 했다. 순례길 일정을 정할 때, 단순히 거리로만 나누어 일정을 정하지 않는다. 주변에 편의시설이 있어서 머물기 적당한 도시 위주로 코스를 선정하였고, 특히 관광이나 중요하게 다녀오면 좋을 도시도 포함시켜 놓았다. 그러다 보니 30km정도 되는 긴 구간이 간혹 존재한다. Villafranca del Bierzo에서 O Cebreiro로 올라가는 구간도 28km정도 되며, Palas de Rei에서 Arzua 가는 길도 28.5km 정도 긴 거리에 해당된다. 피레네를 넘어가는 구간도 28km 정도에 해당하는 힘든 구간이다. 이처

럼 숙소가 부족한 곳은 길게 지나가도록 권하고 있다. 물론 꼭 이대로 가야할 필요는 없다. 일정에 여유가 있거나 체력에 따라 좀더 짧게 구간을 나누어서 일정을 정해도 된다. 꼭 33일 일정에 맞출 이유는 없다.

　Palas de Rei에서 나설 때는 마을을 관통하는 N-547도로를 따라가면 수월하다. 노란색 화살표는 마을 골목을 가로질러 가도록 되어 있다. 그래서 춤추는 순례 자동상(Los Pelegrinos Danzantes)앞을 지나 다시 N-547도로를 따라 1.5km 정도가야 한다. 이후 한적한 마을길로 접어들어　Ponte　Campana를　지나

Casanova라는 공립 알베르게만 있는 마을에서는 휴식을 취할 수 있는 Bar나 Café 가 없으며 O Coto까지 가야 휴식을 취할 수 있는 Bar가 있다.

Sarria이후부터 자주 성당을 찾게 되는데 성당에서 찍어주는 Sello를 받기 위함이다. 규모에 상관없이 대부분의 성당에서 Sello를 받을 수 있으며 Bar 등과 합치면 하루에 4~7개 정도를 받을 수 있다. 이또한 무조건 받아야 하는 것은 아니며 순수한 순례길 취미(?)활동이다. Leboreiro에 도착하면 돌을 쌓아 만든 작은 성당 (Iglesia de Santa María de Leboreiro) 이 있는데 여기에서 순례자들이 줄을 지어서서 Sello를 받기 위해 기다리고 있다. 이외에도 미사에 참여하는 순례자도 있으며 쉼터로 활용하기도 한다. 성당을 나와 오른쪽 길을 따라 100여m를 가면 석재로 만든 어여쁜 다리(Magdalena Bridge)가 보인다. 그냥 징검다리를 놓아도 될 만한 좁

은 개울에도 정성이 가득한 석축교를 설치하여 순례자들이 편하게 넘어갈 수 있도록 배려하고 있다. 순례길은 보이지 않는 배려의 손길이 여기저기에 베어 있다. 여기뿐만 아니라 순례길에서 만나는 모든 개울이나 너른 강이 있는 곳마다 돌을 쌓아 만든 다리를 건넌다. Furelos에 있는 Roman Bridge (Puente de San Xoán de

Furelos)는 규모로 따지면 막달리아 다리(Magdalena Bridge)보다 크지만 아담하고 아주 오래전 로마시대부터 있었던 다리이기 때문에 시간의 역사가 베인 돌다리이다. 꽤나 많은 돌다리를 건넜지만 이름이 기억나는 곳은 드물다.

다리를 건너 15분 여를 걸어가면 중고차매매단지 초입에 독특한 Sello를 주는 곳이 있다. 기부제로 운영하며 개인이 왁스를 녹여 도장을 찍어준다. 여러가지 모양을 가지고 있고 크기에 따라 금액이 다르기는 하지만 1유로면 특이한 Sello를 나의 크레덴시알에 넣을 수 있다. 그러다 보니 지나가던 순례자 일부는 이곳에 멈추어서서 순례자여권을 들고 자기 순서를 기다린다. 알베르게마다 Sello 디자인이 다르다. 그래서 같은 도시라도 어느 알베르게에 머무느냐에 따라 Sello가 다르다. 그래서 일부 순례자는 단순히 Sello를 받기위해 사립 알베르게에 머물면서 공립 알베르게를 찾아가 Sello만 받기도 한다. 필자도 숙박은 하지 않았지만 San bol에 들렀을 때 Sello를 받아 둔 적이 있었다. 이렇게 남들이 없는 나만의 스탬프를 가질 수 있다

는 재미를 경험한다. Furelos에서 15분 정도 걸어가면 Melede이다. 중심 도로인 N-547를 따라가지 않고 도심 외곽을 통해 Melide 중심 로터리로 이동하며 도심 곳곳에 노란색 화살표가 잘 설치되어 있다.

Melide는 문어요리(Pulpo)가 유명한 도시라고 한다. 꽤 큰 도시이지만 신도시와 구도심의 경계가 모호하다. 옛모습을 갖춘 제법 큰 도시이다. 여기에 문어요리가 유명하다고 하며 찾아가 보기로 했다. 애써 찾지 않아도 먼저 찾아와 줄 서있는 순례자를 발견하면 대부분 유명한 맛집 식당이다. 점심때가 아니지만 맛보기로 하고 문어요리에 맥주 한 잔을 곁들였다. 여기서는 주로 문어와 시드라(Cidra)라는 사과주를 마신다. 북쪽길에서 맛보았던 상큼한 시드라의 맛이 기억이 난다. 문어 요리는 접시당 7유로 정도이며 삶은 문어에 소금과 후추, 매운 양념이 살짝 뿌려져 있다. 초고추장은 생각나지 않았다. 이대로도 충분

히 맛있는 요리이다. 식사보다는 술 안주로 제격인 음식이다. 여행이란 이렇게 생각하지 않았던 이벤트가 생기는 거라면서 나름 행복한 시간을 보내고 다시 길을 재촉했다. 이제 절반만 왔을 뿐이다. 농촌의 모습이 어우러진 참나무 가득한 숲길이다.

Melide 중심가의 로터리에서 오른쪽 골
목길로 이동하면 갈림길이 나온다. 직진하
면 그대로 Melide를 벗어나 Boente로 가
는 길이고 오른쪽길은 San Pedro성당
(Igrexa de San Pedro de Melide)으로
연결된 길이다. San Pedro성당은
Primitivo길의 Melide 종착지이기도 하
다. 여기부터 프랑스길과 합류하여 Arzua
로 갈 수 있다. 도심을 벗어나 외곽의
Santa María성당(Igrexa de Santa Marí
a de Melide)까지 왔으면 다음부터는 길
찾기가 수월하다. 여기서도 석재로 만든
십자가기둥이 세워져 있어 마을의 입구이
자 순례길을 안내해주고 있다. 성당에서
1km 정도 걸어가면 갈림길이 나온다. 왼
쪽으로 가면 우회길이며, 오른쪽길이
Original루트이자 N-547도로와 잠시 만
나서 Barreiro de Abaixo라는 작은 마을
을 거쳐가는 길이다. Boente까지 6km정
도 구간은 쉬어갈 쉼터는 있으나 Bar나
Café는 없어 물이나 간식 등을 준비하는
것이 필요하다. 이후에는 마을마다 Café
가 있어 충분히 쉬면서 걸을 수 있다. 이제는 도로따라 가기보다 숲이 어우러진 마

을길을 걸어가기 때문에 조용하고 한적하다. 자연을 벗삼아 걷는 둘레길 느낌이다.

점점 익숙한 풍경이 눈에 들어오기 시작했다. Arzua는 북쪽길에 다녀왔을 때 만났던 도시이다. 그래서 더욱 친숙함이 느껴지는 도시이다. 북쪽길(Camino de Norte)과 만나는 도시이기 때문에 어느 도시보다 순례자들이 더욱 붐빈다. 그래서 알베르게도 무척 많다. 편의에 따라 공립이던 사립이던 사용하면 된다. 중요한 것은 대부분의 사립 알베르게는 식당을 같이 운영하는 곳이 많지 않기 때문에 식사를 하려면 따로 레스토랑을 찾아야 하는데 도시 중심가에 가까울 수록 식당에 접근하기 용이하므로 가능하면 중심가에 숙소를 정하는 것이 팁이다.

Albergue 정보

이름	Albergue Vía Lactea
숙박비 (유로)	10 유로
베드수│형태	150 bed │ Domitory
담요제공여부	No, 1회용 커버 제공(무료)

307

부엌ㅣ조리시설	Yes
화장실ㅣ샤워장	Yes ㅣYes (구분 있음)
세탁기ㅣ건조기	Yes ㅣYes (유료)
아침식사 제공	No
인터넷 사용	WiFi 사용 가능
주변 편의시설	Supermercado ㅣ Bar ㅣ Restaurante Yes,

기타 정보

1) 2개의 건물이 붙어 있는 구조이며, 건조기를 사용하려면 리셉션룸을 가로질러
   바깥 마당으로 나가야 한다.

2) 사립알베르게.

3) 샤워실과 화장실이 가장 넓고 쾌적함

4) Melide에 유명한 Pulpo요리 전문점이 있으니 들러보기 바란다.

   (Pulpería Ezequiel(갈리시아레스토랑-http://www.pulperiaezequiel.com),

   주소" Rúa Cantón San Roque, 48, 15800 Melide, A Coruña, 스페인)

Camino De Santiago - 33일차

출발지   Arzúa

도착지   O Pedrouzo

거리|시간   19.3 km | 5.5 시간

주요지점   Arzúa ~ A curiscada ~ A Calle ~ O Pedrouzo

자치주   Galicia

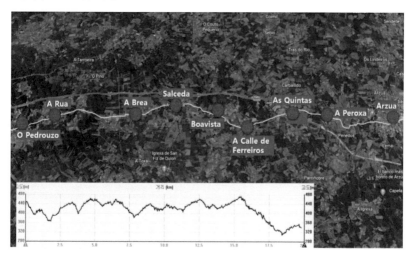

　Arzua에 들어선 다음부터 마음이 편해진다. Santiago de Compostela에 가까워졌기 때문이 아니라 알고 있는 곳을 다시 찾아와서 느끼는 익숙함 때문이다. 남은 거리는 50키로미터도 남지 않았다. 여유롭게 걸어도 되는 거리이며, 늦게 일어나도 무리가 없는 곳이다. 해발고도가 낮은 지역으로 내려왔기 때문에 여름의 뜨거움을 다시 느끼게 된다.

Sarria부터는 학생 순례자들이 많아 어느 알베르게를 정하느냐에 따라 쾌적할 수도, 시끌벅적한 하루를 보내게 된다. Arzua는 대부분 40에서 50베드 이상 큰 숙소가 많은데 2, 30베드의 작은 알베르게에서 머무는 것이 한적하고 좋다. 대용량 숙소는 학생 순례자와 함께 거주할 확률이 높다. 그래서 가능하면 Arzua 도심 초입에 사립 알베르게가 많은데 이곳을 정하는 것이 좋고 도심으로 들어갈수록 Hostel과 대용량의 알베르게가 많다.

순례길 코스는 거의 변화가 없다. 간혹 도로공사와 같은 상황이 발생하지 않는 한 코스가 바뀌지 않는다. 그래서 자주 오는 순례자라면 헤매지 않고 순례길을 다닐 수 있다. 순례길에서 노란색 화살표를 따라가면 항상 성당과 공립 알베르게를 거쳐 간다. 그리고 그 시작도 성당이나 공립 알베르게에서 시작한다. 그래서 길을 헤맬 경우 성당이나 알베르게를 찾으면 노란색 화살표도 찾을 수 있다. Arzua에서 출발할 때 공립 알베르게앞에서 왼쪽 길을 따라 직진하면 도심을 벗어나 Pedrouzo로 향한다.

Pedrouzo가는 구간도 Galicia지방의 특색을 반영한듯 숲이 우거진 마을과 마을을 잇는 길을 따라 간다. 갈림길도 많고 쉬어 갈 Bar나 Café가 많다. 하지만 일부는 임시 휴업하는 곳도 있기 때문에 사전에 영업하는 곳을 확인할 필요가 있다. As Quintas까지는 한적한 시골길 풍경이다. 한국의 둘레길과 비슷한 풍경을 보여주고 있다. 일부 갈림길에 화살표가 잘 보이지 않는 곳에는 길바닥에 덧붙여 표시한 곳도 있다. A Calzada 마을에서는 헤맬 수

있는데 무조건 직진하여 마을외곽을 둘러 가야 한다. 마을 안으로 들어오면 미로처럼 헤매게 된다. 북쪽길을 통해 이 구간을 처음으로 접했을 때는 둘러보는 재미를 느끼기 보다 빨리 끝내고 싶은 마음에 앞만 보고 걸었다. 어떠한 풍경이 펼쳐지는지 중요하지 않았다. 그저 빨리 숙소에 도착하여 쉬고 싶었을 뿐이다. 프랑스길 통해 찾아온 Pedrouzo가는 길은 여유롭고 주변을 둘러보면서 걷다 보니 그 당시 보지 못했던 깊은 숲에 와있는 듯한 풍경을 이제서야 마주하고 있다. Arzua를 벗어 나자마자 순례자를 반기는 샘터(Puente del Peregrino)도 있다. 순례길은 누구와 오는지, 그리고 마음에 여유가 있는지 여부에 따라 바라보는 풍경이 달라진다. 마음이

바쁘면 세상은 하나의 선처럼 보이지만 마음에 여유가 있으면 세상은 선이 모인 풍경으로 보인다.

Pregontono와 A Brea, Lugar Rua를 지날 때는 도로 아래 하부통로를 따라 이동한다. 순례길의 안전을 위해 도로변보다 우회길이나 지하보도 등을 통해 다닐 수 있도록 코스를 만들었다. 게다가 해발고도가 점점 낮아지므로 주변 기온이 올라가는 것을 느낀다. 다행인 것은 마을길 구간이지만 숲이 울창하기 때문에 더위를 충

분히 피할 수 있고 한적함이 아니라 답답
함이 느껴질 정도로 좁은 오솔길을 지나는
구간도 종종 있다. 그만큼 시골같은 마을
모습을 보여주는 곳이 Galicia 지방의 순
례길이다. A Brea부터 N-547도로변을 따
라 가다 Cerceda에서 다시 한적한 숲길로
들어선다. 그리고 도로를 벗어나 마을길따
라 O Pedrouzo로 간다. O Pedrouzo를
들어서는 방법은 N-547도로를 따라 진입
하는 방법과 O Burgo에서 화살표를 따라
숲길로 가로질러가는 순례길로 가는 방법
이다. 순례길 코스대로 이동하면 O
Pedrozo에서 쉴 수 없고 지나쳐가야 한
다. 도심 외곽으로 경유하여 빠져나가기
때문이다. 그래서 일부 가이드북이나 안내
사이트에서는 O Pedrouzo에서 휴식을 취하기 보다 Monte do Gozo에서 쉬어가
는 장거리 일정으로 소개하는 경우도 있다. 너무 빡빡하게 걷기보다 조금 돌아가더
라도 O Pedrouzo에서 쉬어가는 것이 낫다. 그래서 도시로 빨리 접근하려면 N-547
도로를 따라 가거나, Original 코스대로 걷다가 축구경기장(Campo de fútbol de
Reboredo)앞 삼거리에서 왼쪽길로 접어들어 O Pedrouzo로 가는 방법이 있다. 그
리고 다시 순례길을 찾을 때는 되돌아오면 된다. 이제 산티아고 순례길의 마지막 하
루 일정만 남아 있다.

Albergue 정보

이름	Albergue Porta de Santiago
숙박비 (유로)	10 유로
베드수│형태	54 bed/1방 │ Domitory
담요제공여부	No, 1회용 커버 제공(무료)
부엌│조리시설	Yes
화장실│샤워장	Yes │Yes (구분 있음)
세탁기│건조기	Yes │Yes (유료)
아침식사 제공	No
인터넷 사용	WiFi 사용 가능
주변 편의시설	Supermercado │ Bar │ Restaurante Yes,

기타 정보

1) 부엌은 있으나 조리시설이 빈약 함.

2) 사립 알베르게.

3) 주변에 레스토랑이 많이 생겼음.

4) 미사를 볼 수 있는 성당이 약 1.5km 정도 떨어져 있다.

5) 침대는 4명이 마주보는 구조로 되어 있어 동행이 있을 경우 편리함.

Camino De Santiago - 34일차

출발지   O Pedrouzo

도착지   Santiago de Compostela

거리|시간   22.2 km | 6 시간

주요지점   O Pedrouzo ~ Santiago de Compostela

자치주   Galicia

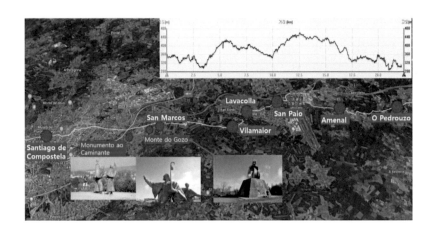

마지막날,

그렇게 Santiago de Compostela로 향하는 마지막 일정을 시작했다. O Pedrouzo에서 다시 왔던 길을 되짚어 축구경기장이 있는 곳으로 가야 순례길의 화살표를 만날 수 있다. N-547도로를 따라가면 약 3.3km를 걸어 Amenal에 도착해야 순례길 화살표와 조우한다. 이것도 주변을 잘 살피지 못하면 놓칠 수 있으니 신경을 써야 하니 가능하면 안전하고 편안한 마음으로 걷기위해 Original루트를 따라 가길 권한다. Santiago de Compostela 가는 길은 순례자가 무척 많다. 그전에는 보이지 않았는데 앞뒤로 줄을 세운 것처럼 길게 행렬이 이어지고 있다. 이번 코스는 산티아고공항(AeroPuerto de Santiago)를 지나Monte do Gozo와 순례자기념비 (Monumento ao camiñante)를 경유한다. 그리고 가장 복잡한 도심을 거쳐 산티아고성당에 도착하면 드디어 프랑스길 일정이 끝난다.

대부분의 순례자들은 O Pedrouzo에서 휴식을 취하고 바로 목적지까지 이동하는데 일부 순례자들은 Monte do Gozo에서 하루 더 머무는 경우도 있다. 매일 오후 12

시 산티아고대성당에서 진행하는 순례자를 위한 미사에 바로 참석하기위해서라고 한다. O Pedrouzo에서 출발하면 아주 이른 아침에 출발하지 않으면 12시 미사에 바로 참석할 수 없어서 다음 날 미사에 참여하는 것이 다반사이다. 그래서 Monte do Gozo에서 하룻밤을 보낸 후 아침에 출발하여 12시 진행하는 순례자미사에 바로 참석할 수 있으니 이렇게 일정을 추가한다.

마지막이라는 단어에서 품기는 것은 여유이다. 오늘이 지나면 더는 없다는 뜻이기 때문에 어느때보다 여유로움을 즐기는 순례자가 많다. 그동안 아껴왔던 비용을 과감하게 사용하여 아침식사를 거하게 먹는 순례자도 있고 도착하는 마을마다 Café에 들러 차 한잔 하며 쉬어가는 순례자도 있다. 산티아고공항을 지나면서부터 길을 찾기가 쉬워진다. 앞뒤로 이어진 순례자만 보고 걸어도 충분하기 때문이다.

한 달여 동안 순례길을 걷다 보면 자주 마주치는 순례자 동지가 생기기 마련인데 끝이 되면 분위기가 바뀌는 경우가 있다. 친구처럼 걷다가 연인으로 발전하는 경우도 허다하다. 그래서 외국인 순례자들은 애당초 다른 목적(?)을 가지고 순례길을 찾아온다고 한다. 한국의 순례자들도 그렇다. 자연스레 친해지고 함께하는 시간이 많아지기 때문에 서로를 알아가는 시간이 충분한 것도 하나의 이유가 된다. 필자도 외국인 순례자들과 사진을 찍어주면서 친해지다 보니 이메일 주소를 받고 나중에 사진을 보내주면서 친하게 지내는 경우도 있었다.

Santiago de Compostela가는 길은 해발고도가 300m아래로 내려간다. 그래서 원래의 날씨와 기온을 그대로 느낀다. 6, 7월의 하절기에 찾아가면 여름의 뜨거움을 다시 맛보게 된다. 그리고 이른 아침에는 안개가 자욱한 순례길을 걸으며 시원함을 느끼며 버라이어티한 날씨에 감을 잡을 수 없을 때가 많다. 6월과 7월 사이에 출발한 사람들은 더위때문에 고생을 많이 하기도 하지만 비도 자주 내리는 시기이기도 하다. 그래서 날씨운이 받쳐주지 않으면 비를 맞으면서 Galicia지방을 지나오기도 한다. 6, 7월에 순례길을 준비한다면 꼭 하절기 의류외에도 아웃도어 자켓 하나 정도는 준비해야 추위로부터 버틸 수 있다. 프랑스길은 Pamplona부터 Rogrono지역과 Santiago de Compostela를 제외하면 해발고도가 400~800m 사이에 있는 도시들이다. 나름 고도가 높은 지역을 대부분 차지하고 있으며 평지인 메세타 평원 지역도 해발고도가 700~800m 사이이다. 프랑스길은 편하고 덥고, 오르막 없는 그런 길이라는 무언에 믿음이 있지만 실제로는 그렇지 않다. 피레네와 같은 산지를 3번 정도 넘어야 하고 고지대를 지나가야 하기 때문에 여름이니까 가볍게 준비하면 된다고 하기에는 어려움이 따를 수 있다. 프랑스길은 북쪽길에 비해 쉬운 코스이지만 너무 쉽게 볼 코스는 아니다. 쉽다는 말이 코스이외에 편의시설과 알베르게의 빈도여부로 비교한다면 프랑스길이 무척 쉬운 길이다. 그만큼 기본 시설이 잘 되어 있기 때문이다.

O Pedrouzo를 출발하여 15km 약 4시간 정도 걸어오면 Monte do gozo에 다다른다. 이곳 조형기념물(Monumento de Monte do Gozo 앞에 서면 Santiago de Compostela도시 전체를 조망할 수 있고 진심으로 도착했다고 가슴 벅차오르는 감동을 느낄 수 있는 장소이다. 순례길 코스는 기념 조형물 앞에서 San Marcos성당을 경유하여 그대로 내려간다 이렇게 내려

가면 순례자상은 볼 수 없다. 순례자상 (Monumento ao Peregrino)을 찾아가려면. 조형물이 있는 곳에서 왼편 400여m 떨어진 곳에 순례자상이 있다. 산티아고 시를 내려다보는 순례자상은 생각보다 규모가 크다. 그리고 동상을 보는 순간 장대한 팡파레 소리가 들리는 듯했다. 이를 보기 위해 내가 걸어왔다는 생각마저 든다. 순례자상을 한바퀴 찬찬히 돌며 사진을 찍으며 둘러보았다. 저 동상이 내려다보는 시선을 따라 내려다보면 Santiago대성당의 종탑이 보인다.

최근에 순례자상 옆에 한국적인 조형물이 추가로 생겼다. 2022년 7월에 제주도와 Galicia주정부가 협의하여 상호 상징물을 설치하여 상징구간으로 지정했다는 뉴스가 있었다. 그래서 산티아고 순례길에 제주 올레길의 상징물인 간세와 돌하루방이 세워졌고, 제주 올레길 1코스에는 순례길 가리비 표지석을 설치하였다고 한다. 이렇게 순례길에서 볼거리가 하나 더 늘었

다. 순례자조형물을 보고나서 다시 되돌아와 Santiago de Compostela로 향한다.

도심구간은 복잡하지만 어느 도시보다 훨씬 많은 안내 표시판과 가리비가 그려져 있다. 게다가 앞뒤로 순례자가 연이어 지나가기 때문에 최종 도착지인 Santiago대성당까지 무난하게 찾아갈 수 있다.

" 제가 다시 왔어요. 반가워요 산티아고!"

대성당에 도착하고 마지막 도착했음을 표하는 안부의식을 해야한다. 대성당 문 앞에 서서 동상에 먼저 인사하고, 성당 중앙에 있는 성 야고보의 무덤을 둘러 인사하고, 그 위에 성 야고보의 흉상이 있는 좁은 복도를 따라가 백허그를 함으로써 순례길 마무리 의식을 마친다. 이렇게 함으로

써 대부분의 순례자들은 숙소에서 휴식을 취한 후, Muxia 또는 Fisterre로 버스 또는 걸어서 이동하는 일정을 추가로 시작한다. 또는 다음날 정오에 순례자 미사에 참석하여 향로의식(Botafumeiro)을 마주하는 것으로 마무리한다. 이후에는 순례자 인증서를 받기위해 대성당 뒤편에 있는 순례자 사무소로 찾아가 인증서 발급 절차를 거침으로써 모든 순례길 일정을 마치게 된다.

순례길의 매력을 더욱 경험하려면 누구와 함께 하느냐가 가장 중요하고 순례길에서 무엇을 보고 경험할 것인지도 중요하다. 길만 걸을 것인지, 시간을 내어 도시구

경, 대성당에 들러 미사를 보며 문화를 이
해하며 걸을 건지, 식당에서 순례자메뉴를
먹을 것인지, 아니면 알베르게 부엌에서
요리해서 먹을 것인지, 여유있게 걸으며,
차 한잔 여유도 즐기고, 스페인산 와인을
마셔가며 외국인 순례자와 교류하는 술문
화를 경험하는 것 모두가 순례길에서 벌어
지는 일이지만 경험치는 모두가 다르다.
가능하다면, 더 많이 보고, 경험하면서 순
례길의 긴 여정을 행복하고 인생에 남을
추억을 만들어보면 어떨까?

Albergue 정보

이름	Albergue Seminario Menor
숙박비 (유로)	17 유로(싱글룸) 12유로(다인실)
베드수|형태	177 bed/1방 | Single bed
담요제공여부	No, 1회용 커버 제공(무료)
부엌|조리시설	Yes
화장실|샤워장	Yes | Yes (구분 있음)
세탁기|건조기	Yes | Yes (유료)
아침식사 제공	No
인터넷 사용	WiFi 사용 가능
주변 편의시설	Supermercado 지하 1층에 매점이 있다.

Bar | Restaurante　　Yes.

기타 정보

1) 부엌이 있으며, 조리도구가 많다. 최근에 부엌옆에 소형 식료품점이 생겨 아침
과 저녁에만 개방

2) 1인실 또는 2인실의 경우 비용은 동일하게 적용된다.

3) 주변에 레스토랑이 많으며, 성당까지 걸어서 15분 소요

4) Monte do gozo의 기념비에서 순례자 동상이 있는 곳까지 둘러오다보니 거리
가 조금 길어짐. 순례자동상을 가려면 기념비에서 샛길을 따라 1km 맞은편으로
이동해야 함.

5) 한인식당이 있음, 산티아고역 주변에 중국인마트 있음.

Camino de Francés - 35일차 (Fisterra ~ Muxia)

 어느 루트의 순례길을 걷더라도 Santiago de Compostela에 도착하는 순간 다시 어느 곳이던 걷고 싶어 진다. 그래서 새롭게 시작하기 보다 나름 의미가 있는 짧은 루트를 찾아가는데 '대륙의 끝'이라 불리우는 Fisterra를 찾아가던가 아니면 성모 마리아가 발현한 성지인 Muxia를 찾아간다. 순례길의 아쉬움을 달래기 위해 걸어서 가는 사람들도 있고, 관광하듯 버스를 타고 다녀오는 사람들도 있다. 어떻게 가더라도 취향에 따라 선택하면 된다. Santiago de Compostela에 가면 Muxia와 Fisterra를 하루에 돌아볼 수 있는 관광코스도 있으니 말이다. 중요한 것은 두 곳을 왜 찾아가야 하는지 의미를 알고 가야 순례길 여정에 도움이 될 것이다.

1. 피스테레, 피니스테레 (Fisterra, Finisterre)

 대륙의 끝이라고 불리우는 이곳은 유라시아 대륙의 가장 서쪽에 있는 곳이라고 말한다. 지리적으로 보면 포루투갈에 있는 Cabo da Roca(호카 곶)이라고 하는데 순례자 입장에서는 Fisterra가 가장 서쪽에 있는 곳이다. Fisterra는 더이상 걸어갈 수 없는 곳이라서 '0.000Km' 표시석이 등대 가는 길에 세워져 있다. 그리고 순례길에서 사용하던 옷가지나 장비를 태우기위해

절벽 아래로 내려가 태우는 의식을 하기도 한다. 하지만 절벽에서 하는 행동이 위험하고 조난사고가 발생한 적이 있어 지금은 태우는 의식을 할 수 없다. 그저 마음으로만 태워 날려야 한다.

또 하나, Fisterra는 성 야곱이 선교하기 위해 스페인지역에 발을 들여놓은 첫 장소라는 설이 있다. 그래서 나름 순례길에서 중요한 장소이기도 하다. 사람에 따라 다르지만 필자의 경우 하루의 마감을 이곳에서 하고 싶어한다. 해지는 일몰을 보면서 와인 한 잔으로 순례의 마지막을 보내고 싶기 때문이다. Fisterra는 Santiago de Compostela에서 약 90km 정도 떨어져 있어 약 3일 정도 걸어서 갈 수 있으며, Fisterra의 알베르게는 걸어온 순례자들만 숙소를 이용할 수 있다고 하니 참고하길 바란다.

2. 묵시아 (Muxia)

성 야고보가 예루살렘에서 순교를 당한 후 그의 시신을 템플기사단이 몰래 옮겨왔다는 이야기도 있지만, 성 야고보의 시신이 바다에 실려와 닿은 곳이 Muxia라는 이

야기도 있다. 게다가 스페인에서 선교활동
을 하는 야고보를 응원하기 위해 성모 마
리아 바위로 만들어진 배를 타고 건너와
다다른 곳이 Muxia라고 한다. 그래서 이
곳은 성모발현 성지로 인식되는 장소이다.
하지만 순례자들은 이러한 이유에서 찾기
도 하지만 순례길에서 지친 마음을 바다가
보이는 도시에서 쉬고 싶어 찾아오는 사람
들도 있다. 개인적으로 판단하면 Muxia가
Fisterra보다 훨씬 아름답고 풍경이 도드
라지는 시골의 작은 도시이다. Santiago
de Compostela에서 2시간 정도면 다다
르는 가까운 장소지만 운행하는 버스가 하
루 왕복 3회 정도 밖에 없어서 당일로 여행
하기에는 시간이 부족한 곳이 Muxia이다.
자가용을 가지고 이동한다면 Muxia와
Fisterra를 하루에 다 둘러볼 수 있다. 실
제로 Santiago de Compostela에는 2개
도시를 관광하는 여행사가 존재한다.

Muxia까지 약 90km 정도로 3일 정도 소요되는 코스이자 Fisterra가는 길에
Muxia 루트와 갈라진다. 그래서 Muxia로 먼저 찾아간 후 Muxia에서 Fisterra까
지 약 31.3km 걸어가는 일정을 만들어도 괜찮다. 어느 일정이던 자신이 원하는 대

로 취하면 될 선택사항일 뿐. 정해진 일정과 방식은 없다. 특히 Muxia해변에 성당에 들렀다가 뒤편 산 위로 올라서면 마을과 성당 쪽 풍경을 내려다볼 수 있는 곳이 있다. 이곳을 빼놓고 기념비가 있는 곳만 둘러보는 사람들이 있는데 가능하면 언덕 위로 올라가 멋진 풍경을 감상하길 바란다. 마지막으로 성당 뒤편 기념비 앞에는 Fisterra로 향하는 안내표시석이 세워져 있는데 이를 따라가면 Fisterra까지 걸어서 갈 수 있으며 노란색이 아닌 녹색의 화살표가 마을에 그려져 있으니 참고하길 바란다.

순례길은 한국의 둘레길처럼 코스가 정해져 있지 않다. 하나의 길다란 선위에 내가 정지하고 걸어갈 곳을 정하면 그만이다. 너무 짧은 일정으로 걷는다면 놓치는 순간들이 많을 것이고 여유로운 일정을 가지고 걷는다면 남들이 경험하지 못한 행복을 더 찾을 수 있을 것이다. 걷는 방법이 다르다는 이유로 이를 무시하거나 신경쓰지 않는 사람들도 많다. 먼 거리를 시간을 내어 찾아갔다면 충분히 볼 수 있는것과 나름에 경험을 통해 알고 나면 더 풍성하게 체험하면서 걸을 수 있을 것이다. 그래서 우리는 이런 말을 자주 한다.

" 사랑하면 알게 되고 알면 보이나니   그때 보이는 것은 전과 같지 않으리라.

에피소드 9 카탈란 루트의 시작, 몬세라트 수도원

바르셀로나는 무척이나 큰 도시이다. 순례길에서 만났던 Leon이나 Burgos는 작은 도시처럼 느껴진다. 그런 곳을 3일만에 모두 관광할 수 있을 거라는 생각은 지나친 자만심이다. 짧은 일정이라도 순례자라면 조금은 멀지만 가봐야 할 곳이 몬세라트 수도원(Monestir de Montserrat)이다. 산티아고 순례길은 스페인 각지에서 출발한다. 단지 우리는 프랑스에서 시작하는 프랑스길에 너무 익숙해져 있을 뿐이다. 바르셀로나 대성당을 시작으로 몬세라트 수도원(Monestir de Montserrat)을 거쳐가는 루트가 있는데 'Camino de Santiago de Barcelona' 와 'Camino Catalá'n'이다. 몬세라트 수도원을 지난 Catalá'n 루트는 2개의 길로 나뉘어져 Camino del Ebro루트를 통해 Rogrono로 연결되거나 Camino Francé's por Aragó'n으로 연결되어 Puente La Reina로 연결되는 코스가 있다. 몬세라트 수도원에서 만난 노란색 화살표는 다시 **Santiago de Compostela**로 가고 싶은 욕망을 불러일으킨다. 순례길은 이처럼 무서운(?) 순례길 중독증상을 만든다.

몬세라트수도원은 바르셀로나 시내에서 자가용으로 약 1시간 정도 떨어진 곳에 있다. 기차로 이동해도 1시간 30분 정도 소요된다. 하지만 이곳을 찾아가야하는 이유는 단지 또다른 순례길의 시작점이라
는 이유외에도 '검은 마리아 상'을 보기위해서 또는 몬세라트 어린이합창단의 노래를 들어야하는 이유만으로도 충분하지만, 산 위에 있는 곳, 가우디가 영감을 받기위해 자 주 찾아갔던 곳이라는 말을 들으면 필히 가봐야 할 곳으로 생각이 변한다. 이곳에 가려면 버스 또는 기차를 이용해야 하는데 버스는 1일 1회 운행하기 때문에

대체로 추천하지 않는 방법이고 기차와 산
악열차 그리고 푸니쿨라 탑승권이 합쳐진
몬세라트 티켓을 사용하는 것을 추천한다.

버스를 이용하여 몬세라트 수도원에 가려
면, 산츠역(Estació de Sants) 오른쪽에 유
로라인 버스터미널이 있고 이곳에서 출발
하는 버스를 이용한다. (오전 9시 15분바
르셀로나에서 출발하여 오전 10시 40분에
몬세라트 도착) 하지만 12월 25일 부터 1
월 1일까지는 버스 운행을 하지 않기 때문
에 날짜 확인 필요하다. 버스 외에 기차를
이용하여 몬세라트 수도원으로 이동할 수
있는데 까딸루냐역 지하 인포메이션 또는
스페인광장(Plaza de España)에 있는 티
켓 판매기를 이용하여 지하철 1,3호선
Espanya역에 내려서 Monserrat이정표
를 따라 지하에 위치한 기차역으로 이동하
면 된다. 비용은 약 29.5유로이며 FGC열
차+산악열차/케이블카+푸니쿨라+지하
철6~7회 이용할 수 있는 티켓으로 구성되
어 있다. 케이블카 이용하시는 분들은

Aeri de Montserrat역에서 하차하여야 하고, 산악열차를 이용하는 여행자들은 다

음 역인 Monistrol de Montserrat에서 하
차해야 한다.

  몬세라트 수도원에 도착하면 푸니쿨라
를 타고 몬세라트 수도원을 거쳐 정상 위
로 더 올라갈 수 있다. 아니면 계단을 이용
하여 밑으로 내려가면 검은 마리아상이 발
견된 동굴로 찾아갈 수 있다. 수도원안에
검은 마리아상을 보려면 따로 줄을 서야
하며 한 시간 정도 기다려 가능하지만 최
근에는 20분 정도 기다리면 만날 수 있을
만큼 관광객이 줄었다. 검은 마리아상을
만지고 안아주면 소원이 이루어진다고하
여 많은 사람들이 찾아온다.

  몬세라트 수도원에는 이외에도 볼거리
가 넘친다. 조셉마리아 수비라치는 까딸루
냐의 조각가의 작품이 이곳에 있다. 산악
열차타는 곳 왼쪽에 전망대가 있는데 그
앞에 '수비라치의 천국의 계단' 이라는 조
형물이 눈에 들어온다. 하늘을 향해 올라

갈 수 있는 계단이 여기에 있다. 이 조각가의 작품은 여기뿐만 아니라 사그라다 파
밀리아 성당의 수난의 파사드를 조각한 예술가 이기도 하다. 그리고 성당 앞에 보

면 수난의 파사드에서 보았던 모습의 조각
상이 여기에도 있다.

그리고 유적에 눈이 멀어(?) 놓치고 있었
던 것이 있다. 몬세라트 수도원에서 내려
다보는 풍경이다. 독특한 바위 풍경이 병
풍처럼 펼쳐져 있고 가우디는 여기서 사그
라다 파밀리아를 어떻게 건축해야 할지 영
감을 얻었다고 한다. 그만큼 한국에서는
느낄 수 없는 협곡사이 풍경이다. 협곡사
이로 작은 길이 눈에 들어오는데 산티아고
로 가는 순례길의 일부이다. 저 길을 따라
무작정 다시 순례길을 가고 싶다는 기대심
에 가슴이 떨려왔다.

몬세라트 수도원은 잠깐 머물다가 가야
할 곳이 아니다. 밤이면 어둠 가득함 속에
서 은하수를 볼 수 있을 것이라는 상상을
이끌어 낸다. 다행스러운 것은 몬세라트에
는 호텔뿐만 아니라 순례자를 위한 알베르
게도 존재한다. 산위에서 하룻밤을 보내며
하루 종일 이곳저곳을 돌아보아도 충분한
장소이다.